아
침
이 온
다

아침이 온다

츠지무라 미즈키 장편소설

이정민 옮김

MONGSIL
BOOKS

일러두기

본문에 있는 모든 주석은 옮긴이의 주입니다.

목차

1장

평온과 불온

(1)

전화벨이 울렸다.

또 그 전화일지도 모른다는 생각에 구리하라 사토코는 심호흡을 했다.

2LDK(방 두 개에 거실, 식당, 주방으로 이루어진 집) 아파트 거실에 있는 집 전화기는 있어도 그만 없어도 그만이다. 최근에는 친정 부모님과 시부모님 모두 휴대폰으로 바로 걸기 때문에 이제 집 전화를 울리는 것은 부동산이나 건강식품 업체 정도다. 해약해도 되지만 귀찮아서 그냥 놔두고 있었다.

그런데 집 전화가 요즘 들어 울리곤 한다.

"여보세요, 구리하라입니다."

소용없다는 것을 알면서도 이름을 댔다. 바로 돌아와야 할 목소리가 들리지 않았다. 수화기 너머에는 실제로 사람이 있는지 없는지조차 알 수 없는 시커먼 침묵이 웅크리고 있었다.

장난일지도 모를 무언의 전화가 걸려 오기 시작한 것은 요한 달 사이의 일이었다. 짜증스러울 만큼 자주 걸려 오지는 않는다. 사흘에 한 번 혹은 일주일에 한 번 정도. 이제 안 오는가 싶으면 별안간 또 벨이 울리는 것이었다. 잡음 하나 들리지 않는 것으로 보아 상대방 역시 휴대폰이 아닌 어딘가에 고정된 전화로 걸고 있는 것 같았다. 전화기에 귀를 바짝 대고 "여보세요?" 하고 말하는 몇 초 사이 전화는 번번이 뚝 끊겼다.

지금은 유치원에 가 있는 아들 아사토가 딱 한 번 이 전화를 받은 적이 있다.

다섯 살 반인 코끼리 반에 들어간 후 대답도 곧잘 하게 된 아사토는 엄마가 통화를 하고 있으면 "할머니? 아니면 유네 엄마? 바꿔 줘" 하고 무작정 휴대폰을 넘겨 달라고 조르곤 한다. 아사토에게는 전화가 걸려 와도 받지 말라고 일러두었지만, 평소 울리지 않던 집 전화가 울리자 신기해서 받았을 것이다.

그날 사토코는 베란다에서 빨래를 널고 거실로 돌아오던 참이었다. 수화기를 귀에 갖다 댄 아들이 "여보세요? 할머니?" 하고 묻는 것을 보고 황급히 전화기를 빼앗아 "여보세요?" 하고 말하자 전화기 너머로 여느 때보다 긴 침묵이 깔렸다.

숨을 삼키는 듯한 기척을 느낀 것은 기분 탓이 아니라고 생각한다. 그때도 말없이 전화는 금방 끊겼다.

고민할 만큼 자주 걸려 오지는 않지만, 기분이 좋지는 않다.

사토코는 전화가 끊긴 수화기를 내려놓고 앞치마 끈을 풀었다. 그러고는 식탁 의자에 앉았다. 이제 아사토를 데리러 갈 시간이다. 유치원 통원 버스가 아파트 앞까지 오기로 되어 있다.

가을 무렵부터는 유치원까지 같이 걸어가 볼까.

아사토가 다니는 데루하 유치원은 초등학교 바로 옆에 있다. 내년 봄이면 아들은 초등학교 1학년이다. 그때부터는 걸어서 통학해야 하므로 길을 외우게끔 해야 한다. 그렇지만 우리 식구의 아침은 분주하기 짝이 없다. 남편과 아들에게 아침밥을 먹이고 나면 아사토를 씻기고 준비물을 챙겨야 한다. 유치원 버스 시간도 간신히 맞추고 있는 형편이라 걸어서 가려면 더 일찍 일어나야 한다.

6월 초여름. 베란다 방충망 너머로 푸른 하늘과 이곳 무사시코스기의 시가지가 펼쳐진다. 지붕이 낮은 집들 사이로 고층 아파트가 드문드문 솟아 있다. 마치 로켓처럼 하늘 높이 솟은 아파트가 어쩐지 이질적으로 느껴졌다. 사토코는 한낮의 햇빛이 아파트 유리벽에 반사되는 것을 바라보며 우리 집도 남들이 보면 저런 아파트 중 하나로 보이리라 생각했다.

고층에서 내려다보는 풍경은 기분이 좋았다. 맑게 갠 푸른 하늘에 비행운 한 줄기가 떠 있었다.

집안일을 마치고 아사토가 오기를 기다리는 이 시간이면 사토코는 또렷한 충족감을 느낀다. 아침에 아들을 유치원에 보내고 나면 속이 후련하면서도 이 시간만 되면 늘 아사토가 보고 싶어진다. 사토코는 아들이 버스에서 내려 자신의 품에 뛰어드는 순간을 떠올렸다. 엄마 얼굴을 찾던 아들이 자신을 발견하고는 "엄마, 다녀왔습니다!" 하고 안기는 장면을 상상했을 뿐인데 이렇게 행복해도 될까 싶을 만큼 기뻤다.

주방의 보조 조리대 한쪽에는 저번 달 10일에 있었던 아사토의 생일 파티 사진이 걸려 있다. 아사토와 남편, 사토코 셋이서 함께 케이크를 먹었을 때의 사진이다. 양가 할아버지, 할머니께 "아사토가 여섯 살이 되었어요"라는 메시지와 함께 휴대폰으로 사진을 보내 드렸다.

케이크에 꽂힌 초의 개수를 보니 감회가 깊었다. 벌써 6년이라니. 사토코는 화살같이 빠른 세월에 압도되었다.

가나가와 현 무사시코스기는 도심에 가깝고 살기 편한 동네로 유명하다. 사토코가 여기로 이사 온 것은 아사토의 엄마가 되기 전이었다.

이 지역에 들어서는 1억 엔 미만의 아파트는 이번이 마지막이라는 사전 홍보를 접하고 모델하우스를 둘러본 뒤 남편과 상의하여 분양받기로 결정한 것이다. 그런데 '마지막'인 줄 알았던 이 아파트가 건설되는 동안에도 새 아파트가 속속 들어섰다. 통지 의무가 있는지 사토코 부부를 담당했던 부동산 개발 업체의 영업 사원은 그때마다 전화를 걸어 왔다.

"저희 회사에서 역 반대편에도 아파트를 건설할 예정입니다만, 그쪽은 역에서 좀 더 떨어져 있고 구조가 약간 다릅니다."

건설이 완료되고 무사히 입주를 마치자 그 전화는 오지 않았지만, 동네에는 여전히 아파트가 늘어나고 있다.

전화벨이 다시 울렸다.

사토코는 깜짝 놀라 집 전화를 쳐다보았다. 먼지가 쌓이지 않도록 덮어 둔 퀼팅 천이 어쩐지 부질없어 보였다. 무언의 전화가 하루에 두 번, 게다가 연속으로 걸려 온 적은 지금껏 한 번도 없었다.

"──여보세요?"

침묵이 돌아오리라 예감했다. 당신, 누구예요? 하고 화를 내 볼까. 이제 그만하세요, 하고 말을 붙여 볼까.

그런데 아니었다.

전화는 아사토의 유치원에서 걸려 온 것이었다.

(2)

"정글짐에서 떨어졌어요."

그 말을 듣는 순간 사토코의 얼굴에서 핏기가 가셨다. 아침까지만 해도 멀쩡했던 아사토의 가녀린 손발과 감촉을 떠올리며 새파랗게 질려 가는데 전화를 건 사람은 이렇게 말했다.

"아니에요, 어머니. 떨어진 건 아사토가 아니라 소라예요."

이름에 클 대(大)에 빌 공(空)을 쓰는 소라는 아사토와 코끼리 반을 함께 다니는 남자아이다. 같은 아파트에 살아서 아파트 내 공원이나 놀이터에 아이를 데려가다 보니 동갑내기 아들을 둔 소라 엄마와 자연스레 친해졌다. 데루하 유치원에 아이들을 입학시킨 것도 서로 의논해서 정한 것이었다. 오늘 아침에도 아이들을 버스에 태울 때 같이 있었다.

소라가 떨어지다니. 다쳤느냐고 물으려는데, 선생님이 틈을 주지 않고 먼저 말했다. 그 내용이 너무 뜬금없어서 믿기지가 않았다.

"소라 말로는 아사토가 밀어서 떨어졌다고 합니다. 아사토 어머니, 지금 유치원에 와 주실 수 있으세요?"

아이들이 하원한 뒤의 유치원 교무실은 조용했다.

아사토가 다니는 데루하 유치원은 입시와는 무관한 사립 유치원으로, 희망하면 거의 대부분 입학이 가능한 곳이다. 통상 아침 9시부터 오후 2시까지 아이를 맡는다. 오늘 다른 아이들은 이미 버스로 하원한 뒤라고 한다.

유치원에는 사토코 같은 전업주부와 달리 일하는 엄마들을 위해 오후 5시까지 아이를 맡아 주는 연장 보육 서비스가 있다. 정글짐에서 떨어졌다는 소라의 엄마는 올해부터 집 근처 슈퍼마켓에서 파트타임으로 일해서 연장 보육을 이용하고 있었다. 하지만 오늘은 소라를 데리고 병원에 들렀다 곧장 하원했기 때문에 유치원에서 소라 모자의 모습은 찾아볼 수 없었다.

"저희가 아이들을 제대로 지켜보지 않아서 미리 방지하지 못했습니다. 죄송합니다."

교무실 안쪽 테이블로 안내된 사토코는 곧바로 원장과 젊은 담임선생님에게 사과를 받았다. 유치원에서 아이들끼리 문제가 발생하면 늘 이랬다. 자신의 아이가 가한 쪽이든 당한 쪽이든 우선 선생님들이 사과를 한다.

"아니에요."

사토코는 죄송한 마음이 드는 한편 덮어놓고 주의를 받거나 혼나지 않아 다행이라며 가슴을 쓸어내렸다.

통원 이후 맨 처음 선생님들에게 사과를 받은 일이 생각났다. 아사토가 장난감을 가로챈 친구에게 화가 나서 그 아이의 팔을 세게 잡아당긴 것이었다. 상대가 여자아이라는 소리를 듣고 얼굴이 창백해진 사토코에게 선생님들이 먼저 사과를 했다.

"미리 방지하지 못해 죄송합니다."

사토코는 우리가 가해자인데 되레 사과를 받다니 위화감이 느껴졌다. 그 후 시간이 지나고 냉정해지자 약간 꺼림칙한 기분이 엄습했다. 유치원이나 학교에 과하게 트집을 잡는 진상 부모도 존재한다. 선생님들이 그렇게까지 저자세로 나가야만 하는 사정이 있는 거라면 참으로 찜찜한 세상이 아닐 수 없다.

아이가 생겨 이런 문제에 휩쓸리고 나서야 비로소 사토코는 얻어맞거나 걸어차이는 피해자의 입장이 훨씬 마음이 편하다는 것을 깨달았다. 문제는 우리 집 아이가 가해자가 된 경우다. 상대 아이와 부모의 마음은 사토코가 아무리 애써도 헤아릴 수 없는 법이다.

유치원이나 학교에 따라 방침은 제각각이겠지만, 아사토의 유치원에서는 아이가 가해자인 경우에 한해 상대 아이의 이름을 알려 준다. 피해자인 경우에는 어지간한 일이 아니고서는 누가 그랬는지 통보되지 않는다. 아이가 직접 부모에게 밝히기도 하지만, 유치원 입장에서는 어디까지나 사과 여부는 각 가정의 판단이라는 자세로 일관해 왔다. 사토코 모자도 그런 흐름 속에서 다른 아이의 부모에게 사과를 하기도 하고 받기도 하는 과정을 되풀이했다. 하지만 그 일들은 어디까지나 사소한 다툼이었지 이번처럼 큰 문제는 아니었다.

"오후의 바깥 놀이 시간에 소라가 정글짐 위에서 떨어질 때 발을 헛디뎠는지 발목을 삐었습니다."

"골절되거나 크게 다치진 않았고요?"

"아, 그 정도는 아니에요. 의사 선생님 말로는 가벼운 염좌라고 하더군요."

"그렇군요."

그나마 한시름 놓았다. 원장의 얼굴빛이 조금 어두웠다.

"요즘 정글짐에서 뛰어내리는 놀이가 유행하길래 이제 하지 말라고 거듭 주의를 주었거든요. 소라뿐만 아니라 아사토도 깡충 뛰어내리곤 했답니다."

"——네. 가족끼리 공원에 놀러 갔을 때도 그랬어요."

하지 말라고 여러 번 주의를 주었다. 남자아이는 스릴 있는 놀이를 좋아한다. 아무리 말려도 부모의 눈을 피해 똑같은 행동을 반복하고 싶어 한다.

"소라네 집에서도 주의는 주었다고 하더군요——. 저희 선생님이 알아차렸을 때는 탈싹 하는 소리와 함께 소라가 떨어진 후였어요. 와아앙 하고 큰 소리로 우는 아이를 부축해서 일으켰는데 그때 아사토의 이름이 나왔습니다."

아사토의 이름이 머릿속에 묵직하게 가라앉았다.

교무실 옆에 위치한 별실에서 기다리는 아사토는 아까 사토코가 이름을 불렀을 때도 바로 고개를 들지 않았다. 아이에게는 다른 아이의 감정이 쉽게 전염된다. 소라가 울었을 때 같이 울었는지 아사토의 뺨과 눈이 빨갰다.

정글짐에서 소라가 떨어졌을 때 아사토는 소라 바로 뒤에 있었다고 한다. 꼭대기에서 어리둥절한 표정으로 아래를 내려다보고 있었던 모양이다.

"소라가, 아사토가 밀었다고 확실히 말하던가요?"

"네."

"아사토는 뭐라고 하던가요?"

"아니라고 하더군요."

사토코는 숨을 멈추고 원장 선생님의 얼굴을 똑바로 쳐다봤다. 그녀는 차분했다. 이어서 묵직한 어조로 덧붙였다.

"어느새 소라가 없어졌지만 밀거나 떨어뜨린 기억이 없다고 합니다. 자기는 그냥 정글짐을 오르고 있었을 뿐이라고요."

"그렇군요."

"——지금 바로 소라 어머니께 연락해 달라는 건 아니에요. 이미 집에 가셨고요."

원장 선생님의 말을 이어받아 젊은 선생님이 말했다. 이 선생님은 원장과 달리 약간 당혹스러운 표정을 짓고 있었다.

"선생님들은 어떻게 생각하세요?"

사토코는 목소리가 잘 나오지 않았다. 젊은 선생님은 난처한 표정으로 원장 선생님을 쳐다보았지만, 원장은 동요하지 않고 사토코의 눈을 보며 제대로 대답해 주었다.

"선생님들이 아무도 지켜보지 않은 가운데 일어난 사고이기 때문에 정확히는 말씀드릴 수 없습니다. 다만 어쩌면 아사토가 밀지 않았더라도 몸이 부딪히거나 스쳤을지도 모르는 거죠."

"거기에 관해서 아사토는 뭐라고——?"

"부딪힌 기억도 스친 기억도 없다고 하더군요."

원장 선생님과 담임선생님이 두 아이 중 어느 쪽의 말을 믿는지는 알 수 없었다. 그리고 소라는 다쳤다. 선생님이 '사고'라는 단어를 일부러 사용하는 것인지 여부는 알 수 없지만, 사토코는 조금이나마 위로가 되었다.

남자아이다운 장난기와 개구쟁이 기질은 물론 있지만, 아사토는 기본적으로 착한 아이다. 정글짐이나 철봉에서 제 몸으로 위험하게 점프하는 일은 있어도 누군가를 다치게 하는 아이는 절대로 아니다.

사토코는 소라와 소라 엄마의 얼굴을 떠올렸다.

같은 아파트에 사는 아사토의 가장 친한 친구. 전에 유치원에서 아사토가 소라에게 얻어맞은 적이 있었다. 그때 버스 승강장에서 만난 소라 엄마는 "미안해서 어째? 둘이 싸웠다지 뭐야" 하고 가볍게 사과했다. 아사토의 눈높이에 맞춰 무릎을 굽혀 앉더니 "아사토, 미안. 너도 소라한테 한 방 날려 줘" 하고 시원시원하게 말하며 장난스럽게 윙크했다.

소라 엄마의 성격을 알기에 이야기하기는 편할 것이다.

하지만 마음은 무거웠다. 같은 아파트에 사는 만큼 꽁한 감정을 만들고 싶지 않기 때문이다.

사토코는 선생님들에게 사정을 들은 다음 다시 아사토가 있는 별실로 들어갔다. 아사토는 여전히 홀로 고개를 숙이고 앉아 있었다.

"아사토, 집에 가자."

사토코는 말했다. 남을 밀거나 때리거나 차서는 안 된다고 타일러 왔다. 거짓말을 하면 안 된다고도 가르쳤다.

아사토가 고개를 들었다. 사토코는 아들의 눈을 보고 하마터면 소리를 지를 뻔했다. 아무리 자신의 아이라지만 아름답다고 생각했기 때문이다. 보드라운 살결, 윤기가 흐르다 못해 천사의 링이 생긴 검은 머리. 반듯하게 자른 앞머리 밑에 자신을 보는 눈망울은 늘 초롱초롱하니 영리해 보인다.

그 눈이 지금껏 한 번도 본 적 없는 빛을 띠고 있었다. 울고 난 후인지 아니면 울음을 참고 있는 것인지. 아사토는 두툼하게 내린 앞머리를 사토코의 팔에 파묻더니 끙끙거리며 말했다.

"……난 안 밀었어."

쥐어 짜낸 목소리였다. 마치 낡은 걸레처럼 구멍이 송송 뚫린 듯 들렸다. 지금은 보이지 않는 눈빛이 여전히 같은 빛을 띠고 있으리란 생각에 사토코는 가슴이 꽉 죄는 것처럼 괴로웠다.

"그래."

사토코는 대답했다.

이 아이가 울고 있는 것은 몸이 아파서도, 소라의 울음이 전염되어서도 아니다. 자신을 믿어 주지 않아서이다. 엄마가 유치원에 오기 전까지 아사토는 선생님들에게 숱한 질문을 받고 자신이 한 대답에 의심의 눈초리를 받았을 것이다. 여섯 살 먹은 아이라도 자신이 의심받고 있다는 것쯤은 안다.

아사토는 상처 입은 눈빛을 하고 있었다.

"믿어."

사토코는 대답했다. 축 처진 아사토의 왼손가락을 자신의 손바닥으로 감쌌다.

"엄마는 널 믿어. 아사토는 소라를 밀지 않았어."

사토코 가족이 사는 곳은 40층 높이의 한 동짜리 아파트로 총 세대수는 3백 세대다. 아이들이 놀 수 있는 정원과 라운지가 갖추어진 환경은 아파트 단지 같은 환경이라고 생각한 적이 있다.

아파트 살이는 이웃 간의 관계가 소원하다고들 하지만, 같은 유치원에 다니는 아이들의 부모끼리는 사이가 좋다. 이웃집 부모가 하원 시간을 맞추지 못할 경우에는 아이를 함께 데리고 돌아와 저녁까지 맡아 주기도 한다.

소라 엄마와 사토코 역시 서로 도우며 지내는 사이였다.

마흔하나에 아사토를 얻고 처음 엄마가 된 사토코가 보기에 다른 엄마들은 하나같이 젊었다. 그래서 때로는 주눅이 들기도 했다. 갈색으로 염색한 머리에 미니스커트를 자주 입는 소라 엄마와는 나이가 열 살 이상은 차이 난다.

사토코는 건설 회사에 다니는 동갑내기 남편 기요카즈에게 전화로 사정을 설명했다. 한창 일할 나이라는 삼십 대를 넘어서도 남편의 퇴근은 여전히 늦다. 심지어 주말에도 출근할 때가 많다. 며칠씩 회사에 처박혀서 철야하는 일은 줄었지만, 중간 관리직에는 또 다른 책임과 분주함이 따르는 모양이다.

그런데 아사토의 아버지가 되고 나서는 약간 달라졌다. 소라와의 일을 들은 남편의 목소리에 심각한 기색이 감돌았다.

"오늘 일찍 퇴근할까?"

남편이 사토코에게 물었다.

"일단 괜찮은 것 같아. 그래도 소라네 집에는 오늘 중으로 연락하는 게 좋겠어. 아무리 아사토가 밀지 않았더라도 소라가 그렇게 말하는 이상 소라 엄마도 기분이 좋지는 않을 테니까."

거실이 보이는 주방 한쪽에서 전화를 걸고 있는 동안 아사토는 TV를 보고 있었다. 입을 다물고 화면을 바라보는 얼굴은 내용에 푹 빠진 것처럼 보이지만, 그럼에도 이쪽을 신경 쓰고 있으리란 것을 알아차릴 수 있었다. 사토코는 목소리를 낮추었다.

"이거 미안한데" 하고 남편이 전화기 너머에서 말했다. 남편 뒤로 동료가 다른 통화를 하고 있는 소리가 들렸다.

실은 남편이 함께 있어 주길 바랐다. 하지만 전에 비하면 훨씬 나아졌다는 것을 위안으로 삼았다. 아버지가 되기 전의 남편에게는 근무 시간에 집안일로 전화할 수 있는 분위기가 전혀 없었다. 사토코는 문자를 보내 놓고 답장이 오기만을 한없이 기다렸다. 오지 않는 전화를 기다리다 지쳐 결국 불안에 시달리기 일쑤였다. 설령 불가능하다 해도 "일찍 퇴근할까?" 하고 말해 주는 것만 보아도 남편이 달라졌다는 것을 알 수 있었다.

일찍 퇴근하라는 말 대신 사토코는 말했다.

"집에 왔을 때 아사토가 깨어 있으면 이야기 좀 들어 줘. 내 생각에도 아사토는 밀지 않았어."

"그럴게."

조금 있으면 5시다.

본격적으로 저녁밥을 준비하기 전이 좋을 것이다. 사토코는 아사토를 보았다. 아사토가 좋아하는 디즈니 영화 DVD는 아직 초반이었다. 잠깐은 혼자 둬도 괜찮을 것이다.

"아사토, 엄마는 옆방에서 전화하고 있을게."

그 말을 듣고 아사토가 커다란 머리를 이쪽으로 천천히 돌렸다. 큼직하고 동그란 눈망울이 사토코를 살펴보았다. "응" 하는 대답 소리에 어색한 긴장감이 느껴졌다.

사토코는 침실로 들어갔다. 침대 곁 액자 속에서 아사토의 웃는 얼굴을 보니 가슴이 아팠다. 마음은 역시 무거웠다. 사토코는 마음을 다잡고 소라 엄마의 휴대폰에 전화를 걸었다. 가슴이 쿵쿵 뛰고 찌르르 저려 왔다.

신호음이 세 번 울리고 긴장이 극에 달할 무렵에 "네에" 하는 가벼운 목소리가 들렸다.

"아사토 엄마예요."

사토코는 말했다.

"아아, 아사토 엄마. 안 그래도 전화 올 때가 됐는데, 하던 참이야. 정글짐 때문에 걸었지?"

"응. 유치원에 가서 들었어. 어떻게 하면 좋을까 싶어서."

나이가 열 살 이상 차이 나는데도 스스럼없이 반말하는 소라 엄마를 사토코는 대단하다고는 생각해도 실례라고 생각한 적은 한 번도 없다. 주위 젊은 엄마들에게 괜히 주눅이 들어서 존댓말을 하는 쪽은 오히려 자신이었지만, 소라 엄마 덕분에 이제는 사토코도 편하게 말할 수 있었다.

소라 엄마의 목소리는 겉으로 봐서는 화난 것 같지 않았다. 전화기 너머로 "엄마, 이거 해도 돼?" 하고 묻는 혀짤배기 목소리가 들려 마음이 편해진다.

"소라는 좀 어때? 괜찮아?"

"어? 아아……. 아니, 방금 목소리는 우미였어. 소라는 고단했는지 아까 잠들었거든. 발을 움직이면 아직 아픈가 봐."

혀짤배기소리는 여전히 계속되고 있었다. 소라에게는 남동생이 하나 있다. 아까 그 목소리를 덧씌우듯 다른 누군가의 목소리가 "엄마" 하고 이어졌다. 아까 그 목소리보다 약간 어리게 들렸다. 이쪽이 동생 아닌가 싶어 사토코는 의아하게 생각했다.

하지만 소라는 잠들었다고 했다. 아들의 목소리를 가로막듯 소라 엄마가 "생각해 봤는데" 하고 말을 이었다. 어디 조용한 방으로 왔는지 아이들 목소리가 멀어졌다.

"어떻게 할래? 우리는 성의라고 해야 하나, 위자료 같은 거 말고 소라 치료비만 받으면 되거든. 그런데 치료비는 유치원에서 재해보상 같은 걸로 거의 다 나오나 보더라고. 우리 소라, 수영 다니잖아. 다 나을 때까진 못 가니까 그동안의 학원비하고 이동할 때 드는 택시비 정도만 나중에 청구할게. 다른 아이도 아니고 아사토니까 나도 일을 크게 만들 생각은 없어. 안심해."

한없이 이어지는 말에 사토코가 끼어들 틈이 없었다. 당황하면서도 "잠깐만" 하고 입을 여는 데는 용기가 필요했다.

"아사토는 안 그랬다고 하거든."

사토코의 말에 전화기 너머에서 "어?" 하고 황당해하는 소리가 흘러나왔다. 사토코는 가슴이 저릿하게 아파 왔다.

"유치원 선생님한테 못 들었어? 소라는 우리 아이 때문에 떨어졌다고 하는 모양인데, 우리 아이는 밀지도 않았고 부딪히지도 않았대. 소라가 떨어졌을 때 아무도 못 봤다고 하잖아."

"무슨 소리야?"

이번 목소리에는 뚜렷한 불쾌감이 드러나 있었다. "지금 뭐라는 거야?" 하고 잔뜩 벼른 목소리가 이어졌다.

"와—! 좀 충격인데. 그렇구나, 그래서 아사토 엄마가 사과를 안 했던 거구나. 아사토 엄마 성격이면 내가 전화를 받자마자 너무너무 미안하다고 할 줄 알았는데, 안 하길래 어찌 된 일인가 싶었거든. 그런데 와—!"

어린아이같이 '와—!' 하는 소리가 날카로운 금속음처럼 울렸다. 사토코도 이에 질세라 물었다.

"소라한테 좀 물어봐 줄래? 아사토는 왜 이렇게 되었는지 모르겠다고 하거든. 자기는 그냥 정글짐을 오르고 있었을 뿐인데 어느새 소라가 떨어져 있었대."

"물어봤지. 당연한 거 아냐? 소라는 아사토가 밀어서 떨어졌다고 했단 말이야. 몇 번을 물어도 똑같다고."

소라 엄마의 목소리가 점점 짜증스럽게 변했다. 그러고는 "믿기지가 않네" 하고 짧게 내뱉었다.

"나도 아사토가 어떤 아이인지 아니까 당연히 놀랐지. 아사토는 우리 소라에 비해 얌전하고 예의도 발라서 그런 행동을 할 만한 아이가 아닌데 왜 그랬을까 싶더라고. 내가 이 정도인데 아사토 엄마는 오죽하겠어? 그래도 와—! 그럼 아사토 엄마는 우리 소라가 거짓말을 하고 있다는 거네?"

"──그것까진 모르겠지만, 적어도 아사토는 거짓말하지 않았다고 생각해."

"믿는구나?"

"그래."

비난하는 듯한 말투에 위축될 줄 알았는데 의외로 당당한 목소리가 나왔다. 거실에서 불안해하며 기다릴 아사토를 생각했더니 두렵지 않았다.

그리고 깨달았다.

사토코는 아사토가 거짓말하지 않았다는 것을 믿는다. 하지만 딱히 아사토가 거짓말을 해도 상관은 없다. 나중에 밝혀져서 사과를 하고 욕을 먹게 되더라도 전혀 상관없다. 지금 믿는다고 대답한 것은 그때 가서 아사토와 함께 비난받을 각오가 되어 있다는 뜻이다.

"나도 당연히 우리 소라를 믿어."

어린아이 같은 말투로 소라 엄마가 대꾸했다. "솔직히 좀 열받는데?" 하고.

"소라가 거짓말했다고 말하는 거나 마찬가지잖아? 그래서 사과할 생각이 없다는 거야? 치료비하고 다쳐서 든 비용도 지불할 생각이 없다는 거고? 아사토 엄마, 그런 사람 아니잖아. 집도 34층이고 남편도 돈 잘 벌면서 구두쇠처럼 굴 줄은 몰랐네."

"구두쇠라니, 그런 문제가 아니잖아."

같은 아파트에 살고 있지만, 이곳이 층수에 따라 집값과 구조가 다르다는 소리를 하는 것이다. 사토코의 집은 분양 받은 것이지만, 7층에 세 들어 살고 방이 하나 적은 소라 엄마는 사토코의 집에 올 때마다 "우와, 역시 20층 이상은 다르구나" 하고 감탄했다.

문제는 돈이 아니다. 돈이라면 지불해도 좋다. 그 말이 목구멍까지 올라왔으나 꾹 참았다.

사토코는 아무리 사이가 좋아도 직접 연락을 취한 것은 실수였다고 후회했다. 유치원에서 무엇 때문에 시간 간격을 두고 자신들을 불러 이야기했는지를 더 깊이 생각했어야 했다.

앞으로도 같은 유치원에 다니고 같은 아파트에 살 것이다. 초등학교 역시 공립이라면 같은 학구다. 아사토의 사립 초등학교 입시는 고려하지 않고 있다. 앞날을 생각하면 눈앞이 아찔했지만, 물러나서는 안 된다는 일념으로 버텼다.

지금 휩쓸려서 아사토를 믿지 않는다면 그 아이의 손을 놓는 것이나 다름없다. 부모이기를 포기하는 것과 마찬가지다.

"됐어, 더는 말도 섞기 싫어."

소라 엄마는 될 대로 되라는 듯 말하더니 한숨을 쉬었다.

"아사토 엄마가 이렇게 고집 센 사람인 줄은 몰랐네. 환멸스러워."

환멸, 이라는 독한 말을 사용하는데도 소라 엄마는 거부감이 없어 보였다. 뭐라 대꾸할 말이 없는 사토코를 내치듯 전화는 그대로 끊어졌다.

휴대폰을 쥐고 있는 손이며 손가락 마디마디가 뻣뻣하게 굳었다. 통화한 것은 짧은 시간에 불과했을 텐데 뺨에는 전화의 딱딱한 감촉이 남아 있었다. 피로감이 몰려와 온몸이 나른했다.

"——엄마."

아들의 목소리가 들렸다.

살짝 열린 문틈으로 거의 울기 직전인 아사토가 사토코를 올려다보고 있었다. 사토코는 황급히 "으응?" 하고 아무 일도 없었다는 듯 아이에게 다가갔다. 복도 바닥에 닿은 맨발이 시려 보인다.

"발 안 시려?"

사토코가 몸을 숙여 발가락을 만지며 묻는데도 아사토는 고개를 숙인 채 대답하지 않았다.

——아사토는 밀지 않았지? 하고 말할 뻔한 걸 이내 삼켰다.

그 말은 사토코 자신이 원하는 답을 아이에게 강요하는 것이기 때문이다. 몸을 숙인 채 가만히 대답을 기다리자 이윽고 아사토가 중얼거렸다.

"소라하고 또 놀 수 있어?"

사토코는 입술을 깨물었다.

조그만 머리를 풀가동하여 그 걱정을 하느라 얼마나 힘들었을까. 사토코는 "그럼" 하고 고개를 끄덕였다. 저도 잘 모르면서 "괜찮아, 걱정할 거 없어" 하고 힘차게 말했다.

(3)

이튿날 아침, 사토코는 유치원 버스 정류장으로 향할 때 다시 긴장했다.

눈 딱 감고 아사토를 오늘 하루 쉬게 할까도 싶었지만, 언제까지고 그럴 수만도 없었다. 기요카즈가 오늘 아침에는 정류장까지 따라가겠다고 했지만, 사토코는 어제 소라 엄마가 "남편도 돈 잘 벌면서"라고 말한 것을 떠올리자 남편과 같이 가기가 망설여졌다.

남편은 어젯밤 평소보다 일찍 퇴근해서 오랜만에 아사토와 목욕을 했다. 남편이 아들을 어떻게 대할지 걱정했던 것이 무색하게, 남편은 아사토를 보자마자 머리를 쓰다듬어 주었다.

"하지도 않았는데 이게 웬 재난인지."

웃으며 말하더니 그뿐이었다. 재난이 무슨 뜻인지 알 리가 없는 아사토도 그 말에 안심했는지 고개를 끄덕였다. 그러고는 아빠 얼굴을 쳐다보지 않고 쑥스럽다는 듯이 "그러게" 하고 얼버무렸다.

아사토는 오늘도 유치원에 가겠다고 먼저 말했다. 원복 상의를 입을 때도 싫어하는 기색 없이 혼자 잘 입었다.

가급적 신경 쓰지 않도록. 마주쳤을 때 혹여 심한 말을 듣더라도 동요하지 않도록. 사토코는 마음을 단단히 먹고 내려갔다. 그런데 뜻밖에도 늘 만나던 장소에 소라 모자의 모습은 보이지 않았다.

"안녕하세요."

맥이 빠지는 한편 가슴을 쓸어내렸다. 다른 엄마들에게 인사
했더니 그녀들이 깜짝 놀라며 사토코를 쳐다봤다. 아무래도 어
제 유치원에서의 일을 알고 있는 눈치였다. 슬며시 긴장된 분위
기가 감돌았다.

"안녕, 아사토 엄마."

27층에 살고, 아사토보다 한 살 어린 하나에의 엄마가 인사
를 해 주었다. 그것을 본 대여섯 명쯤 되는 엄마들이 걱정스러
운 눈길로 "안녕하세요" 하고 드문드문 인사를 했다. 하나같이
사토코보다 젊다.

서른여덟이라는 고령에 딸아이를 낳은 하나에 엄마는 사토코
와 네 살밖에 차이 나지 않는다. 그래서인지 사토코가 친하게
지내는 사람 중 한 명이었다. 그녀가 "아사토도 안녕" 하고 인
사하자 아사토도 "안녕하세요" 하고 꾸벅 인사를 했다. 하나에
가 엄마 손을 획 뿌리치더니 아사토에게 아파트 화단으로 가자
고 했다. 곧 둘이서 화단으로 갔다.

아이들이 가고 나서야 하나에 엄마가 목소리를 낮추었다.

"소라네는 아까 먼저 갔어. 당분간은 택시로 다니겠대. 병원
에 들렀다 가려는 모양이야."

"──그렇구나."

"힘들지?"

그렇다는 것은 조금 전 소라 엄마가 유치원 버스를 기다리는 사람들 곁에 와서 사정을 이야기하고 갔다는 뜻이다. 그때 자신들 모자에 대해 어떤 식으로 이야기했을까. 사토코는 궁금하기도 한 반면 절대로 알고 싶지 않은 기분도 들었다. 어찌 됐건 아사토의 귀에는 들어가지 않길 바랐다.

　　"소라 엄마가 좀 별나잖아."

　　다른 엄마가 아이 손을 이끌고 와서 이야기에 끼어들었다.

　　"이런 말은 하기 좀 그런데, 시샘도 좀 있는 것 같아. 소라 엄마 말이야, 소라 아빠 일이 잘 안 돼서 아르바이트까지 하게 되었대. 요즘 만날 때마다 우는소리를 하더라니까."

　　"맞아. 그 탓에 소라하고 우미도 갑자기 연장 보육을 하게 됐잖아. 유치원에 있는 시간이 늘어서 아이들도 나름대로 스트레스 받지 않았을까?"

　　"괜히 신경 쓰지 마."

　　하나에 엄마가 사토코에게 말했다.

　　"응."

　　사토코는 대답하면서 뒷말을 어떻게 이어야 좋을지 몰랐다. 아무 말도 하지 않는 것도 이상한 것 같아 "고마워" 하고 인사를 곁들였다.

　　평소에도 소라 엄마는 아파트 내에서 "분양 받아 사는 사람들은 우리 같은 세입자들하고는 다르다니까, 안 그래?" 하며 대놓고 다른 엄마들에게 동의를 구했다. 그 말에는 분양을 받은 사람, 세 들어 사는 사람 할 것 없이 모두 미묘한 표정을 짓기가 일쑤였다. 그 탓인지 소라 엄마를 탐탁지 않아 하는 사람도 많다. 나쁜 사람은 아니라고 생각하지만, 자신의 발언을 사람들이 어떻게 생각하는지 신경 쓰지 않는 사람인 것이다.

하지만 이번 일은 부모끼리의 문제가 아니다.

아사토와 소라 중 한 명이 거짓말을 했을지도 모른다는 것을 소라 엄마는 어떤 식으로 말했을까. 그 부분에 관해서는 아무도 언급하지 않았다.

"아이들 일이니까 그냥 사과해 버려" 하고 권하는 사람도 있었다.

"괜히 밉보여도 골치 아프거든. 사과하고 끝내는 것도 방법이야. 소라 엄마, 아까도 택시 영수증 다 챙겨 놓는다고 씩씩거리던데."

"그랬구나."

사토코는 일부러 가볍게 대꾸하지 않고서는 견딜 수가 없었다. "어쩔까나?" 하고 쓴웃음을 지으며 버스가 올 때까지 시간을 흘려보냈다. ──이 상태라면 자신과 소라 엄마의 지인들 모두에게 아사토가 밀었다고 말을 퍼뜨릴 것만 같았다.

버스가 왔다. 사토코는 아파트 공동 현관에 나가 아들을 배웅했다. 아들의 모습이 보이지 않을 때까지 손을 흔든 뒤 다시 출입구로 향하자 높은 건물에서 느닷없이 위압감이 느껴졌다.

심호흡을 하고 자신이 사는 아파트 꼭대기를 올려다보았다.

흐릿한 하늘에는 분명히 햇살이 비치고 있는데 그 햇살을 더듬어도 해는 보이지 않았다.

사토코의 예감은 적중했다. 그날 저녁 장을 보고 돌아오는 길이었다. 아파트 공동 현관에서는 퇴근길인 듯한 소라 엄마가 아이들을 데리고 다른 집 엄마와 이야기하고 있었다. 다른 집 엄마는 젖먹이를 안고 있었는데 사토코가 모르는 사람이었다. 소라네 가족은 그 엄마와 친해 보였다.

"붕대도 맨날 갈아야 하고 목욕 시키는 건 또 어찌나 힘든지. 붕대 때문에 보이지는 않는데 찰과상도 입었거든. 상처에 모래가 들어갔다니까?"

밖에서도 대화 소리가 들렸다.

당당하게 대하기로 마음먹었는데도 차마 오늘은 그녀가 일하는 슈퍼에 가지 못하고 다른 가게에서 장을 보고 말았다. 사토코는 손에 든 비닐봉지 앞면의 로고가 보이지 않도록 순간적으로 로고가 있는 쪽을 몸에 바짝 붙여서 숨겼다.

사토코 일행이 들어오는 것을 본 순간, 이제껏 대화 중이었던 엄마들이 고의적인 듯한 타이밍에 입을 다물었다.

"안녕하세요."

사토코가 큰마음 먹고 인사를 건네자 아기를 안고 있던 엄마는 "아, 네, 안녕하세요" 하고 당황해하면서도 인사를 해 주었다. 그러나 소라 엄마는 아무 말이 없었다. 차갑게 고개를 돌리더니 "그럼 또 봐" 하고 아기 엄마에게 말한 뒤 사토코를 무시한 채 소라 형제를 데리고 곧장 밖으로 나갔다. 택시를 이용하겠다고 했으면서 두 형제 모두 자전거를 탈 때 쓰는 헬멧을 쓰고 있었다.

평소에는 명랑한 소라가 고개를 숙이고 있었다. 아사토는 고개를 들어 소라를 바라보고 있었다. 빨간색 헬멧을 쓴 소라가 고개를 가로젓더니 말없이 엄마에게 달라붙었다. 소라의 오른쪽 발에 감긴 붕대가 안쓰러워 보였다. 아이가 다쳐서 붕대 감은 모습을 보는 것만으로도 부모는 가슴이 아프다.

오늘 아사토는 유치원에서 소라에게 말을 걸었다고 한다.

하지만 소라는 아사토와 말을 섞지 않았다. 엄마가 놀지 말라고 했다고 띄엄띄엄 설명하더니 곧장 다른 아이 곁으로 가버렸다는 이야기를 들었다. 사토코는 뭐라 말할 수 없는 기분을 느꼈다.

옆을 보니 아사토는 자신의 과자와 아침용 빵이 들어 있는 봉지를 늘어뜨리고 소라가 사라진 방향을 여전히 눈으로 좇고 있었다.

어두워져서는 안 된다.

"아사토, 가자."

아직 힘이 들어가지 않는 아들의 축 늘어진 팔을 붙잡고 사토코는 엘리베이터 홀을 향해 걸음을 옮겼다.

평소대로 해야 한다.

늘 하던 대로 굴어야 한다.

──누가 뭐라든 흔들려서는 안 된다.

사토코는 이런 일쯤은 얼마든지 견딜 수 있다고 자신을 타일렀다.

남편과 의논한 결과 신경 쓰지 않기로 했다. 남편도 얼굴을 아는 정도였던 소라 엄마에게 "뭐 그런 사람이 다 있어?" 하고 비판적이었다.

게다가 회사 고문 변호사에게 전문은 아니더라도 민사를 잘 아는 사람을 소개해 달라고 해야겠다는 말까지 꺼내서 사토코는 그러지 말라고 부탁했다. 아이들 일인데 그렇게까지 하는 것은 어른답지 못하기 때문이다. 무엇보다 일이 커질수록 상처받는 쪽은 아사토. 그날 이후 소라 엄마가 직접 전화를 거는 일도 없었다.

아무리 내 자식이라지만 아사토는 총명한 아이다. 말로 하지 않아도 부모의 생각이 전해지는지 뜻밖의 순간에 부모의 품을 파고들어 "엄마 아빠, 죄송해요" 하고 힘겹게 사과하기도 했다. 잠도 잘 못 자고, 놀고 있어도 가라앉기 일쑤였다.

아들의 사과는 듣기가 괴로웠다.

"왜?"

사토코는 모르는 척 눈물을 참고 고개를 들었다. 이상하다는 눈빛을 하며 아들의 얼굴을 들여다보았다.

"왜 사과하니? 아사토는 잘못한 게 없는데."

그러고는 숱 많은 앞머리를 헝클었다.

"이제 자를 때가 되었구나."

견딜 수 있다. 이쯤은 아무것도 아니다.

다만 아들에게 사과를 받으면 사토코와 기요카즈는 이렇게 묻고 싶어진다.

"실은 네가 밀었니?"

그 충동을 억제하는 것이 무엇보다 힘들었다.

어느 날 밤 아이를 재우려고 침대에 그림책을 가져갔더니 누워 있던 아사토가 "저기, 엄마" 하고 입을 열었다.

"응?"

"——내가 소라를 밀었다고 말하는 게 좋을까?"

가슴이 덜컥했다.

눈을 크게 뜨고 아사토의 얼굴을 뚫어지게 보고 말았다.

'설마, 진짜로?'

의심의 눈초리로 아들의 눈을 들여다보고는 이내 후회했다. 아사토의 눈에는 그날 유치원에서 선생님들에게 추궁당했을 때처럼 상처받은 빛이 어려 있었다.

'이 아이도 다 아는구나.'

자기 때문에 주변 사람들이 난처해하고 있음을 느끼는 것이다. 그렇다면 그것은 사토코와 기요카즈 탓이다. 사실 사토코는 가시방석에 앉은 듯한 나날을 보내며 차라리 아사토가 인정해주었으면 좋겠다고 생각했다. 함께 사과하면 된다고, 비난받아도 상관없다고까지 생각했던 것이다.

"그런 걱정은."

사토코는 웃어넘기고 싶었지만 마음대로 되지 않았다. 눈물이 나오려는 것을 가까스로 참았다.

믿어야 한다고 생각했다. 하지만 자신의 그런 마음조차 이 아이를 막다른 곳에 몰아붙이는 걸지도 모른다.

"아사토는 사실만 말하면 돼."

망설인 끝에 간신히 말하자 아사토는 잠시 뭔가를 생각하는지 말없이 있었다. 이윽고 작은 목소리로 "응" 하고 고개를 끄덕였다.

"엄마, 그림책 읽어 줘."

아사토의 목소리가 조금이나마 밝아진 것 같았다.

"좋아."

사토코는 웃는 얼굴로 책을 펼쳤다.

이런 날들이 도대체 언제까지 계속되는 걸까 싶었지만, 상황은 약 2주 만에 바뀌었다.

"죄송하지만, 오늘 유치원에 와 주실 수 있으세요?"

유치원에서 다시 연락이 왔을 때 사토코는 불길한 예감밖에 들지 않았다. 더 이상 무슨 일이 또 있다는 걸까.

"소라 일로 말이에요?"

사토코의 질문에 원장 선생님도 "그렇습니다" 하고 인정했다.

아사토는 아직 유치원에 있을 시간이다. 사토코는 부랴부랴 집을 나섰다. 남편에게는 유치원에서 돌아온 뒤 연락할 생각이었다.

순간적으로 든 생각은 유치원을 옮겨야 하는 게 아닐까 하는 것이었다. 아사토를 믿지만, 불길한 예감은 까닭 없이 찾아오는 법이다. 부당한 일은 언제 어디서든 당할 수 있다. 유치원에서 쫓겨난다면, 소라 모자를 위해 나가라고 한다면, 각오는 되어 있었다.

유치원에 도착하면 이번에야말로 소라 모자가 동석한 상태에서 말하기 거북한 이야기를 맞대결하듯 꺼내야 하는 것은 아닐까. 사토코는 마음의 준비를 했다. 그런데 예상과 달리 안내받아 들어간 교무실에는 이번에도 선생님들뿐이었다.

처음 불려 간 날에는 울상이었던 아사토도 오늘은 연장 보육을 하는 아이들과 놀고 있었다. 유치원 건물 중 가장 넓은 공간인 중앙 홀에 다 같이 있었다. 그 원형 안에 소라 형제의 모습은 보이지 않았다.

"정글짐에서 있었던 사고 말입니다만."

"네."

"소라가 스스로 뛰어내렸다는 이야기를 오늘 아침 어머니에게 털어놓았다고 합니다."

네? 하는 소리가 목구멍에 걸려 나오지 않았다.

"죄송합니다."

원장 선생님이 자리에서 일어나 머리를 숙였다. 이어서 담임 선생님이 일어나더니 마찬가지로 사토코를 향해 오랫동안 깊숙이 머리를 숙였다.

"아무도 못 봤다고는 하나, 아이의 말을 그대로 전해서 아사토 어머니와 아사토를 불쾌하게 하고 말았습니다. 정말 죄송합니다."

"어떻게 된 일인가요?"

사토코는 몸 둘 바를 몰라 하며 고개를 들어 달라고 부탁했다. 사과를 받기에 앞서 사정을 알고 싶었다.

"앉아도 될까요?"

원장 선생님이 자세를 바로 하며 물었다. 뜸 들이는 원장의 태도에 사토코는 초조함을 느꼈다.

"그럼요."

"소라는 그저께부터 유치원을 쉬고 있습니다."

원장 선생님이 원래대로 의자에 앉으면서 진지한 표정으로 말했다.

"아침에 유치원에 가기 싫다고 이불 속에서 늑장을 부리길래 어머니가 설득했더니 털어놓았다고 합니다. 정글짐에서 아사토가 밀었다는 것은 거짓말이니 이제 아사토와 놀아도 되느냐고 말이에요."

사토코는 말이 나오지 않았다. 젊은 선생님이 단어를 고르고 골라 보태었다.

"소라 어머니가 아사토와 놀지 말라고 했나 봅니다."

"소라는 왜 그런 거짓말을. 아사토 때문에 떨어지다니."

"일전에도 말씀드렸다시피⋯⋯."

원장 선생님이 대답했다.

"정글짐에서 뛰어내리는 놀이를 하지 말라고, 유치원과 가정
에서 소라에게 거듭 주의를 주었습니다. 특히 가정에서는 형을
따라 하려 드는 동생 때문에 몹시 위험하므로 부모님 모두 상
당히 엄격하게 주의를 주었다고 합니다. 다음에 또 뛰어내리면
집에서 쫓겨날 줄 알라고 으름장을 놓았다더군요. ──실제로
그렇게 경고했을 당시 소라를 벽장에 몇 시간 동안 가두었다고
합니다. 소라가 울면서 앞으로는 절대로 하지 않겠다고 약속했
다고 해요."

상상이 갔다. 소라네 집에서도 엄격하게 가르친 것이었다.

원장 선생님이 한숨을 쉬었다.

"그런데 그날 뛰어내렸던 겁니다. 여태껏 어른이 지켜보지 않
을 때를 노려 점프했는데 아무 문제가 없었으니 들키지만 않으
면 된다고 생각했겠죠. 하지만 그날은 착지를 잘못하는 바람에
다쳐서 울었더니 어른이 와 버린 거예요. ⋯⋯깜짝 놀라서 그
만, 혼나기 싫은 나머지 거짓말을 했나 봅니다."

원장 선생님이 괴로운 듯 미간을 찌푸렸다. 그러고는 사토코
를 쳐다봤다.

"아이니까 그럴 수도 있다는 말로 끝날 문제가 아니라고 생각

합니다. 아사토와는 평소부터 사이가 좋았고, 그래서 이름이 튀어나왔겠죠. 소라도 이렇게 큰일로 번질 줄은 몰랐을 겁니다. 혼란스럽고, 지난 2주 동안 소라 나름대로 괴로운 시간을 보냈을 거예요.──용서해 주실 순 없을까요?"

원장의 부탁에 사토코는 콧속 깊이 숨을 들이마셨다.

화를 내도 되는 상황이었음을 깨달은 것은 나중이었다. 의심을 받아서 얼마나 괴로웠던가. 분노로 가슴이 들끓었어도 이상하지 않았으리라.

그런데 사토코의 가슴에 차오른 것은 압도적인 안도감이었다.

'아사토.'

사토코는 마음속으로 아들의 이름을 불렀다.

아사토에게 착한 아이라며 칭찬해 주고 싶었다. 아들은 정말 밀지 않았던 것이다. 아사토를 믿어서 천만다행이라고 생각했다. 그랬더니 다른 것은 아무래도 좋다는 생각이 들었다.

"아사토에게 사과한다면요."

사토코는 대답했다.

"소라하고도 제대로 이야기할 수 있는 자리를 마련해 주셨으면 해요. 아사토도 사이좋은 친구와 놀지 못하는 날이 계속된 점이 가장 힘들었나 보더라고요."

"알겠습니다. 아사토에게도 담임과 함께 설명할 겁니다."

"제가 가서 불러올게요."

젊은 선생님이 교무실을 나가 중앙 홀에서 놀던 아사토를 데리고 돌아왔다. 불안한 듯 교무실로 들어온 아사토의 얼굴이 사토코를 발견하자마자 환히 빛났다.

"엄마."

"아사토."

와락 달려든 아이를 품에 안으며 사토코는 아들의 이름을 불렀다. 그 가녀린 등에 손을 둘러서 쓰다듬어 주었다.

저녁이 다 되어서 전화가 걸려 왔다. 전화기 너머에서 소라 엄마가 울고 있었다.

"──미안해."

언뜻 들어서는 소라 엄마인지 모를 만큼 연약하고 떨리는 목소리였다. 아이들은 어찌했는지 오늘은 며칠 전과는 달리 소라 엄마의 뒤에서 아무 소리도 들리지 않았다.

"괜찮아."

사토코는 대답했다. 진심이었다.

그 소리를 들은 소라 엄마는 말을 잇지 못했다. 짧은 울음소리가 들린 후 아이 같은 사과의 말이 다시 이어졌다.

"미안해. 소라는 집에서 혼날까 봐 무서웠대. 나도 아사토가 그럴 아이가 아닌데 이상하다고, 진짜 그렇게 생각했어. 그런데 소라가……."

"괜찮아. 이제 신경 안 써. 그보다 소라 너무 혼내지 마."

"벌써."

소라 엄마가 꺼이꺼이 울기 시작했다.

"손찌검해 버렸어. 믿기지가 않아. 자기 잘못을 남 탓으로 돌리다니. 심지어 친구까지 팔고. 그런, 그렇게 한심하고, 심보가 고약한 녀석으로 키운 기억은……."

중간중간 흐느끼는 소리가 섞였다. 소라 엄마는 어찌할 바를 몰라 하는 목소리로 "어떡해" 하고 말했다.

"아사토 엄마하고 아사토도 나 때문에 마음고생 많았지? 내가 주변 사람들한테도 막 떠벌리는 바람에 화 많이 났지?"

"……이제 괜찮아."

사토코는 참을성 있게 대답했다. 이렇게 사과를 받는 이상 더 바랄 것도 없었다.

소라는 그저께부터 유치원을 쉬고 있다고 했다. 실은 좀 더 일찍 엄마에게 자신의 거짓말을 고백하지 않았을까. 소라 엄마는 주변 사람들에게 떠벌렸다고 했으니 아이의 입단속도 당연히 생각했을 것이다. 설사 그랬더라도 그것을 탓할 수는 없다. 하지만 아기라면 또 모를까, 다섯 살쯤 되면 아이는 자기 의지로 입을 여는 법이다. 부모도 그것을 막을 수는 없다.

실제로 소라 엄마는 제 손으로 유치원에 연락해서 실토했다. 자신의 아이가 잘못했다고.

사토코는 그것만으로 충분했다.

"진실을 말하기 어려웠을 텐데. 연락해 줘서 고마워."

사토코가 말하자 그것이 신호가 되었는지 소라 엄마가 으읍, 하고 말을 잇지 못했다. 사토코는 열 살 이상의 나이 차이를 떠올렸다. 자신과 이 사람이 동갑내기 아이를 둔 엄마라니, 세상은 알 수가 없다. 신기하다.

엉엉 울음을 터뜨린 소라 엄마가 마지막으로 한 번 더 "미안해" 하고 사과했다.

(4)

정글짐 사건이 진정되고 난 다음 주 토요일. 유치원에서 같은 반인 가족끼리 동물원에 가기로 한 날이었다. 같은 아파트는 아니지만, 친한 엄마 중 한 명이 센스 있게 기획해 준 것이다.

"화해하러 동물원 나들이라……."

남편은 어이없다는 듯 쓴웃음을 지었다. 회사에서 중요한 일을 맡았다는 남편은 토요일인데도 넥타이를 매며 출근 준비를 하고 있었다.

"보통내기가 아닌데. 우리는 입방아에 오르내리고 피해까지 입었는데."

"이미 지난 일이잖아. 제대로 된 사과도 받았고, 아사토랑 소라가 서먹서먹해지지 않고 지금처럼 잘 지내는 게 얼마나 다행이야."

"그건 그렇지만."

남편이 웃었다.

"아빠, 안녕히 다녀오세요."

"오, 그래. 같이 못 가서 미안하구나."

그러고는 자신의 바짓가랑이를 붙잡는 아사토에게 사과했다.

말은 그렇게 해도 남편 역시 소라네 가족을 더는 기분 나쁘게 생각하지 않는 듯했다. 소라네 가족이 정식으로 사과하러 찾아왔던 것이다. 소라 아빠는 예의 바르게도 정장을 차려입고 과자 선물 세트를 가지고 왔으며, 무엇보다 소라는 어린아이임에도 불구하고 무릎을 단정히 꿇고 앉아 아사토와 자신들한테 "죄송합니다" 하고 사과했다. 그때 인상이 좋았던 모양이다.

"저녁 먹을 때 되면 동물원 근처로 나갈 수 있도록 조정해 볼게. 우에노지? 같이 밥이라도 먹자."

"괜찮겠어? 바쁜 거 아니야?"

"괜찮고말고. 오늘 프레젠테이션하러 갈 재개발 역이 그 근처거든."

그때 전화벨이 울렸다.

휴대폰이 아니다. 거실에 있는 집 전화였다.

"어, 전화 오는데?"

남편이 말했다. 사토코는 "네, 갑니다요" 하고 거실로 향하면서도 또 그 전화일지도 모른다는 생각에 마음을 다잡았다. 그 전화는 지금까지 남편이 없을 때만 걸려 왔다. 그래서 사토코는 요즘 계속되고 있는 무언의 전화에 대해 남편에게 상의하는 것조차 잊고 있었다.

"네, 구리하라입니다."

침묵이 돌아올 게 뻔하다고 예상했다.

그런데 아니었다.

"──여보, 세요."

유령 같은 목소리였다.

끊어질 듯, 미덥지 못한 인상을 주는 젊은 여자의 목소리에서 생기라고는 찾아볼 수가 없었다.

"네."

목소리를 들어도 짐작 가는 사람이 없었다. 의아한 마음에 "누구세요?" 하고 물었다. 물으면서도 문득 그동안 무언의 전화를 건 사람이 이 여자라는 직감이 들었다. 살짝 긴장이 되어서 수화기를 고쳐 쥐었다.

"저, 가타쿠라예요" 하고 여자가 말했다.

"구리하라 씨, 댁인가요?"

"그런데요."

"저기……."

전화기 너머에서 몇 초간 머뭇거리는 기색이 느껴졌다. 결심한 듯 여자가 말했다.

"아이를, 돌려주세요."

"네?"

가슴이 덜컥했다. 사토코는 방금 들은 이름을 되새겼다.

가타쿠라(カタクラ).

한자가 떠오름과 동시에 눈이 휘둥그렇게 떠졌다.

가타쿠라(片倉).

여자가 이어서 말했다.

"제가 낳은, 아이 말이에요. ——그쪽이 양자로 들인 아이요."

심장이 벌떡벌떡 뛰었다. 할 말을 잃은 사토코와는 반대로 자신을 가타쿠라라고 밝힌 여자의 목소리는 차츰 안정을 찾아갔다.

"거기 있죠? 아사토."

꺄하하하, 아사토의 커다란 웃음소리가 집 안에 울려 퍼졌다.

"기다려—."

남편이 아사토를 붙잡으려 하고 있다. 간지럼을 태우려는 것이다. 크기가 다른 두 개의 발소리가 거실로 들어왔다. 남편의 발이 전화기 앞에 있는 사토코를 보고 멈췄다.

"——왜 그래?"

남편이 사토코의 얼굴을 보고 깜짝 놀라 물었다.

수화기를 쥔 손에 현실감이 없었다.

사토코는 멍한 와중에도 남편의 목소리를 들을 수 있었다. 혼란과 당황으로 가슴이 요동쳤다.

하지만 이내 정신을 가다듬었다.

숨을 크게 들이쉬었다. 가슴에 손을 얹고 심장 소리를 들었다. 진정해, 하고 자신을 타일렀다.

사토코는 여전히 전화기를 붙잡고 있었다. 그런 자신을 지켜보는 남편과 아들에게 눈길을 보내자 기요카즈가 걱정스러워하며 입 모양으로 "괜찮아?" 하고 물었다. 이곳의 분위기가 전화기 너머로 전해지지 않기를 바라면서 사토코는 말없이 고개만 두 번 끄덕였다.

사토코는 오른손바닥으로 공기를 밀어내듯 저리 가라고 손짓했다. 남편이 뭔가를 눈치챘다는 듯 아사토의 귓전까지 얼굴을 가까이 대고 속삭였다.

"좋았어, 어떤 신발을 신을지 고르러 가자."

아사토는 아직 어리둥절한 표정을 띠고 있었지만, 곧바로 "응!" 하고 대답한 뒤 아빠와 함께 현관으로 사라졌다.

그 뒷모습을 본 순간 사토코는 가슴이 벅찼다. 언제 이렇게 컸지?

"가타쿠라——히카리, 씨인가요?"

그 이름을 잊은 적은 없다.

당황한 듯 전화기 너머에서 잠시 침묵이 흘렀다. 이윽고 상대가 "맞아요" 하고 대답했다.

"——무슨 뜻인가요? 아사토를 돌려 달라니요?"

"말 그대로예요. 제가 낳은 아이니까 돌려주셨으면 합니다."

그녀가 강경한 뜻을 밝히고 있는데도 목소리는 뚝뚝 끊어져 가냘프게 들렸다. 사토코 역시 기력을 쥐어짜듯 물었다.

"그 말은 아사토를 데려가서 같이 살고 싶다는 뜻인가요?"

"그렇습니다."

"왜 이제──."

단어를 신중히 선택해서 이야기할 작정이었건만, 그런 말이 나오고 말았다. 본심을 말하자면 이렇게 말하고 싶었다. "왜 이제 와서"라고.

상대는 사토코가 주춤한 틈을 놓치지 않았다. 말투가 슬며시 강해졌다.

"언제, 생각하든 그게 중요한가요? 내 핏줄을 이어받은 내 아이잖아요."

'핏줄'이라고 말할 때 그녀의 목소리가 떨렸다.

사토코는 갑작스러운 상황에 수화기를 쥔 채 움직일 수가 없었다. 이윽고 그녀가 생각지도 못한 말을 덧붙였다.

"만약 그러기 싫다면."

여자의 말이 빨라지더니 "돈을" 하고 말했다.

"돈을 준비하세요. 그럼 제가 포기할게요. ──제 존재를 들키면 여러모로 곤란하지 않겠어요? 돈을 준비하지 못하겠다면, 제 입으로 밝힐 거예요. 당신 주변 사람들한테."

너무나 엄청난 말에 사토코는 목소리가 나오지 않았다. 여자는 계속했다.

"그 아이 학교에도, 이웃에도 밝힐 거예요. 물론 그 아이 본인한테도요. 그럼 곤란한 거 아닌가요?"

사토코는 자신이 협박당하고 있음을 그제야 깨달았다. 눈을 깜빡이자 눈꺼풀이 경련하듯 파르르 떨렸다.

처음 듣는 종류의 목소리였다. 유령처럼 생기가 없다고 느꼈던 첫인상은 그대로였다. 그런데 이 사람은 그 인상과는 정반대되는 가장 생생하고 노골적인 돈 이야기를 하고 있다. 아사토와 돈이라는 동떨어진 존재는 사토코의 마음속에서 하나로 연결되지 않았다.

"──알겠습니다."

사토코는 대답했다. 돈을 준비하겠다는 의미는 아니었다.

"만나서 이야기하도록 하죠."

사토코는 제안했다.

(5)

전화의 여자는 사토코네 집 위치를 알고 있었다.

사토코가 전화에 대고 주소를 읊으려 하자, "대충 알아요" 하고 말렸던 것이다.

"아직 그때 살던 집에 계속 사시는 거잖아요."

사토코는 어쩌면 그동안 이 사람이 상황을 살피러 집 근처까지 왔던 것은 아닐까 싶어 몸이 움츠러들었다.

"······이 전화번호는 어떻게 알았어요?"

"'베이비 배턴'에서."

'베이비 배턴'은 사토코 부부에게 양자 결연을 중개해 준 민

간단체의 이름이었다. 지금은 없는 단체다. 3년쯤 전에 운영이 어려워져 해산되었는데, 이후의 사무는 양자 결연을 중개하는 다른 단체에서 이어받아 통합 관리하고 있다. 그 이름을 듣는 순간 사토코의 몸이 굳었다.

밖에서 할 수 있는 종류의 이야기가 아니다.

이 전화로 만날 약속을 정해야 한다는 생각이 들었다. 자신들은 이 사람의 연락처를 모른다. 사토코는 일단 만나야겠다는 충동을 억제할 수가 없었다.

그녀와는 아사토가 유치원에 가 있을 시간에 집에서 만나기로 약속했다. 날짜는 수요일로 정했다. 남편은 수요일마다 오후에 있을 정례 회의에 맞춰 출근하면 되고 그 전까지는 다른 일정이 잡히지 않는다고 들었기 때문이다.

전화를 받고 난 뒤 토요일 동물원에서도, 그 후 아사토를 유치원에 배웅할 때도 사토코는 아무에게도 말하지 않았다. 마음은 당연히 어지러웠지만, 적어도 겉으로는 아사토나 다른 사람들이 눈치채지 못하게끔 내색하지 않을 작정이었다.

동물원에서 화해한 아사토와 소라가 함께 토끼한테 먹이를 주고 있는 모습을 보고 안심이 되었다. 소라 엄마가 사토코와 다른 엄마들에게 스스럼없이 "브라우니 구워 왔어" 하고 한 입 크기로 자른 케이크를 권해 주는 것도 반가웠다.

그 후 남편과 전화의 여자에 대해 몇 번씩이나 이야기를 나누었다.

그녀가 자신을 가타쿠라 히카리라고 밝힌 것. 그리고 협박과 돈 이야기. 그것을 듣는 순간 남편 역시 할 말을 잃었다. 그러고 나서 사토코와 같은 결론을 내렸다.

"만나 보자."

평소 좀처럼 휴가를 내지 못하는 남편이 주저 없이 동석하겠다고 말했다. 평소에는 일이 먼저인 남편이 그렇게 나온 까닭에 사토코는 실감했다. 이번 일은 우리 가정에 몹시 중대한 사건이라는 것을. 무엇보다 최우선해야 할 사건이 일어났다는 것을.

그녀가 오기로 한 날 아침, 사토코는 아파트 공동 현관에서 아사토를 배웅한 뒤 집으로 돌아왔다. 남편은 빈틈없이 넥타이까지 맨 차림으로 소파에 앉아 신문을 읽고 있었다. 만약 용건이 짧게 끝나면 오후에는 출근한다고 했다. 그렇게 되기를 바라며 사토코는 남편의 구두에 솔질을 했다.

"아사토는 갔어?"

남편의 질문에 사토코는 "응" 하고 대답했다. 그것으로 대화가 끊겼다.

신문에서 시선을 떼지 않고 있는 남편도 내용은 머릿속에 들어오지 않을 것이다. 사토코 역시 아침 먹은 설거지를 끝내고 빨래를 너는 동안 마음이 뒤숭숭했다.

활짝 갠 날이었다.

끝없이 펼쳐진 푸른 하늘 아래 아사토의 새하얀 속옷을 널었다. 목 부분이 살짝 늘어난 옷을 하나 발견하고는 내일 한 번만 더 입고 버려야겠다고 생각했다. 지금부터 무슨 일이 벌어질지 모르는 이런 날에도, 내일 이후의 일상이 계속되리라 믿는 자신을 깨닫고 이상한 기분이 들었다.

　아파트 밖은 오늘도 바람 한 점 없이 상쾌하다. 아파트 내에 있는 공원에서 아이와 부모가 노는 소리가 들렸다. 어디 가는 중인지 "자, 빨리 해야지—" 하고 엄마인 듯한 사람이 아이를 재촉하는 소리가 들려 왔다.

　약속한 11시가 넘었는데도 아무도 오지 않았다.

　거실의 시계 바늘이 10분 지났을 무렵 남편이 신문에서 시선을 떼고 시계를 쳐다봤다. 그 후 20분을 가리킨 순간 "안 오네" 하고 중얼거렸다.

　한 시간이 지나 12시가 되자 남편은 신문을 접고 소파에서 일어났다. 넉살을 부리며 사토코에게 "장난이었나?" 하고 내뱉었다.

　오지 않는다면 그래도 상관없다. 하지만 사토코는 오늘 보자고 한 것이 맞는지, 시간은 틀림없는지 점점 자신이 없어졌다. 마음이 진정되지 않았다.

　가슴이 답답한 상태로 다시 10분이 지났다. 이대로 가다가는 유치원도 끝나고 아사토가 돌아올 시간이 되고 만다. 사토코는 회사를 쉰 남편에게도 미안한 마음이 들었다. 그런데 남편은 상대를 만나지 않아도 된다면 그 편이 오히려 마음이 편한지 신경 쓰는 기색이 없어 보였다. 짐짓 밝은 목소리로 "이왕 이렇게 된 거, 어디 가서 뭐라도 좀 먹을까?" 하고 묻기까지 했다.

"그런데 아사토가."

"아아, ──그렇지."

남편이 시계를 올려다보았다.

그때였다. 집 안에 초인종 소리가 울렸다. 아파트 공동 현관에서 집을 호출하는 소리였다.

눈을 마주치자 남편이 숨을 멈추었다. 사토코는 말없이 벽에 설치된 인터폰 쪽으로 고개를 돌렸다.

"──네."

통화 버튼을 누르자 인터폰 화면에 그 사람의 모습이 비쳤다. 기요카즈도 사토코 옆에 서서 화면을 들여다보았다.

해상도 낮은 화면에 흰 모자를 쓴 여자가 서 있었다. 말랐고, 모자 밑으로 드러난 긴 머리는 밝은 색으로 염색되어 있었다. 아사토의 엄마는 아직 스무 살 안팎일 터였다.

가타쿠라입니다, 하고 그녀가 밝혔다.

사토코는 그녀의 얼굴을 보자마자 아사토와 닮은 구석이 있는지부터 살펴봤다.

현관에서 그녀를 안으로 들이고 슬리퍼를 권했다.

"들어오세요."

그녀는 혼자였다. 구부정한 자세로 "네" 하고 대답하더니 말 없이 슬리퍼를 신었다. 그녀는 사토코와 기요카즈의 시선을 회피하듯 눈을 마주치지 않았다.

그녀는 분홍색 여름 니트에 무릎 위까지 올라오는 짧은 치마를 입고 있었다. 염색한 머리는 뿌리 부분은 까만데 머리끝은 지나치게 밝아서 전혀 조화롭지 않았다. 사토코가 그녀와 통화를 하며 유령 같다고 느꼈던 첫인상대로 그녀는 건강 상태가 나쁜지 피부가 거칠었다. 화장을 했는데도 얼굴빛이 나쁘다는 것을 알 수 있었다. 게다가 마스카라를 칠한 속눈썹은 무거워 보이고, 펄이 들어간 갈색 아이섀도는 내리뜬 눈꺼풀 위로 들떠 보였다.

여자는 한 시간 넘게 늦은 것을 인터폰 너머 공동 현관에서 "늦어서 죄송합니다" 하고 사과했을 뿐, 집에 들어와서는 아무 말도 하지 않았다.

사토코는 여자를 아사토의 장난감이 널브러져 있는 거실이 아닌, 안쪽 다다미방으로 안내했다. 평소에는 거의 사용하지 않는 그 방은 친정 부모님이 아사토의 운동회 같은 일로 오셨을 때 침실로 사용한다. 일상적으로 사용하지 않는 방은 방석을 깔았는데도 찼다.

사토코는 차를 끓여 와 그녀 앞에 두었다. 그렇게 마주 앉았는데도 여자는 입을 열지 않았다. 사토코 부부가 먼저 말을 꺼내기를 기다리듯 입을 꾹 닫고 있었다.

여자의 귀 모양에 눈길이 갔다.

아사토의 귀 모양을 떠올리고는 그녀 위에 포개어 봤다. 닮았는지 아닌지 알 수 없었다. 닮은 것 같기도 하다.

사토코는 충격 받을 각오를 하고 있었다.

언젠가 이런 날이 오는 것은 아닐까 싶었다. 지금이 행복하다고 느낄수록 문득 망상에 빠지곤 했다. 언젠가 아사토와 꼭 닮은 엄마가 자신 앞에 나타나는 것은 아닐까. 그 얼굴 구석구석에 있는 아사토의 모습에 자신이 충격을 받고 망연히 서 있는 장면을 전부터 각오하는 심정으로 그 아이와 살아왔다.

그런데 알 수가 없었다.

매일 얼굴을 맞댈 만큼 가까이 있는 아사토의 얼굴과, 눈앞의 여자의 얼굴이 닮았는지 어떤지.

——6년 전 울면서 사토코의 손을 잡고 눈물을 흘리며 "죄송합니다, 고맙습니다, 이 아이를 잘 부탁합니다" 하고 세 마디를 되뇌고 또 되뇌던 우리의 그 '작은 엄마'는 과연 눈앞의 이 사람이 맞을까.

"……당신은, 누구인가요?"

말한 사람은 남편이었다.

남편과는 오늘 이 사람을 만나면 어떤 식으로 이야기할지 내내 의논해 왔다. 그런데 주저 없이 그가 말했다. 사토코는 슬며시 놀라는 한편 역시 남편과 똑같은 마음이었다.

눈앞의 여자가——협박자가 처음으로 반응했다. 목소리가 나오지 않는지 '네?' 하는 입 모양을 했다.

"실례지만, 당신은 우리 아사토의 엄마가 아니죠? 보통 특별 양자 결연에서는 친부모와 양부모가 끝까지 만날 일이 없습니다. 그래서 속일 수 있다고 생각했는지도 모르지만, 우리는 아이의 생모를 한 번 만난 적이 있거든요."

여자의 얼굴이 굳어졌다. 그 얼굴에 나타나는 어떤 변화도 놓치지 않겠노라고 사토코는 여자를 뚫어져라 쳐다봤다. 남편이 계속했다.

"아사토를 입양할 때 특별히 부탁해서 만났습니다. 아주 잠깐 이었지만요. 상대방도 우릴 만나고 싶어 해서 아사토의 엄마가 부모님을 동반한 상태로 우리를 만나 주었습니다."

그날 일을 떠올리는지 남편의 눈이 뭔가를 억누르는 듯 천천히 깜빡였다. 당시 아사토의 생모는 십 대인 중학생이었다.

여자의 눈이 휘둥그레지고 속눈썹이 미미하게 떨렸다. 눈앞에 놓인 차의 표면이 손도 대지 않았는데 작고 동그란 파문을 그렸다.

"──그 엄마는 당신이 아니라고 생각합니다."

남편이 단호하게 말했다.

이어서 사토코도 입을 열었다.

"전화할 때부터 그렇게 생각했어요. 아이 엄마가 지금의 아사토를 만나고 싶어 하거나 아사토를 도로 데려가고 싶어 하는 거라면, 그럴 수도 있다고 생각해요. 그런데 돈 이야기가 나오는 건 아무리 생각해도 이상해요. 아이의——우리의 엄마는 그런 말을 꺼낼 사람이 아니에요."

전화를 받은 후 남편과 몇 번이나 이야기한 것이었다.

그날 눈물을 흘리며 자신들에게 아사토를 맡긴 그 '작은 엄마'는 아사토만의 엄마가 아니다. 그녀는 아사토를 이 세상에 태어나게 해 주었다. 그녀가 없었더라면 자신과 아사토는 만나지 못했다. 부모 자식 간이 될 수 없었다. 그 작은 엄마는 자신들과 아사토, 모두에게 소중한 '엄마'다.

그 소중한 엄마를 얕보거나 깎아내리는 짓을 하는 사람은 누구도 용서할 수 없다.

"우리는 분명히 베이비 배턴 쪽에 만약 나중에라도 생모가 원한다면 아사토와 우리 연락처를 알려 줘도 된다고 전했습니다. 베이비 배턴은 지금은 없어졌지만, 그렇다고 우리에게 아무런 연락도 없이 전화번호를 알려 주지는 않았을 거예요. ——당신이 전화한 그날, 곧바로 베이비 배턴의 사무를 인수한 지금의 단체에 연락해서 확인했습니다."

단체의 해산과 인수 과정에서 다소 혼란이 있었는지는 모르지만, 기본적으로 개인 정보는 보호되었을 거라는 답을 받았다.

사토코 부부가 가장 괴로웠던 시기에 자신들을 가족처럼 대하고 곁을 지켜 준 베이비 배턴은 운영상의 비용 부담과 창설자의 노령화 등 여러 가지 문제로 3년쯤 전에 해산하고 말았다. 무척 안타까운 일이었지만, 베이비 배턴을 통해 알게 된 양자 결연 가족과의 친목회는 여전히 이어지고 있다. 긴밀히 연락을 취하거나 꾸준히 교류하며 시간을 포개어 왔다.

"우리 일을 어디서 알게 되었는지는 모릅니다. 어쩌면 베이비 배턴이 해산할 때의 혼란으로 정보가 유출되었을 가능성도 있을 테니 당신이 거기서 우리 연락처를 얻었을지도 모르지요."

그런 건 아무래도 좋습니다, 하고 남편이 계속했다.

"문제는 당신의 목적입니다. 우리가 아사토를 입양했다는 사실을 주변 사람들에게 밝히겠다는 협박 말입니다."

"……저기."

여자가 처음으로 입을 열었다.

기요카즈와 사토코, 두 사람의 얼굴을 차례로 쳐다보았다. 생기 없던 눈에 그제야 감정다운 빛이 깃들었다. 분노인지 당황인지 그녀 자신조차 알지 못한 상태에서 "저예요" 하고 딱 잘라 말했다. 목소리가 약간 잠겨 있었다.

"만난 지 꽤 오래돼서 분위기가 좀 달라졌을지도 모르지만, 저는 가타쿠라 히카리예요. 그 아이의 엄마입니다."

"그럼 묻겠습니다. 당신의 목적은 어느 쪽인가요? 아사토를 데려가는 건가요, 아니면 돈을 받는 건가요?"

"데려가는 겁니다."

"정말인가요?"

기요카즈의 말투에는 흔들림이 없었다. 그녀가 한 번 입 밖에 낸 협박 내용은 사토코 부부의 머릿속에서 쉽사리 사라지지 않았다.

여자의 눈이 처음 만났을 때는 미처 몰랐는데, 불그스름하게 충혈되어 있었다. 이쪽을 힘껏 노려보고는 있지만, 사토코는 어쩐지 자신들이 점잖지 못한 일을 하고 있다는 기분이 들었다. 이 젊은 여자를 괴롭히는 듯한 기분이 갈수록 더해졌다.

"돈 아닌가요?"

기요카즈가 조용히 물었다.

"아니에요."

대답은 그렇게 해도 여자는 왠지 위축된 것처럼 보였다. 여유가 없고 초조해 하고 있었다.

사토코와 기요카즈는 아사토를 보낼 생각이 요만큼도 없었다. 그 아이는 자신들의 아이다.

'특별 양자 결연'은 사정이 있어서 태어난 아이를 키우지 못하는 생모와, 아무리 원해도 아이를 갖지 못하는 부부와의 사이에서 아이가 젖먹이일 때 양자 결연을 맺는다. 아이가 성장하고 나서 맺는 보통 양자 결연과는 달리, 아이는 호적상에도 부부의 친자로 등록된다.

아사토도 사토코 부부의 친자로 등록되어 있다. 낳은 부모라고 해서 아사토를 빼앗아 갈 방법은 없다. ──이 여자도 그 사실을 알고 있는 게 아닐까.

"돈 이야기를 꺼낸 건, 만약 아이를 돌려보내지 못하겠다면, 이라는 의미에서예요. 왜냐면 계속 아이를 원했는데 갑자기 보내기는 싫을 테니까 말이에요. 어차피 돌려받지 못할 바에는, 그런 의미로 말했을 뿐이라고요."

여자가 말하는 방식은 치졸했다. 어떤 말로 꾸며도 감춰지지 않는 종류의 바람이 노골적으로 표가 났다. 이어서 아이를 데려가기 위해 구체적인 불만을 말하리라 예상했지만 아니었다. 여자는 입술을 꾹 깨물고 말했다.

"그러니 돈을 주시면, 그냥 갈게요."

사토코는 상상해 보고 이내 현기증을 느꼈다. 사토코 부부가 아사토를 넘기면 눈앞의 이 여자는 아사토를 감당하지 못할 것이 틀림없다. 처음부터 돈이 목적이었다면 아사토를 데려가느니 어쩌느니 하는 말은 죽어도 입 밖에 내지 않기를 바랐다. 헝클어진 머리와 화장으로도 감출 수 없을 만큼 나쁜 얼굴빛에서 여자의 생활이 좋지 않다는 것을 짐작할 수 있었다. 그런 생활에 아사토가 비집고 들어갈 여유는 조금도 없을 것이다.

전화 단계에서 협박의 말을 꺼내야 했을 만큼, 그녀에게 서두를 수밖에 없는 사정이 있는 것은 아닐까.

"지금 주변 사람들과 그 아이가 입양 사실을 알게 되면 정말 곤란하잖아요. 그럴 바에는 차라리, 하는 생각이 들어서."

"그 협박은 협박이 될 수 없습니다."

남편의 말투에는 이번에도 흔들림이 없었다.

"아사토가 입양아라는 사실은 이미 아이에게 알려 주었습니다. 아이의 유치원 선생님에게도, 아이하고 같은 반 친구들의 부모님들에게도, 이웃 사람들에게도 말이죠. 그래서 모두 알고 있습니다. 아사토는 우리 가정의 양자로 떳떳하게 잘 살고 있습니다."

여자의 눈이 휘둥그레졌다.

사토코는 회상했다.

아사토를 얻고 바로 이사 온 이 아파트 공동 현관에서 있었던 일을. 사토코와 마찬가지로 아기를 안고 있는 엄마가 말을 걸어 왔다. 그 사람은——소라 엄마였다. 그녀답게 스스럼없는 목소리로 말했다.

"우리 아이 또래인가 봐요?"

사토코는 아사토를 안고 있던 손에 힘을 꽉 주고 이렇게 대답했다.

"그러게요. 이번에 아이를 입양했거든요."

일본은 서양에 비해 양자 결연이 드문 나라다. 일본에서는 혈연관계가 아닌 부모 자식의 존재가 순순히 받아들여지지 않으리라는 것을 사토코는 알고 있었다. 편견도 저항도 이미 각오하고 있었다. 그럼에도 솔직히 밝히는 데는 용기가 필요했다. 하지만 아사토를 얻은 기쁨이 남의 시선을 두려워하는 마음을 앞선 것이었다.

당당해야 해, 숨기는 것만큼은 절대로 안 돼, 하는 마음이 자연스레 생겼다.

처음부터 베이비 배턴은 아이에게는 언젠가 사실을 알려야 한다는 약조를 내걸었다.

　아무리 호적상에 문제가 없더라도, 친자식으로 키울 만한 환경이 갖추어졌더라도 아이는 언젠가 반드시 진실을 깨닫는다. 아이가 진실을 받아들일 수 있도록 준비해 나가는 것이 키우는 부모의 역할이라고 강습회에서도 귀에 못이 박히도록 들었다.

　'진실 고지'는 특별 양자 결연에서 피할 수 없는 단계 중 하나였다.

　"아이를 입양했거든요"라는 대답을 듣고 소라 엄마는 놀란 표정을 지었다. 그러나 잠시 후 "그렇구나. 어디서 입양했어요? 혹시 불임 치료 같은 것도 받았어요? 힘들었겠다" 하고 그녀답게 거리낌 없이 물었다. ──그로부터 6년 가까이 흘렀다. 아이들 사이에 문제가 발생했지만 소라 엄마는 혈연관계나 아사토가 양자라는 이야기를 들추어 내지 않았다. 비록 격한 말다툼을 벌였을지언정 사토코는 그런 소라 엄마를 마음속 어딘가에서 신뢰했다. 어쩌면 오래 생활하는 사이 그런 것쯤은 잊어버렸을지도 모르지만, 설사 그렇다 해도 고마웠다.

　"이런 말씀은 실례일지도 모르지만."

　기요카즈가 자세를 고쳐 앉고 애써 감정을 억누르며 담담하게 말을 이어 갔다.

　"만약 아사토가 양자라는 이유만으로 뭔가 협박할 만한 떳떳지 못한 게 있다고 생각했다면 그건 어림없는 착각입니다. 솔직히 말해 불쾌하군요."

"아사토는 친엄마를 '히로시마 엄마'라고 불러요."

이번에는 사토코가 말했다. 격한 어조의 남편으로부터 부드럽게 다음 말을 이어받듯이.

"철들기 전부터 아는 게 차라리 낫다고 생각했어요. 그래서 아사토가 두 돌이 지났을 무렵부터 조금씩 가르쳐 줬어요. 아사토한테는 나 말고도 엄마가 한 명 더 있다고요. 그 엄마는 아사토를 배 속에서 길러 주었다고요."

사토코는 그녀에게 설명했다.

철들기를 기다렸다가 "실은" 하고 진지한 표정으로 고백하는 것이 아니라 일상생활 속에서 말할 타이밍이 있을 때마다 차근차근 알려 주기로 정한 것이었다.

아사토가 세 살 무렵이었다. 사토코와 함께 목욕을 하고 있는데 아사토가 문득 엄마의 배를 만지며 혀짤배기 목소리로 물었다.

"이 속에 아짱이 있었어?"

사토코는 마음을 다잡았다. 미리 타이밍을 정한 것은 아니었지만 "아니야" 하고 대답했다. 용기가 필요했다.

"아사토한테는 엄마 말고 배 속에서 길러 준 엄마가 또 있거든."

아사토는 고개를 갸우뚱하다가 이내 납득했다는 듯 끄덕이더니 다시 물었다.

"어디 있는데?"

거기에 사토코가 대답한 것이다.

"히로시마에 있어."

베이비 배턴의 중개로 갓 태어난 아사토를 데리러 갔던 곳이 바로 히로시마였다.

'히로시마 엄마'라는 호칭은 아사토가 지은 것이었다. 그날 밤 퇴근한 기요카즈에게 아사토가 먼저 알려 주었다.

"아빠, 아짱한테는 엄마가 둘이나 있대. 히로시마 엄마도 있 거든. 아빠도 몰랐지?"

그날부터 TV 일기예보에서 일본 지도가 나오면 "히로시마는 어디야?" 하고 묻는가 하면, "히로시마 엄마네 동네는 맑음일 까?" 하고 신경을 쓰게 되었다.

평소 사토코를 '오카상(お母さん)' 하고 공손히 부르는 아사토 가 어째서 친엄마는 '오카짱(お母ちゃん)'이라고 허물없이 부르 기로 했는지는 사토코 부부도 알지 못한다. 하지만 사토코 부부 도 아들을 따라 그 작은 엄마를 '히로시마 엄마'라고 부르게 되 었다.

'히로시마 엄마'는 이 집에 분명히 살아 있는 존재인 것이다.

"──이건 우리 아이의, 히로시마 엄마가 맡긴 겁니다."

사토코는 오늘 화지(和紙, 일본 전통 종이)로 된 작은 상자를 준비해 두었다. 상자를 열어 분홍색 봉투를 꺼냈다. 십 대 소녀 가 좋아할 만한 캐릭터 편지지 세트였다. 그녀는 언제 어떤 심 정으로 이 편지지 세트를 준비했을까. 볼 때마다 가슴이 죄어

오는 것 같다.

봉투 앞면에는 동글동글한 글씨체로 '엄마가'라고만 적혀 있었다.

여자는 아무 말도 하지 않았다. 다만 정좌한 무릎 위에서 펴고 있던 손을 지금은 양쪽 다 주먹을 꽉 쥐고 있다. 눈은 사토코가 꺼낸 편지를 주시하고 있었다.

"──언젠가 우리가 아이에게 진실을 밝힐 때 전해 달라고 하면서 맡기더군요. 재작년에 아이에게 처음으로 읽어 주었어요. 앞으로도 해마다 아사토가 제대로 이해할 때까지 계속 읽어 줄 생각이에요. 소중한 거니까요."

소중한, 에서 목소리가 떨렸다. 눈을 깜빡이는 것조차 잊었는지 눈이 건조했다. 사토코는 오늘은 무슨 일이 있어도 울지 않겠노라 다짐했다. 협박자의 목적은 알 수 없다. 하지만 절대로 기죽지 않겠노라 다짐한 것이다.

"아이 엄마는 아사토를 절대로 잊지 않겠다고 썼어요. 앞으로 자신이 뭘 하며 지내든, 지금 아사토가 몇 살이고 뭘 하고 있을까 하는 생각을 평생 할 거라고요, 부디 행복했으면 좋겠다고 말이에요."

침을 삼켰다. 입을 굳게 다물고 넋이 나간 듯 창백한 얼굴을 하고 있는 여자를 노려보았다.

"──전화로 협박하면서 당신은 이렇게 말했죠. '그 아이 학교에도'라고요."

여자는 대답하지 않았다. 사토코는 계속했다.

"아사토는 아직 유치원에 다녀요. 초등학교는 내년부터 다닌다고요."

편지 내용을 여자에게 들려줄 생각은 없었다. 보여 줄 생각도 없었다. 하지만 아이 엄마가 편지에 적은, 아사토를 생각하는 마음과 자신을 탓하는 마음은 진짜다.

"그 엄마가 아사토가 몇 살인지 잊을 리 없다고 남편과 이야기했어요. 그래서 묻겠는데요. ──당신은 대체 누군가요?"

그때였다.

"딩동."

현관에서 초인종 소리가 들렸다.

아차 싶어 사토코와 기요카즈는 입구 쪽을 쳐다봤다. 아파트 공동 현관에는 인터폰이 있어서 곧바로 집 초인종이 울리는 경우는 거의 없다. 잠시 후 현관문 너머에서 "다녀왔습니다" 하는 소리가 들렸다.

사토코와 기요카즈는 숨을 멈췄다. 눈앞의 여자도 놀라서 눈을 크게 떴다.

순간적으로 다다미방에 걸린 벽시계를 봤다. 시간이 얼마나 흘렀는지도 몰랐는데 어느덧 아사토가 돌아올 시간이었다. 하지만 아파트 아래까지 버스가 와서 아이를 내려 줘도 혼자 여기까지 올라올 수 있을 리가 없었다.

그렇게 생각하고 있는데 이번에는 다른 목소리가 들렸다.

"아사토 엄마."

소라 엄마였다.

"1층에 마중 안 나왔길래 내가 아사토 데려왔어. 집에 있어?"

소라 엄마의 목소리에 이어서 소라와 아사토가 술래잡기를 하는지 뛰어노는 소리가 들렸다.

사토코는 황급히 "네" 하고 대답을 하며 일어섰다. 기요카즈와 그리고 아사토의 엄마라고 밝힌 여자를 쳐다보며.

그러자 기요카즈가 말했다.

"어떻게 할 건가요?"

점잖으면서도 위압감이 깃든 목소리였다. 여자가 이곳에 오기 전보다 더 생기를 잃은 눈빛으로 천천히 기요카즈를 봤다. 기요카즈가 계속했다.

"아사토가 왔군요. 어떻게 할 건가요, 만날 건가요?"

여자는 대답이 없었다. 어금니를 악문 듯한 표정을 지은 채 시선을 아래로 향했다. 무릎 위로 주먹 쥔 손가락에 조용히 힘을 꽉 주는 것 같았다.

소라 엄마의 목소리는 계속되었다.

"어? 이상하네. 아사토 엄마, 안에 없어?"

소라 엄마가 현관문 안쪽을 향해 큰 소리로 말했다.

"아사토, 어떡하지? 우리 집 가서 소라하고 놀래?"

"응, 엄마. 아사토랑 같이 TV 볼래."

소라의 목소리도 들렸다.

밖의 소리가 멀어지는데도 사토코는 움직일 수 없었다. 입을 다물고 숨을 죽인 채 남편과 여자를 봤다.

심장이 터질 듯 쿵쾅거렸다. 평온한 일상에 그녀의 형상을 두른 불온한 그림자가 섞여 들어온 것이다. 그것을 내버려 둔 채 내일부터 아무렇지도 않게 살아갈 자신이 없었다.

그녀가 드디어 대답했다. 입술이 말라서 갈라져 있다.

"저, 는——."

◆

경찰이 찾아온 것은 그로부터 거의 한 달 가까이 흘렀을 무렵이었다.

평일 저녁이었다.

남편은 집에 없었고, 사토코는 유치원에서 돌아온 아사토에게 간식을 내준 뒤 일찌감치 저녁 준비를 하고 있었다. 공동 현관에서 초인종이 울렸다. 사토코는 택배가 왔나, 하는 가벼운 마음으로 인터폰 화면에 응답했다.

"네."

그런데 화면에는 정장을 차려입은 남자들의 모습이 비쳤다.

"경찰입니다."

사토코는 놀라서 숨을 삼켰다.

이곳에 막 이사 왔을 무렵 가구 조사를 하러 다닌다는 경찰의 방문을 받은 적이 한 번 있었다. 그때는 제복 차림의 순경이었다. 그때와는 명백히 다른 경찰들의 모습에 사토코는 다리가 굳은 것만 같았다.

"몇 가지 질문드릴 게 있습니다만."

경찰의 말에 사토코는 얼빠진 목소리로 "네" 하고 간신히 대답했다. 인터폰 너머로 보이는 경찰 배지에, 아아, 이럴 때 경찰들은 진짜 배지를 보여 주는구나 싶어 놀라는 한편 머리로는 냉정히 생각했다.

순순히 열림 버튼을 눌러 그들을 안으로 들였다.

엄마의 상태가 이상하다는 것을 눈치챘는지 아사토가 고개를 들어 "엄마?" 하고 쳐다봤다. 사토코는 곧바로 "괜찮아" 하고 말했지만 무엇이 어떻게 괜찮다는 건지, 왜 그런 말을 했는지 알지 못했다.

TV를 켰더니 마침 저녁 시간의 어린이용 프로그램을 하고 있었다. 아사토에게 그것을 보면서 푸딩을 먹고 있으라고 말한 뒤 불안한 마음으로 경찰들이 올라오기를 기다렸다.

현관 앞에 나타난 경찰은 두 사람이었다.

아사토가 있는 거실로 통하는 문을 닫고서 사토코는 현관문을 열었다. 어깨를 들이밀다시피 들어온 경찰들에 압도되어 그들을 현관 안으로 들이고 말았다.

사토코는 자신이 복도로 나가서 응대할걸 그랬다고, 뒤에서 TV 소리가 들리는 어두운 현관에 서서 새삼스럽게 후회했다.

"가나가와 현경에서 나왔습니다."

"네."

"이 여성을 보신 적이 있습니까?"

오른쪽에 선 젊은 형사가 사진을 한 장 꺼냈다. 사진 속 얼굴을 보고 사토코는 하마터면 소리를 지를 뻔했다.

그 여자였다.

이 집을 찾아와 자신이 아사토의 엄마라고 밝힌 여자.

다행히 소리를 지르지는 않았지만, 사토코의 얼굴에 스친 변화를 그들은 놓치지 않았다. 형사가 사토코를 향해 기다렸다는 듯이 말했다.

"이 여성이 행방불명되었습니다."

"아……."

"듣자 하니, 구리하라 씨 댁을 찾아가겠다고 했다더군요. 실제로 이 근방에서 이 여성을 봤다고 하는 사람도 있습니다. 그것을 끝으로 목격 정보가 끊겼습니다. 이 여성을 모르십니까?"

사토코는 이게 대체 무슨 일인가 싶었다.

"저기……."

멍하니 서서 가까스로 입을 열었다.

"이 사람이 우리 집에 왔던 건 사실이에요. 한 달 전쯤이었어요. 그런데……."

사진에 시선이 멈췄다. "이 사람은" 하고 입이 제멋대로 움직였다.

"알려 주세요. 이 사람은 대체 누군가요?"

형사가 보여 준 사진 속 여자는 한 달 전에 만났을 때와는 달라 보였다. 입가에 살짝 미소를 띠고 있고 표정도 그런대로 밝았다. 이력서 같은 데 붙이는 증명사진을 확대한 것 같았다.

등 뒤에서 달칵, 하고 거실로 통하는 문이 열리는 소리가 났다. 문틈으로 아사토가 이쪽을 들여다보는 줄 알고 놀라서 뒤돌 았지만 문틈 사이에 아이의 모습은 보이지 않았다.

2장

긴 터널

아사토가 오기 전에는 하루하루가 긴 터널 속에 있는 기분이었다.

길고 긴 터널. 출구가 있는지 알 수 없는 터널.

출구가 없는 것이 아니라, 출구가 있는지 없는지조차 알 수 없는 터널 말이다.

희망은 없으며 빛 또한 비치지 않을 거라고 누군가 말해 주었다면 거기서 단념했을지도 모른다. 하지만 끝이 있는지 없는지조차 알지 못하기 때문에 사람은 매달리고 만다.

지금도 그 긴 여정을 떠올리면 어두운 밤의 밑바닥을 걷는 듯한 감각이 확 불어닥치듯 되살아난다.

(1)

사토코가 남편인 기요카즈를 만난 것은 스물아홉 살 때였다.

동갑인 기요카즈와는 같은 건설 회사에 근무했지만 부서가 달랐는데, 입사 동기의 소개로 알게 되었다. 교제한 지 1년이 지나 결혼할 때 사토코는 기요카즈에게 물었다.

"회사 계속 다녀도 될까?"

회사에서는 일하는 여성을 응원한다는 방침을 대외적으로 어필하는 시기이기도 했다. 출산휴가와 육아휴직을 충분히 낼 수 있는 직장 환경을 조성하여 복직해서도 단축 근무 같은 제도를 최대한 활용하도록 했다.

직원이 천 명에 가까울 만큼 인재가 풍부한 회사라 출산휴가 전에는 육아휴직 후 복직한 다른 여성 직원에 의한 설명회도 열렸다. 이십 대에 결혼과 임신을 한 사토코의 동료도 그 설명회에 참석했다. 강사로 활약한 여성이 데려온 아기가 어찌나 사랑스럽던지, 앞으로 자신이 임할 출산에 높은 동기부여가 되었다며 동료는 기뻐했다. 회사를 계속 다니더라도 쉬는 동안에는 어떻게 해 두면 좋을지, 또 어린이집 입소 신청 체험담을 들은 것이 참고가 되었다며 만족스러워했다.

업무는 바쁘고 책임도 뒤따르는 회사이지만, 사토코는 막연히 언젠가 자신에게도 그런 날이 오리라 생각했다. 격류에 휩쓸리듯 정신없이 흘러가는 나날을 거쳐 결혼하면 으레 그렇듯이 임신이라는 중대사를 치를 것이다. 원하든 원하지 않든 잔잔한 바다처럼 조용한 환경에 뚝 떨어져 몇 년을 보낼 것이다. 사토코는 결혼했을 무렵 덮어놓고 그렇게 믿었다.

결혼하고 나서도 당분간은 둘만의 신혼을 즐기고 싶은 마음도 있었다.

아이가 생기면 쉽게 누리지 못할 여행과 근사한 외식. 서로 바쁜 업무 시간을 쪼개어 연극과 음악회도 제법 보러 다녔다. 회사에서 큰 기대를 하지 않는 이십 대에 비해 일머리가 생긴 삼십 대 초반에는 맡겨지는 업무마다 품과 시간이 들었다. 그럼에도 충실감이 있었다. 맞벌이로 벌어들이는 수입 덕분에 생활은 풍요로웠으며 아무런 불편도 느끼지 않았다.

언젠가 아이를 갖는다면.

그때까지는 둘만의 즐거운 시간을. 회사 일을. 생활을 누리고 싶었다.

그 '언젠가'가 정확히 언제인지 정하지 않은 채 사토코와 기요카즈는 서른다섯이 되었다. 그해 사토코는 친정어머니로부터 전화를 받았다.

"지금 통화 괜찮니?"

시골에 사는 사토코의 어머니는 자신이 사는 마을을 벗어난 적이 거의 없다. 도쿄에 사는 딸네 집조차 여간해서는 방문하지 않는다.

사토코가 도쿄에 있는 대학에 진학할 때도, 또 졸업하고서 고향에 돌아가지 않고 도쿄에서 취직한다는 선택을 했을 때도, 식구들 다 있는 집을 놔두고 왜 멀리 가느냐고 딸 앞에서 거리낌 없이 묻는 사람이었다.

친정 근처에는 사토코의 남동생 부부가 사는데 벌써 아이가 둘이었다. 오봉(8월 15일에 지내는, 우리나라의 추석과 비슷한 일본의 명절)이나 정월에 만나는 사토코의 부모님은 완전히 조카들의 좋은 할아버지와 할머니가 되어 있었다.

무슨 급한 용무가 없는 한 친정에서 전화가 걸려 오는 일은 거의 없었다. 어머니가 일부러 조심스럽게 내는 목소리에 사토코는 슬며시 불길한 예감이 들었다. 출근 준비를 하던 사토코는 "괜찮아" 하고 대답한 뒤 어깨로 전화를 받치면서 양손으로 스타킹을 신으려고 했다. 새것을 뜯어서 발을 집어넣고 돌돌 말아가며 잡아당겼다.

"TV 봤니?" 하는 말에서 그 이야기는 시작되었다.

"무슨 TV?"

"그저께 밤에 한 건데, 인공수정하고 난자의 노화에 대해서 나왔더라. 다큐멘터리였어."

"아━━."

보지는 않았지만 무슨 내용인지는 짐작이 갔다.

여자의 몸과 임신, 만혼화와 불임 치료를 보도하는 방송 프로그램이며 신문 기사는 요즘 쉽게 접할 수 있다. 어머니 세대에는 생소할지도 모르지만, 사토코가 구독하는 패션지에도 여자의 몸을 다룬 특집 기사가 실려 있다.

사토코의 대답을 기다리지 않고 어머니가 말했다.

"너 말이야, 서른네 살까지였다는구나."

"어?"

"여자가 자연 임신할 수 있는 연령. 서른네 살까지였다고."

뜬금없는 소리에 사토코는 할 말을 잃었다. 어머니는 이제 초조함을 감추지도 않았다.

"사토코, 너, 올해 서른다섯이 되었잖니. 내일모레면 서른여섯이야."

"생일은 아직 반년이나 남았어."

"벌써 늦었다잖아. 어쩔 거야? 병원에는 가니?"

머뭇거리면서도 뻔뻔스럽게 말하는 어머니의 목소리를 듣고 사토코는 분노가 끓어올랐다.

병원에는 다니지도 않고 불임 치료는 생각해 본 적도 없는데, 자신과 기요카즈가 정말 통원하고 있으면 어쩌려고 그러는 걸까. 배려심이라고는 눈곱만큼도 없지 않은가.

아이를 원하는지 어떤지에 대해 친정 부모님과 제대로 이야기를 나누어 본 적이 없었다. 그런 이야기를 툭 터놓고 할 수 있는 가정도 아닌 데다 부모님 역시 지금껏 묻지도 않았다. 그런데 시골에 사는 어머니가 TV에서 보고 들은 정보로 불안에 휩싸여 난데없이 전화를 건 것이다.

"엄마, 제발 진정해. 회사 직원들하고 내 친구들은 다 삼십 대 후반에 임신했어."

"그런 사람도 있겠지만 아무튼 병원에 좀 가 봐. 아직 안 갔으면 빨리 가는 게 좋겠구나."

아이는 없어도 상관없다고 생각했다.

남편과도 이야기했다. 언젠가 자연히 생기면 낳으면 되지만 지금처럼 둘이서만 사는 것도 좋다고 말이다.

그동안 아무 말도 없었던 어머니가 이렇게까지 의심의 여지가 없이 아이는 당연히 있어야 한다고 생각했다는 것을 알고 사토코는 놀랐다. 보수적이고 옛날 사람인 어머니와는 더 이상 이야기해 봤자 평행선이라는 걸 깨달았다.

"알았으니까 그만 좀 해."

"엄마가 이렇게 부탁할게. 약속했어, 너. 병원에 꼭 가는 거다?"

갑자기 피로가 몰려오는 것을 느끼고 전화를 끊었다.

양손으로 잡아당긴 스타킹이 전화할 때 걸렸는지 어느새 올이 나가 있었다. 짜증이 확 솟구쳐서 한숨을 내쉬며 스타킹을 휴지통에 버렸다.

(2)

주말이 되었다. 친정에서 걸려 온 전화 내용을 알려 주자 남편은 기가 막혀 했다. 평일에는 서로 바쁜데 특히 남편은 철야까지 할 정도라 사토코와 엇갈리기 일쑤였다. 사토코는 차분히 대화할 수 있는 토요일 점심을 기다렸다가 어머니의 걱정에 관해 진저리를 치며 이야기했다. 이야기를 다 들은 남편은 잠시 후 쓴웃음과 함께 입을 열었다.

"장모님다우시네."

"정나미가 뚝 떨어지더라니까" 하고 사토코도 한탄했다.

"눈앞에 보이는 정보가 세상의 전부인 줄 알고 허둥지둥한다니까. 아이 이야기는 그동안 한 번도 꺼내지도 않았으면서."

이런 문제가 생겼을 때 간섭하려 드는 쪽은 역시 친정어머니다. 가령 아무리 신경 쓰인다 해도 시부모님은 사토코에게 임신의 임 자도 꺼내지 않는다. 아주버님과 아가씨도 언제 결혼할지 모르는 상황이라 사토코 부부가 아이를 낳으면 시댁에서는 첫 손주가 된다. 그럼에도 지금껏 재촉하는 느낌을 받은 적이 거의 없었다.

"어쩌면 그동안 말씀하고 싶으셨는데 눈치 보느라 못 하셨을지도 몰라."

"그래도 그렇지, 말을 꼭 그런 식으로 해야 했나."

"뭐 어때? 이왕 말이 나왔으니."

남편이 가볍게 말했다. 사토코는 뜻밖의 반응에 놀라 고개를 들었다. 남편이 웃으면서 덧붙였다.

"장모님이 괜한 걱정을 하신다 쳐도 병원에는 가 보자. 진지하게 생각해 보는 것도 나쁘지 않잖아."

"──아이 갖고 싶었어?"

가슴을 은근히 압박당하는 느낌이 들었다. 결혼한 지 2년이 지났을 무렵부터 피임을 그만두었다. 기초체온을 재거나 배란일을 확인하는 등 적극적으로 노력하지는 않았지만, 임신하면 그때 가서 생각하자는 마음으로 오늘까지 왔다. 회사 일이 바빠서 지금 시기에 임신하면 곤란하다는 의식을 늘 머릿속에 두면서도 자연에 맡겨 왔다. 남편도 자신과 똑같은 생각인 줄 알았다.

그런데 사실은 아니었던 걸까. 남편 역시 할 수만 있다면 사토코가 일을 그만두고 아이를 낳았으면 하고 바랐던 걸까.

"갖고 싶다기보다는."

남편은 대답하면서 어쩐지 수줍어하고 어색해하는 표정을 지었다.

"있으면 좋겠다 싶은 거지. 우리도 이제 사십이 코앞이고."

"──그랬구나."

"그리고 아마 우리 부모님도 말씀을 못하셔서 그렇지, 손주 보고 싶은 마음은 간절할 거야. 부담 주지 않으려고 조심은 하시는데, 그냥 눈치로 알겠더라."

사토코도 어렴풋이 눈치는 채고 있었다. 보고도 못 본 척을 해 왔다고 말해도 좋을 것이다. 사토코는 아픈 곳을 찔리는 심정으로 "응" 하고 고개를 끄덕인 뒤 덧붙였다.

"생각해 볼게."

수긍했더니 아까보다 마음이 더 무거워졌다. '언젠가는' 하고 생각해 왔던 일이 어머니가 TV에서 봤다는 서른넷이라는 숫자와 남편 입에서 나온 사십이라는 단어로 인해 단숨에 구체적인 형태를 띠기 시작했다.

십 대에 초경을 겪은 이후 사토코의 생리 주기는 안정된 적이 없었다. 그리고 사토코는 자신의 생리 불순을 방치했다. 고등학교 때 친구가 "이제 할 때가 됐네"라고 말하는 것을 듣고, 기계처럼 정확하게 리듬이 갖추어질 수 있다는 사실에 놀랐을 정도다. 사토코는 그 당시부터 반년 이상 그냥 넘어가는 경우도 드물지 않았다. 언젠가 진지하게 아이를 생각하는 날이 오면 그때 병원에 가도 된다고 생각했다.

인터넷을 검색했더니 불임 치료 전문 클리닉은 사토코 부부가 사는 동네에도, 회사 근처 터미널 역에도 많았다.

화면에 보이는 '불임'이라는 글자에 위화감이 느껴졌다. 얼마 전까지만 해도 아이를 간절히 원하기는커녕 자신이 아이를 원하는 줄도 몰랐다. 그런데 자신은 무슨 문을 두드리려는 걸까, 어디에 뛰어들려는 걸까.

하지만 사토코 역시 없어도 된다고는 생각해도, 원하지 않는다고는 생각하지 않았다. 임신할 가능성이 있다고 믿었던 날들이 곧 닫힌다는 소식을 듣고 나니 갑자기 절실해졌다. 그럼 지금 노력해야 하는 게 아닐까, 당장 움직이지 않았다가는 큰일 나는 거 아닐까 하는 생각에 사로잡혔다.

"자, 이제 힘을 빼세요."

초음파 검사를 받기 위해 올라간 진료대 위에서 사토코는 눈을 감고 심호흡을 했다. 의사의 말대로 힘을 빼고 코에서 깊은 숨을 길게 내쉬었다.

생리 불순을 오래 방치한 것 때문에 혼날까 봐 사토코는 다 큰 어른인데도 겁을 먹고 불임 클리닉에 방문했다. 의사는 여의사였는데 친절했다. 사토코를 나무라거나 싫은 소리를 할 사람이 전혀 아니었다.

"이제부터 리듬을 정확히 맞춰 나가도록 하죠."

의사는 기초체온을 재면서 일단 상태를 지켜보자고 했다.

어쩌면 치료가 길게 이어질 수도 있겠다 싶어 마음을 단단히 먹고 있었는데, 한 달 정도 기초체온을 기록하고 진찰을 받았더니 의사가 대뜸 "배란되고 있네요" 하고 알려 주었다.

"지금까지는 아마 배란이 되고 있는데도 생리를 하도록 지시하는 호르몬이 정상적으로 나오지 않았을 겁니다."

호르몬제 복용에 관한 이야기를 들으면서 처음으로 고언다운 말을 들었다.

"적어도 두세 달에 한 번은 생리를 하게 해야 합니다. 기능하지 않으면 점점 퇴화하기 마련이니까요."

어머니는 서른네 살이 자연 임신이 가능한 기한이라고 말했다. 이미 지나 버린 그 연령에 대해 의사는 아무 말도 하지 않았으며 사토코도 묻지 않았다. 아직 1년밖에 지나지 않았다는 마음도 그 무렵에는 싹트고 있었다.

의사는 특별히 이상은 없으니 당분간 기초체온을 기록하면서 기다리는 게 어떻겠냐는 자연스러운 조언을 했다. 병원을 나오면서 사토코는 자신이 아이를 가지기 위한 길로 첫발을 내디뎠다는 사실을 묘하게 객관적으로 자각했다.

집에 가는 길에 남편에게 문자를 보냈다. 오늘 병원에서 특별히 이상 없다는 이야기를 들었다는 것. 배란이 되고 있다는 것. 앞으로 임신에 한 걸음 더 적극적으로 임할 생각이라는 것.

문자를 보내고 휴대폰을 집어넣었더니 발걸음이 다소 가벼워졌다. 남편의 답장은 오지 않았다. 그렇지만 사토코는 엄마가 된다는 것을 생각하기 시작했다.

(3)

임신에 이르는 단계로 가장 먼저 시도한 것은 기초체온법이라고 불리는 방법이었다.

기초체온으로 배란일을 파악해 임신 확률이 높은 시기를 잡는 것이다. 사토코는 생리 불순의 문제가 있기 때문에 두 달에 한 번은 클리닉에 통원하면서 기초체온법도 병행했다.

충격이었던 것은 클리닉에서 처음에 봐 주었던 의사가 아닌 다른 의사의 진찰을 받았을 때였다. 처음 그 여의사는 아무 말도 없었음에도 새로 진찰한 남자 의사는 사토코가 작성한 기초체온표와 앞 의사에게 넘겨받은 진료 차트를 보더니 태연히 말했다.

"서른다섯 살이라, 서둘러야겠군요."

이제 막 기초체온법을 시도했을 뿐이고 그 후 생리가 와서 실망하고 있었지만 그렇게까지 초조해할 필요는 없다고 생각했다. 아직 서른다섯이니 괜찮다는 마음도 있었다.

의사의 말에 마음이 심란했다. 잠재된 불안의 싹이 있었기에 마음의 동요가 더더욱 컸었는지도 모른다.

진료 차트에서 눈을 떼지 않은 채 남자 의사가 사토코에게 물었다.

"남편분은 검사받으러 안 오시나요?"

"네."

사토코가 아침마다 베갯머리에서 체온계를 입에 물고 있으면 남편은 "오, 잘하고 있어" 하고 웃는 얼굴로 말하지만, 어쩐지 남의 일처럼 여기는 느낌이었다. 클리닉 대기실에는 남편과 함께 온 부부의 모습도 많이 보였지만, 사토코는 기요카즈와 함께 검사를 받는다는 생각을 아예 하지 못했다.

"한번 오시는 게 좋겠군요. 남편분의 인식을 적극적으로 바꾸는 데도 도움이 될 겁니다."

"아직 기초체온법을 딱 한 번 시도했을 뿐인데요."

사토코가 말하자 의사가 진료 차트를 보고 있던 시선을 처음으로 사토코에게 향했다. 뭔가 할 말이 있는 듯 보였지만, "그런가요?" 하고 곧바로 물러났다.

아직 앞일을 생각하기엔 일렀다. 기대인지 예감인지도 모른 채 사토코는 기초체온법으로 아이를 가질 수 있을 거라 낙관하고 있었다. 신문, 방송에 나오는 인공수정이나 체외수정이라는 말은 특별한 부부가 진행하는 단계라는 생각이 들었다. 회사 일에 쫓기는 남편에게 병원에 갈 시간을 내라고 하기도 어렵고 사토코 역시 회사에 다니면서 통원하기는 버거웠다.

불임 치료 단계와 그 기간의 대략적인 기준에 관해서는 초진 때 의사가 설명해 주었다.

기초체온법에서 배란 유도, 인공수정, 체외수정 순인데, 다음 단계로 넘어가는 기준은 일반적으로 5~6주기에 넘어가고, 2년 이내에 결과를 내는 것이 바람직하다고 여겨진다.

앞으로 자신들을 기다리고 있는 것이 무엇인지는 모른다. 어차피 아이가 없으면 없는 대로 괜찮다고 생각해 온 부부라서 이 기준인 2년 안에 결과가 나오지 않으면 단념하면 된다고도 생각했다.

"아무튼 기초체온법을 시도하는 동시에 병원 입장에서는 남편 분도 함께 검사받으시길 권해 드립니다. 한번 상의해 보시지요."

"네."

의사의 말에 사토코는 멍하니 고개를 끄덕였다.

불임 치료를 할 때 여자에 비해 남자는 통원을 주저하는 경향이 있다는 것은 사토코도 알고 있었다.

자연에 가까운 형태의 기초체온법을 시도한 후 두 번째 생리가 오자마자 사토코는 깨달았다. 여유를 가지고 임하면 되겠다 싶었음에도 불구하고 예상과 달리 자신이 위축되고 초조함을 느끼기 시작했다는 것을 말이다.

고작 두 번째 시도라는 생각과 혹시 자신이 파악한 배란일이 잘못된 건 아닐까, 1주기를 낭비한 건 아닐까 하는 생각이 들었다. '낭비'라는 말을 떠올림으로써 어느덧 임신을 지독하게 합리적이고 기계적인 것으로만 여겼다는 사실을 깨달았다. 그런 자신의 모습에 스스로도 놀랐다.

남편도 검사를 받는 편이 좋지 않을까 하는 생각이 든 것도 그 무렵이었다. '혹시 모르니까', '특별히 문제는 없겠지만', '검사받아 보면 어떻겠냐고 의사가 그러더라' 하고 말을 골라가며 사토코가 한 제안에 남편은 노골적으로 싫다는 표정을 지었다.

"꼭 가야 해? 가려면 평일 오후에는 가야 하잖아. 지금 맡은 일 때문에 지난달부터 계속 시간 뺏기는 거 당신도 알잖아."

가정에서의 기요카즈는 다정하고 온화한 남편이지만, 일에 관해서만큼은 엄격한 사람이었다. "시작한 지 얼마 되지도 않았잖아" 하고 말하더니 사토코를 향해 한숨을 푹 내쉬었다.

"너무 호들갑 떠는 거 아냐? 그냥 남들처럼 하면 생길지도 모르는데, 불임 치료 클리닉에 다니는 것부터가 좀 이해가 안 돼. 아직 그럴 단계는 아니지 않나?"

"어차피 가질 거면 빨리 가지는 게 낫잖아. 육아는 체력 승부라고 하던데."

사토코는 분위기가 심각해지지 않도록 조심스럽게 말했다. 얼굴로는 웃고 있어도 은근히 화가 나기 시작했다.

자신도 업무 시간을 쪼개어 통원하고 있건만, 어째서 남편은 임신을 사토코만의 문제로 여기는 걸까. 아이는 부부의 문제인데 마치 아내의 사정에 마지못해 어울려 주는 듯한 남편의 태도에 사토코는 섭섭하기 짝이 없었다.

남편 마음속에 버티고 있는 낡은 사고방식을 뜻지 않게 목격한 것 같아서 사토코는 심히 기분이 언짢아졌다.

투덜거리는 남편을 설득하여 평일보다 예약하기 어려운 토요일 오전으로 진찰 예약을 잡아 놓았다.

병원에 간 날, 검사실에 들어갔다 나온 남편이 무심코 흘린 말을 잊을 수가 없었다.

"충격이었어."

남편은 검사용 정액을 채취하기 위한 방으로 안내받았다. 그곳에는 성인 잡지가 산더미처럼 쌓여 있고, 성인용 비디오를 시청할 수 있는 설비가 갖추어져 있었다고 한다.

"이렇게 깨끗하고 품위 있는 병원의 검사실에서 그런 걸 본 것도 충격이고, 인간의 존엄이란 뭘까 하는 생각도 들더라."

남편이 쓴웃음을 띠며 하는 말에 사토코는 "그러게" 하고 맞장구를 쳤지만, 한편으로는 이상하게도 충분히 납득이 갔다.

정자를 채취해야 하니 그런 환경이 갖추어진 것도 당연하리라. 그런데 이 양반은 그런 것도 예상하지 못했다. 이 구체적인 상상력의 결여가 불임 치료에서 남녀의 인식 차이를 여실히 드러내는 것 같아서 사토코야말로 한숨을 내쉬고 싶었다.

정액 검사와 혈액검사 결과는 일주일 후에 나왔다.

무정자증이라는 진단을 받았을 때 사토코는 남편의 얼굴을 차마 볼 수가 없었다. 옆에서 어깨가 굳은 채 사토코 자신도 놀라고 있었다.

그날 진단을 내려 준 의사는 사토코가 좋은 인상을 갖고 있던 첫날의 여의사였다. 사토코는 그것을 작은 위안으로 삼았지만, 옆에서 꼼짝도 않고 있는 남편에게는 그것이 좋은 것인지 나쁜 것인지 알지 못했다. 같은 남자에게 선고받는 결과와 여자에게 선고받는 결과는 내용이 같아도 각각의 이유로 그에게 충격을 안겼을 것이다.

"……정자가 없다는, 말씀인가요?"

먼저 입을 연 사람은 남편이었다.

건네받은 길고 좁은 종이에 쓰인 수치 중에서 어디를 봐야 할지 몰랐다. 다만 그 안에 분명하게 제로라는 수치가 기입된 칸이 있었다.

의사가 말했다.

"정자가 없다고 단정하기에는 이릅니다. 무정자증은 정액 속에 정자가 보이지 않는 상태를 말하는데, 이제 고환의 상태를 검사해야 합니다. 고환에서 정자가 만들어지는데도 정관이 막힌 경우도 있거든요. 고환을 검사해서 조금이라도 정자가 있는 걸로 나오면 현미수정이라는 방법을 통해 수정할 수가 있습니다."

그제야 보게 된 남편의 얼굴은 방금 전과는 사뭇 달라 보였다.

남편은 사토코를 보고 있지 않았다. 겉으로는 인상을 쓰지도, 큰소리를 내지도 않고 있는데도 남편이 받은 충격이 옆에서 고스란히 전해졌다. 얼굴을 보고 있기가 힘들어졌다. 하마터면 남편의 손을 잡을 뻔했다. 하지만 무릎 위의 그 손은 사토코의 손을 얼씬도 못하게 할 만큼 주먹을 단단히 쥐고 있었다.

"고환 검사라는 말은 요컨대."

얼마 전까지만 해도 남자의 상상력 부족을 야속하게 생각했다. 감정이 느껴지지 않는 남편의 쉰 목소리를 들으면서 이번에는 반대되는 생각을 했다. 남편의 입에서 나올 구체적인 걱정의 말을 차마 들을 수가 없어서 귀를 막아 버리고 싶었다.

"——고환을 자른다는 뜻인가요?"

"그럴 필요가 있는지 여부를 이제부터 검사하게 됩니다. 고환에 메스를 대는 TESE(Testicular Sperm Extraction)라는 치료는 고환 내의 정자를 채취할 필요가 있다고 판단한 경우에 시행하거든요."

검사하러 내원하는 부부 중에는 미리 이것저것 알아보고 오는 경우도 있는 모양이다. 의사는 사토코 부부가 어디까지 알고 있는지 확인하듯 친절하게 설명을 계속했다.

무정자증은 크게 정자를 운반하는 정관에 문제가 생긴 폐쇄성 무정자증과 그렇지 않은 비폐쇄성 무정자증으로 나뉜다고 한다.

폐쇄성 무정자증일 경우에는 음낭을 절개해서 정자를 흡인하는 MESA(Microsurgical Epididymal Sperm Aspiration)라는 치료법도 있다고 한다. 고환을 절제하는 것보다 부담이 적다는 설명을 들었다. 하지만 이때 역시 절개라는 말이 동반되기에 사토코와 기요카즈는 둘 다 동요를 감출 수가 없었다.

충격은 엄청났다. 국소에 메스를 댄다는 것의 통증과 공포를 사토코는 상상조차 할 수 없었다.

현미수정이라는 말은 사토코도 접해 본 적이 있다. 불임 치료에 대해 조사했을 때 알게 되었다. 2년 이내에 결과를 내야 바람직하다던 단계 중 마지막에 기재되어 있었다. 기초체온법에서 배란 유도, 인공수정, 체외수정, 그리고 현미수정.

머리에 쥐가 날 것만 같아 사토코는 그 사실을 곧바로 받아들일 수가 없었다. 여러 단계를 뛰어넘어 단박에 가장 마지막 방법에 매달리지 않으면 이제 아이도 가질 수 없단 말인가. 많은 가정에서 당연하다는 듯 가지는 아이를.

며칠 전까지만 해도 내원과 검사를 질색하며 비협조적인 태도를 보인 남편에게 화가 났었다. 그랬던 그날 아침이 지금은 한없이 멀게 느껴졌다. 바쁜 업무나 문제에 대한 당사자의 얄팍한 인식, 여유 같은 것은 어디까지나 표면적인 것이었다.

남편도 실은 두려웠을지도 모른다. 여전히 굳어 있는 남편의 표정을 보고 사토코는 깨달았다. 분명히 남편도 내심 걱정했을 것이다. 만약 자기 때문이라면, 하고. 그 걱정을 기우로 끝내고 싶어서 오늘 병원에 왔을 터인데, 어째서.

어째서 자신들만 이렇게 황량한 기분에 빠져야 하는 걸까.

"생각할 시간을 주세요."

남편이 말했다. 냉정하게 말하려 애쓰고 있다는 것이 아프리만치 전해지는 목소리였다.

"알겠습니다."

의사가 대답했다.

(4)

그로부터 얼마간의 일을 사토코는 기억하지 못한다.

병원에서 돌아온 직후 남편에게 무슨 말을 했는지. 둘이서 무슨 이야기를 했는지. 그날 남편은 회사로 돌아갔는지. 자신은 어떻게 지냈는지. 둘이서 밤에 얼굴을 마주했는지.

아이는 있든 없든 상관없다고, 둘이서만 잘 살면 된다고 생각해 왔다.

그런데 어떻든 상관없었던 가능성이 처음부터 닫혀 있었다는 사실을 알게 되었다. 그것이 사토코 부부의 가슴을 억세게 옥죄었다. 이대로 가면 아이가 있는 미래는 절대로 오지 않는다. 기요카즈가 무정자증이라는 것을 사토코는 친정어머니는 물론 아무에게도 알리지 않았다. 친정어머니가 이따금 임신 소식을 물어도, 병원에 다니고 있으니 걱정 말라고만 대답했다.

앞으로 치료를 계속할지 여부는 전적으로 남편의 판단에 달렸다고 생각했다. 그날 "생각할 시간을 주세요"라고 남편이 힘겹게 낸 목소리를 들어 버린 이상 사토코는 아무것도 물을 수가 없었다.

하지만 그렇다고 해서 사토코가 먼저 '아이를 포기하겠다'고 말할 수도 없는 노릇이었다.

겉으로는 남편과 아무 일도 없었다는 듯이 지냈다. 어느 한쪽이 그러자고 한 것도 아닌데 자연스럽게 일상으로 돌아왔다. 둘 다 출근하며 바쁘게 보냈다. 가끔 집에서 저녁을 먹거나 철야하고 새벽에 퇴근하기도 하고 아침 식탁에서 얼굴을 마주하기도 했다.

그러나 침대에 누워 있어도 어느 한쪽이 섹스를 청하는 일은 없었으며, 사토코도 아침 일과였던 기초체온을 더 이상 재지 않았다. 남편도 그 일에 대해 아무 말도 하지 않았다.

시부모님이 아이에 대해 어떻게 생각하는지 여전히 모르고 지내던 어느 날, 시어머니가 상경했다.

"도쿄에 갈 건데 시간 좀 내주겠니?"

돌연 시어머니가 사토코에게 만나자고 했다. 시어머니는 아파트에 도착하자마자 갑자기 찾아와서 미안하다고 하면서 선물용 과자와 조림 반찬이 담긴 찬합을 짐 가방에서 부지런히 꺼내 사토코에게 건넸다.

남편은 그날도 회사 일로 늦는다고 했다.

너그럽고 성실한 성격의 시어머니가 사토코 앞에서 바닥에 손을 짚고 엎드렸을 때 사토코는 할 말을 잃었다. 황급히 "어머니" 하고 달려가서 고개를 들게 하려는데 시어머니가 말했다.

"미안하구나."

시어머니의 말투에는 평소의 친밀하고 스스럼없는 부분이 사라져 있었다.

"기요카즈가 질병에 대해 말해 주었단다. ……용서해 달라는 말로 용서받을 수 없다는 걸 잘 알지만, 애야, 정말 미안하구나. 원래는 네 시아버지도 같이 왔어야 하는데 몸 상태가 안 좋아서 같이 못 왔단다. 입이 열 개라도 할 말이 없구나."

"그런 말씀 마세요."

사토코는 남편이 시어머니에게 털어놓았다는 사실에 놀라면서도 계속 "일어나세요, 어머니" 하고 사정했다. 시어머니는 이마를 바닥에 붙인 채 움직이지 않았다.

"기요카즈는 어렸을 때 다리가 두 번이나 부러졌단다."

고개를 들지 않은 시어머니의 머리가 바르르 떨렸다. 무슨 이야기가 시작되려는지 알지 못해 사토코가 당황해하는 사이 시어머니는 계속했다.

"그래서 그 작은 몸으로 엑스레이를 몇 번씩이나 찍어야 했지. 그 탓일지도 모르겠구나. 그렇다면 결국 내 탓이다. 엑스레이는 찍지 말라고 말했어야 했는데. 그렇게 못 한 내 탓이다."

"어머니, 이러지 마세요. 그렇지 않아요."

당황한 사토코는 시어머니의 어깨에 손을 얹었다. 실제로 그럴 리는 없었다. 엑스레이와 무정자증 사이에는 의학적인 인과관계가 전혀 없다. 하지만 시어머니가 부족한 지식을 연결해서 안절부절못하고 고향에서 며느리에게 사과하러 왔다고 생각하니 가슴이 먹먹해서 말이 나오지 않았다.

"미안하다, 얘야."

미안하다, 내가 죄인이다, 하고 울먹이며 작게 반복하는 시어머니를 앞에 두고 사토코가 먼저 울음이 터질 것만 같았다.

그리고 깨달았다. 시부모님 역시 사토코의 친정과 같은 마음인데도 말로 표현하지 않았을 뿐, 결혼했으니 당연히 아이를 갖겠거니 하고 생각해 왔다는 사실을. 사토코는 양가 부모님들과의 사고방식 차이에 맥이 빠졌다. 자신들이 그동안 아이를 어떻게 생각했는지를 엎드려 우는 시어머니도 납득이 가도록 말로 설명할 자신이 없었다.

문득 이런 생각이 들었다.

이번에는 남편에게 원인이 있었지만 만약 사토코가 원인이었을 경우, 과연 시어머니는 어떻게 생각했을까. 마찬가지로 사토코 탓이라며 원망하는 마음이 생겨났을까. 그때는 친정어머니도 사위인 기요카즈에게 사과할까.

서글펐다. 지금 시어머니의 모습도. 그런 식으로 생각하고 마는 자신도.

"어머니, 전 괜찮아요."

사토코는 무너지듯 바닥에 바싹 엎드린 시어머니의 몸을 둥글게 감싸듯 팔을 둘렀다. 그 순간 시어머니가 목 놓아 울었다.

"저도, 그이도 괜찮아요."

스스로도 무엇이 괜찮다는 것인지 모른 채 사토코는 거듭 말했다.

잘라도 돼, 하고 남편이 말한 것은 그다음 주였다.

사토코는 아침밥을 차리고 있었다. 부엌에 선 자신을 향해 남편이 식탁에서 "여보" 하고 무심히 부르더니 불쑥 말했다.

"잘라도 돼."

무정자증이라는 사실을 알게 된 지 두 달 가까이 흘렀다.

사토코는 말없이 남편의 얼굴을 바라보았다. 남편의 얼굴은 검사 결과를 함께 듣던 날 충격으로 굳어진 표정에서 오히려 뭔가를 뚫고 나온 듯 홀가분한 느낌이 있었다.

──이 표정에 이르기까지 혼자 얼마나 많은 고뇌와 싸웠을까.

그런 생각이 충분히 들게 할 만큼 남편의 얼굴에는 피로가 깃든 웃음이 피어 있었다.

"할 거면 현미수정으로 하자. 좀 알아봤는데 실제로 그렇게 해서 아이가 생긴 부부도 많다더라."

"괜찮겠어?"

순간 튀어나온 말에 뒤늦게 아차 싶었다. 질문을 이렇게 해 놓고 남편에게 어떻게 대답하라는 건지. 무심코 입을 다물고 어금니를 깨문 사토코에게 기요카즈는 온화한 얼굴로 답했다.

"괜찮아. 가능성이 있다면 해 보자. 난 업무든 뭐든 합리적으로 생각하거든."

"그래?"

사토코는 미소를 지었다.

(5)

어차피 치료에 임할 바에는, 하고 결심하고부터는 어지럽도록 바쁜 나날의 연속이었다.

검사 결과 기요카즈는 폐쇄성 무정자증으로 진단되어 정자를 만드는 능력에는 문제가 없다는 것을 알게 되었다.

음낭에 메스를 대고 고환 상체에서 정자를 흡인하는 MESA라는 치료를 하기로 결정했다. 오카야마 현에 있는 병원이 남성 불임 치료 전문의를 둔 데다 성공 실적도 있다고 하여 서로 의논한 끝에 병원을 옮겼다.

체외에서 난자에 피펫(액체를 옮길 때 사용하는 유리관)으로 정자를 직접 주입하는 현미수정은 일반적으로 극적인 효과를 기대할 수 있는 방법으로 알려졌다. 단 하나의 정자밖에 얻지 못한 경우에도 수정이 가능하다.

치료에는 기요카즈뿐만 아니라 사토코도 당연히 참여하게 되었다. 매일 배란 유도제 주사를 맞고 난자를 체외로 채취하는 채란도 해야 했다. 약의 부작용은 상상 이상으로 괴로웠다. 몸 상태가 좋지 않아 출퇴근하기가 괴로운 날도 잦았으며, 채란할 때 질 안에 삽입하는 바늘이 너무 아파서 눈물이 핑 돌곤 했다.

이렇게까지 하지 않으면 아이를 가질 수 없는 걸까 하는 생각이 마음을 우울하게 하는가 하면, 이렇게까지 했으니 아이를 가지게 될 거라고 반대로 긍정적인 마음이 들기도 했다.

오카야마의 불임 클리닉까지는 매번 비행기로 다녔다.

일정을 맞춰서 회사에 휴가를 내는 것은 여전히 힘들었고, 현미수정에는 비용도 꽤 많이 들었다.

기요카즈의 고환에서 채취된 정자의 상태가 좋다는 말은 듣지 못했다. 그렇게까지 했는데도 기운이 없다는 소리를 들었을 때는 엄청나게 실망했지만, 현미수정을 진행한다는 말을 듣고 그나마 가슴을 쓸어내렸다.

의사는 채취된 정자와 채란된 난자로 다섯 번의 기회가 있다고 알려 주었다. 정자 중 상태가 좋은 것을 골라 다섯 번의 현미수정이 가능하다는 설명을 들었다.

쇼크와 아픔. 충격과 동요. 그리고 심리적 위축.

불임 치료를 받기로 결심한 후 여러 단계를 견디고 빠져나와 여기까지 왔다고 생각했다. 특히 남편이 무정자증이라는 사실을 알게 된 날이 가장 괴로웠다. 사토코는 물론 기요카즈도 서로 말로 표현하지 않았을 뿐 그날보다 더 괴로운 일은 더 이상 일어나지 않으리라는 생각을 줄곧 마음속에 품고 있었다. 따라서 앞으로 무슨 일이 일어나도 절대로 흔들리지 않으리라 믿었다.

그런데 아니었다.

첫 번째 현미수정 결과를 들으러 회사에 휴가를 내고 오카야마까지 먼 길을 갔다. 작은 진찰실에서 사토코 부부는 '음성'이라는 선고를 받았다.

극적인 효과가 기대된다고 들었던 이 방법을 썼는데도, 엄청난 통증과 괴로움과 싸웠는데도 '결과'는 나오지 않았다.

이때 첫 번째 시도이니 아직 희망적이라는 생각은 사토코와 기요카즈 둘 다 들지 않았다. 더 이상 무리라는 생각이 절실했다. 자신들은 이제 아이를 가질 수 없다.

치료비는 한 번에 30만 엔이 넘게 들었다. 치료를 계속할 경제적인 여유는 다행히 있었지만, 음성 선고 한 번에 사라진 거금을 생각하면 맥이 빠졌다. 의사가 두 번째 시도를 권유하기에 사토코와 기요카즈는 지친 모습으로 고개를 끄덕였다.

무리인 줄 알면서도 그럼에도 인간은 기대하고 만다. 괴로운 나날에 끝이 오길 바라며 한 줄기 빛조차 없다는 걸 알면서도 앞을 향하고 만다.

두 번째로 음성 소식을 들은 날, 사토코와 기요카즈는 말을 거의 하지 않았다.

이렇게 괴로운 일을 언제까지 반복해야 하는 걸까. 기대와 절망. 출구가 없다고 누군가 확실하게 말해 준다면 끝낼 수 있을지도 모르건만, 긴 터널은 앞으로 갈수록 좁아지기만 할 뿐 끝없이 이어졌다.

의사가 세 번째 현미수정을 권했을 때 사토코 부부는 바로 대답할 수가 없었다. 한 번 쉬는 것도 좋지 않을까 하는 생각이 들었다. 직장 생활과 동시에 먼 거리의 병원에서 치료를 받느라 몸도 마음도 지친 상태였다.

처음에 집 근처 불임 전문 클리닉을 방문한 이후 벌써 4년이나 지나 있었다.

결과를 내야 바람직하다던 2년은 진작 지났고 사토코와 기요카즈는 함께 서른아홉 살이 되었다.

세 번째 현미수정을 재개하기로 정한 날, 오카야마의 병원에 예약 전화를 넣은 뒤 사토코와 기요카즈는 공항에서 비행기를 기다리고 있었다. 계속해서 의사의 말대로 다섯 번째까지는 희망을 가져 보자고 상의해서 결정해 왔다.

그날 도쿄는 25년 만의 폭설이었다.

비행기 운행 여부는 모르지만, 택시를 타고 평소보다 갑절의 시간을 들여 찾아온 공항은 출발이 늦어지는 비행기를 기다리는 사람들로 북적였다. 사토코 부부가 도착했을 때는 이미 앉을 자리 하나 없을 정도였다.

공항에 들어서고 난 뒤 사토코 부부가 탈 예정이었던 오카야마행 비행기가 결항된다는 안내 방송이 흘러나왔다.

기요카즈가 서로의 캐리어를 쳐다보았다. 1박용 짐을 넣어서 지금껏 도쿄와 오카야마를 오갈 때마다 가지고 다닌 서로의 캐리어였다.

"어떡하지?"

남편의 목소리는 벌써부터 축 처진 것 같았다.

기다리기를 포기한 사람들이 자리에서 일어났다. 두 사람분의 자리가 나서 대합실 의자에 나란히 앉으며 사토코도 "그러게, 어떡해야 하나" 하고 한숨을 내쉬었다. 밖에 내리는 폭설 탓인지 실내에 있는데도 난방열이 여느 때보다 나른하게 느껴졌다.

실적 있는 병원이라는 이유로 오카야마의 병원 예약은 늘 꽉 차 있었다. 오늘을 놓치면 당분간은 휴가를 내는 것을 포함해 다시 일정을 조정하느라 머리를 싸매야 할 것이다.

손에 쥔 스마트폰을 만지작거리던 남편이 "안 되겠는데" 하고 말하며 고개를 들었다.

"방금 알아봤는데 신칸센도 멈췄대."

"그래?"

창밖으로 펑펑 쏟아지는 눈 속을 달리는 버스와, 눈을 뒤집어 쓴 채 버스 승객을 안내하는 공항 직원의 모습이 보였다. 로비 너머로 남편과 둘이서 그 광경을 보고 있자니 마치 소리 없는 세상을 거울 너머로 보는 것만 같았다.

얼마나 그러고 있었을까.

차마 돌아가자는 말도 꺼내지 못하고 앉아 있던 남편이 갑자기 고개를 갸웃하며 눈앞의 캐리어를 지그시 쳐다보기 시작했다. 한 점을 응시하더니 눈을 감고 두 손을 모아 미간에 대고 있었다.

그때 문득 지금이라면 말할 수 있겠다는 생각이 들었다.

동시에 남편이 입을 여는 기척이 있었다. 그것을 앞지르듯 사토코가 말했다.

"이제 그만하자."

남편이 눈을 휘둥그렇게 떴다.

모으고 있던 두 손을 풀더니 자리에서 일어나 사토코를 봤다. 얼굴이 충격으로 굳어 있었다. 하지만 나쁜 얼굴로는 보이지 않았다. 그 얼굴을 보고 사토코는 생각했다. 아아, 말하길 잘했구나.

"이제 그만하자. ──비행기 취소한 돈으로 오늘은 맛있는 것도 먹고 영화도 보고, 그런 다음 집에 가자. 오카야마에는 이제 안 가도 돼."

그러고 보니 요 몇 년 동안 자신들이 진심으로 식사를 즐긴 적이 있나 싶었다. 영화도 예전에는 서로 가자고 권해서 자주 보러 다녔건만 내내 잊고 살았다.

"괜찮겠어?"

남편의 목소리가 갈라졌다.

"아직 세 번 더……."

사토코는 고개를 끄덕였다.

"괜찮아."

남편이 말없이 사토코를 바라보았다. 사토코도 최대한 정면에서 남편을 응시했다. 예전에 잡지 못했던 남편의 힘없이 처진 오른손을 매만졌다. 메마른 손은 생각보다 훨씬 더 따뜻했다. 사토코는 그 손을 꼭 쥐었다.

앞으로도 우리 둘만 있으면 된다.

그때였다. 남편이 손가락에 힘을 주어 반대로 사토코의 손을 단단히 쥐었다. 그러고는 고개를 숙였다. 몸을 기울이면서 아내의 손을 잡아당겨 자신의 눈과 이마에 갖다 댔다.

"미안."

당황한 사토코는 남편의 얼굴을 들여다보려 했다. 남편이 덧붙여 말했다.

"──진작 말했어야 했는데 미안해. 그만하자."

그 말을 듣는 순간 사토코는 숨을 크게 들이마셨다가 그대로 멈췄다. 눈시울이 뜨거워지더니 눈앞이 하얗게 번졌다. 남편의 어깨와 등을 쓰다듬었다. 하염없이 쓰다듬었다.

남편의 목소리는 완전히 쉰 상태였다. 그 말이 힘겨웠는지 남편은 등을 굽히고 몸을 가늘게 떨기 시작했다. 남편의 눈과 이마에 밀착된 손에 뜨거운 눈물이 닿았다. 오열과 함께 토해 내는 남편의 숨이 손바닥에 닿았다. 좀처럼 억눌러지지 않는 흐느낌이 사토코의 손안에 녹아내렸다.

폭설이 퍼붓는 공항에서 손을 맞잡고 서로의 손에 매달리듯 통곡하면서 사토코는 다시 부부가 되는 거라고 생각했다. 이제부터 다시금 어디에나 있을 법한 평범한 부부로 돌아가는 것이다.

둘이서 함께 살아가는 것이다.

(6)

둘이서 살아가기로 결심한 생활에 이제 불만은 없었다.

하루하루는 평온하고 마음이 격하게 흔들릴 일도 없었다.

그렇게 믿었으며 그 마음에 거짓은 없었다. 따라서 불임 치료를 그만두고 1년 이상 지난 그날 밤에도 마음이 바로 움직였다고는 생각하지 않는다.

그날 남편과 함께 우연히 뉴스를 보고 있었다. 뉴스 특집으로 특별 양자 결연을 중개하는 민간단체의 활동이 소개되었다.

저녁때였다. 남편에게 줄 된장국을 떠서 식탁으로 가져가던 사토코는 말없이 그 프로그램으로 시선을 옮겼다. 기요카즈도 별말이 없어 둘이서 넋을 놓고 TV를 보았다.

소개된 단체의 이름은 베이비 배턴이었다.

프로그램은 긴 불임 치료 끝에 아이를 입양하기로 결단한 사십 대 부부와 원치 않는 임신 때문에 뜻하지 않게 아이를 낳을 수밖에 없는 처지의 젊은 여자, 이렇게 양쪽을 밀착 취재한 것이었다.

아이를 원하는 가정에 친부모가 키울 수 없는 아기를 낳자마자 입양 보내는 '특별 양자 결연'의 존재를 사토코 부부는 그 방송을 통해 처음 알게 되었다.

방송 중에 친모인 젊은 여자는 얼굴에 모자이크 처리가 되고 목소리가 변조되었지만, 그럼에도 겉모습이 상당히 화려하다는 것을 알 수 있었다. 금색으로 염색한 머리의 뿌리 부분은 까맣고, 손톱에는 직접 바른 듯한 매니큐어가 발라져 있었다. 베이비 배턴의 담당자와 취재 카메라 앞에서도 혀 짧은 소리가 나는 어린 말투로 응했다.

나이는 스물한 살.

접대부 일을 하고 사귀던 남자친구가 있었지만, 임신 사실을 알리자마자 연락이 끊겼다. 생리 불순이었던 것과 마른 체형이었기 때문에 임신을 뒤늦게 알아차렸다. 그런 후에도 좀처럼 주변에 알릴 수가 없었다고 한다.

"피임을 안 했는데도 워낙 안 생겼거든요. 임신이 되다니, 설마 했죠"라고 말했다.

베이비 배턴을 의지하기로 한 것은 인터넷에서 '임신', '곤란하다', '중절 불가', '필요 없는 아기' 등의 단어를 검색했더니 단체의 홈페이지가 나왔기 때문이라고 한다.

그 전까지는 유산되길 바라는 마음에서 매일같이 자신의 배를 때린 모양이다.

"빨리 낳아서 자유로워지고 싶어요"라고 그녀는 말했다.

"어떤 사람들이 키웠으면 좋겠어요?"

막 출산한 여자에게 베이비 배턴 소속의 여자 직원이 물었다. 젊은 엄마는 제 손으로 보낼 수밖에 없는 아기를 보러 병원 별실에 수시로 드나들었다. 질문을 받고 잠시 침묵하더니 곧 대답했다.

"좋은 부모였으면 좋겠어요. 벤츠 같은 거 타는."

그 대답에 중개 단체의 직원이 "벤츠는 무리예요" 하고 부드럽게 웃어 주었다. 젊은 엄마도 "그럼 잘생긴 부모가 좋겠어요. 콧대가 오뚝한" 하고 웃으며 답했다. 그러고는 내뱉듯이 덧붙였다.

"아기하고 닮은 사람이면 더 좋겠는데."

젊은 엄마가 카메라를 향해 "저랑 닮았나요?" 하고 물었다. 아기들이 작은 침대에서 자고 있는 별실에 다른 엄마들은 젖을 물리러 드나들었다. 그러나 그녀는 아기를 안아서는 안 되기에 출입이 허가되지 않았다. 중개 단체의 규칙상 아기를 안을 수 있는 것은 아기와 헤어지는 마지막 날에 딱 한 번이라고 했다.

임신하면 받을 수 있는 산모 수첩을 젊은 엄마들은 가지고 있지 않은 경우도 많다. 그중에는 병원에서 한 번도 검진을 받지 않은 채 막달이 되어 전화를 거는 케이스도 있다고 한다.

"그런 경우에도 우리 쪽과 연계되어 있는 병원을 소개합니다. 만약 병원이 있는 곳까지 오지 못한다고 하면 데리러 가기도 하죠."

베이비 배턴의 대표인 여자가 "여기 오는 엄마들은 뭐든 귀찮아하는 성격에 거짓말도 잘하고 약삭빠르거든요" 하고 씁쓸하게 웃었다. 질렸다는 듯 말하면서도 어쩐지 그녀들을 아끼는 표정도 깃들어 있었다.

"솔직히 실컷 이용당하기도 해요. 그런데 그동안 의지할 사람도 없었고 오죽했으면 그럴까 싶어요. 그래서 출산하는 날까지 안심하고 지냈으면 좋겠어요."

베이비 배턴에서는 엄마들이 출산할 때까지 공동생활을 하도록 기숙사 같은 장소를 마련해 놓았다. 출산에 드는 경비와 생활비 등의 실비는 입양하는 부모 쪽에서 부담한다고 한다.

아이를 임신하고 출산해도 키울 수 없어서 막막해하는 엄마가 있는 반면, 양육 환경을 갖추어 놓고서도 아이를 갖지 못하는 부부도 있다.

출산한 지 열흘째 날, 아이는 이미 그 아이를 거두는 부부가 기다리는 지역을 향해 비행기에 올랐다.

젊은 엄마의 얼굴에는 모자이크 처리가 되어 있지만, 입양을 하는 사십 대 부부는 얼굴을 감추지 않았다. 그들은 실명으로 취재에 응하고 카메라 앞에 섰다.

아이가 태어나자마자 부부에게 전화가 걸려 왔다.

"아들입니다. 입양하시겠어요?"

베이비 배턴에 입양을 희망하는 부모로 등록하고 1년간 '대기' 상태였던 부부는 전화를 받고 "이것도 인연인데 거절하지 않겠습니다" 하고 아이를 맞을 준비를 했다.

부부는 아이를 마중하러 공항에 갔다. 대합실 창문 너머로 활주로에 도착한 비행기를 바라보며 둘이서 "저건가? 저기 탔으려나?" 하고 더는 못 기다리겠다는 듯 사진을 찍어댔다.

베이비 배턴의 직원 품에 안겨서 나타난 생후 열흘이 된 아기는 화면을 통해서도 아주 작다는 것을 알 수 있었다.

"오래 기다리셨습니다. 자녀분입니다."

직원의 말에 부부가 아기에게 얼른 다가갔다.

아기의 이름도 이 부부가 지어 주었다.

부부는 일을 하면서 아이를 키웠다. 그들은 상점가에서 시계방을 하고 있었다. 종업원 없이 둘이서 운영하는 곳이라 아기는 카운터 근처 아기 침대에서 재우거나 엄마가 늘 안거나 업은 상태에서 일을 했다.

시계방을 찾아온 거래처 사람과 안면이 있는 손님, 그리고 이웃 사람이 아기를 보고 당연히 물었다.

"이 아이는 누군가요?"

"실은 입양했어요."

부부가 솔직히 대답하는 모습을 보고 사토코는 진심으로 놀랐다.

게다가 "식구가 늘었지 뭐예요. 앞으로도 잘 부탁드릴게요" 하고 쾌활하게 웃는 주인아주머니에게 모두들 "그렇군요" 하고 아무렇지도 않게 대했다. "아이고, 귀여워라" 하고 아기를 보기도 했다.

──방송 첫머리에 젊은 엄마가 원치 않는 임신으로 매일 배를 때렸다는 이야기를 거기서 문득 떠올렸다. 그리고 말로 표현할 수 없는 신기한 느낌에 빠졌다. 이 아이 앞에는 완전히 다른 두 가정이 있었구나 싶었다.

방송 후반에 베이비 배턴의 대표가 한 이야기가 인상적이었다.

"특별 양자 결연은 부모를 위한 제도가 아닙니다. 아이를 원하는 부모가 아이를 찾기 위함이 아니라, 아이가 부모를 찾기 위한 겁니다. 모든 활동은 아이의 복지를 위해 그 아이에게 필요한 환경을 제공하기 위한 겁니다."

그녀는 단언했다.

"최우선으로 삼는 것은 아이의 생명을 지키는 겁니다. 태어난 아이의 심신이 성장하길 바라는 마음으로 우리는 활동하고 있습니다."

방송은 거기서부터 아이의 생명을 둘러싼 오늘날의 상황을 알리기 시작했다. 갓 태어난 아기를 감당하지 못해 공원이나 공

중화장실에 탯줄도 자르지 않은 채 버리고 간 사건과 그로 인해 아기가 사망한 사례를 전한 다음, 학대 사건의 연간 건수 등을 그래프로 나타냈다.

사토코와 기요카즈는 말없이 뉴스를 보고 있었다.

사토코는 보는 동안 가슴이 미어지고 눈물까지 글썽인 부분이 몇 군데 있었지만, 남편 앞이라 꾹 참고 가만히 TV를 봤다.

"이런 사람들도 있구나."

이윽고 남편이 불쑥 내뱉었다. 식탁에 앉아 표정 하나 바꾸지 않았다.

"그러게."

사토코도 대답했다.

화면이 다음 프로그램으로 넘어갔다. 두 사람은 아무 일도 없었다는 듯이 식탁에 앉아 묵묵히 젓가락을 움직였다.

TV를 본 충격의 여파는 얼마 후 조금씩 드러나기 시작했다.

사토코는 특별 양자 결연을 자기 입장에서 생각하기 이전에 아이를 입양한 부부의 마음가짐 자체에 놀라 가치관이 흔들렸다. 한마디로 말하면 감동했다. 세상에는 사토코가 상상도 못한 가족의 형태가 존재한 것이다.

어느 날 입사 동기간에 술자리가 열렸다. 사토코는 잡담하듯 그 방송 내용을 이야기했다. 실은 남편과 이야기하고 싶었지만, 얼굴을 마주하고 대화하는 것은 아직 조심스러웠다.

동기들 가운데 이토는 입사 당시부터 사토코와 친했고 결혼한 시기도 비슷했다. 지금은 두 아이를 끔찍이 아끼는 아버지이기도 한 그라면 아이에 관한 이야기도 스스럼없이 할 수 있지 않을까 싶었다.

아이를 낳아도 키울 수 없는 엄마와 아이를 갖지 못하는 부부.

자신이 불임 치료를 받았다는 사실은 회사의 누구에게도 알리지 않았다. 주변에서는 사토코 부부를 놓고 아이 생각은 없는 모양이라고 여기는 눈치였다.

한 아이를 둘러싸고 완전히 다른 환경에 있던 두 집이 특별양자 결연으로 인해 인연을 맺게 되어 신기하고, 아이를 데려온 부부가 당당하게 '우리가 입양한 아이다' 하고 밝히는 모습에 감동했다고 사토코는 이야기했다. 옆에서 듣고 있던 이토가 얼굴을 살짝 찡그렸다.

"우와, 꼭 개나 고양이 같네."

사토코는 말문이 막혔다. 그런 식으로 말할 줄은 몰랐다. 가급적 자신이 필사적으로 말한다는 티가 나지 않도록 신경 쓰며 "그래도, 그래도 말이야" 하고 계속했다.

"만약 낳은 엄마하고 같이 살았다면, 좀 극단적인 이야기지만 아이가 학대당했을지도 모르잖아. 그런데 안정된 가정의 아이로 자랄 수 있으니 그 아이 인생은 완전히 달라진 셈이지. 교육 환경도 더 나을 테고 틀림없이 가치관도──."

"왜 아니겠어? 그런데 피는 물보다 진하잖아."

이토의 말투에 망설임은 없었다.

"자라는 동안 그 구제 불능인 생모의 핏줄이 나오지 않겠어? 그건 벗어날 수 있는 게 아니잖아. 나도 요즘 아이들 키우면서 생각하거든. 아, 요 녀석, 이런 구석은 나하고 똑 닮았잖아, 누가 내 자식 아니랄까 봐, 하고 말이야. 아이를 입양한 집이 예를 들어 고학력에 훌륭한 사람들이라 해도 머지않아 알게 된다니까."

사토코는 이제 정말로 아무 말도 할 수가 없었다. 말문이 막혀 가만히 입을 다물었다.

나름대로 신중히 말하려 애썼건만, 낳은 엄마를 어이없게도 '구제 불능인 생모'라고 치부한 말을 듣고 약간 충격을 받았다. 방송에서 아이와 헤어질 때 젊은 엄마는 울고 있었다.

"게다가" 하고 이토가 계속했다.

"아이가 그 방송에 나온 아이처럼 최소한 남자친구와의 사이에서 생긴 아이라면 괜찮아. 그런데 강간으로 생긴 경우도 있을 거 아냐? 그런 경우에는 어떻겠어? 그 아이한테 문제가 없다고 말할 수 있어?"

"……그런 아이들의 생명을 구하기 위해서 마련된 제도라고 생각해."

동기로서 함께 회사에 근무하며 대체로 마음이 맞는 사람이라고 생각했다. 이토는 똑똑하고 일도 잘한다. 그런데 사고방식이 이렇게까지 다르다는 사실에 사토코는 망연자실했다. 도무지 말이 통하지 않았다.

그가 말한 '최소한 남자친구와의 사이에서 생긴 아이'라는 표현이 모든 것을 여실히 드러냈다. 그는 생모가 직접 키우지 못하는 아이를 무조건 원치 않는 아이라고 인식하는 것이다.

이런 사고방식을 가진 사람도 있구나 싶은 한편으로 가슴을 쥐어짜는 듯이 괴롭기도 했다. 자신은 그 부부가 아니며 하물며 그 엄마도 아니다. 당사자가 아닌 것이다. 그런데 불안하고 답답한 나머지 심장을 꽉 움켜쥐는 듯 괴로웠다.

이런 사고방식을 가진 사람은 비단 눈앞의 동료뿐만이 아니라는 생각이 들었기 때문이다. 그가 지금 어쩌다 그렇게 말했을 뿐, 그처럼 생각하는 사람은 아마 많을 것이다.

그리고 가장 떠올리고 싶지 않은 생각에 도달하고 말았다.

기요카즈.

가장 가까운 존재인 남편 또한 이토와 같은 생각일지도 모른다. 방송을 보고 처음에 내뱉은 "이런 사람들도 있구나" 하는 말은 자신들과는 달리, 라는 의미가 아니었던가.

결혼하고 10년 가까이 흘러 서로를 잘 안다고 믿어 왔다. 하지만 불임 치료를 통해 사토코는 남편을 몇 번이나 잃은 기분에 빠졌다. 그때마다 간신히 붙잡아 가며 지금 함께 살고 있다.

그러나 같은 방송을 보면서도 기요카즈는 사토코와는 다른 생각을 하고 있었는지도 모른다. 한 번 그렇게 생각했더니 두려

위서 확인할 수가 없었다. 이 이야기를 나눌 수 없다는 느낌이 점점 커져만 갔다.

　상황이 변한 것은 얼마 후, 사소한 일이 계기가 되어서였다.
　먼저 퇴근한 사토코는 저녁 준비를 하기 전 무심결에 거실에 있는 컴퓨터를 켰다. 부부가 같이 사용하는 컴퓨터였다. 인터넷 화면을 열고 사토코는 처음으로 베이비 배턴의 홈페이지에 들어가려 했다.
　그런데 검색 엔진에 첫 글자인 '베'를 입력한 순간, 검색 후보의 가장 윗부분에 베이비 배턴이라는 글자가 나타났다.
　저도 모르게 숨을 삼켰다.
　이렇게 되는 것은 단어를 검색한 이력이 남아 있을 때다. 사토코가 검색하는 것은 처음이다. 혹시 하는 마음에 상세 열람 이력을 조회했다. 이력은 삭제되지 않았다. 그 방송이 있던 직후부터 베이비 배턴 홈페이지가 여러 차례 열람되어 있었다.
　──기요카즈, 그이야.
　남편도 자신과 마찬가지로 검색을 했던 것이다.

　그날 늦게 퇴근한 남편에게 사토코는 용기 내어 물었다.
　"베이비 배턴 홈페이지에 들어갔었지?"
　넥타이를 풀던 남편은 놀란 듯 표정을 멈추었다. 하지만 아주 잠깐이었다. 곧바로 "응" 하고 대답했다.

긴장을 각오하던 사토코의 예상과 달리 남편의 표정은 온화했다. 사토코는 덧붙여 말했다.

"나도 검색해서 한번 보려고 했거든."

"그랬구나."

남편이 넥타이를 풀고 소파에 앉았다.

둘만 있으면 된다고 생각했다. 그것은 사실이다. 남편 역시 마찬가지라고 생각했다.

"입양, 생각 중이야?"

어떻게 물어야 할지 몰라 머릿속에 떠오르는 대로 입 밖에 냈다. 사실 입양을 생각 중인 사람은 사토코였다. 자신도 같은 마음이면서 굳이 물었다.

그가 대답했다.

"──딱히, 무슨 일이 있어도 아이를 갖고 싶거나 포기하지 못하겠다는── 어떻게 설명해야 하나. 엄청나게 간절한 마음은 아니야. 당신을 위해서, 라는 것도 좀 다른데."

"응."

"다만 TV에서 그 단체 사람이 한 말이 신경 쓰였거든. 이건 부모가 아이를 찾기 위한 제도가 아니라, 아이가 부모를 찾기 위한 제도라는 말 있었잖아."

"그래."

남편이 앉은 채 사토코를 쳐다봤다. 담담한 말투에 무리는 느껴지지 않았다.

"우리한테는 다행히 아버지 역할이 가능한 사람하고 어머니 역할이 가능한 사람이 둘 다 있어서 아이를 키울 환경이 갖추어졌어. ――이 환경이 도움이 된다면 쓰는 것도 좋지 않을까 싶더라고. 그런 이유로는 안 될까?"

"……좋은 것 같아."

사토코는 웃었다.

자신의 마음이 이제야 보인 것 같았다.

그리고 생각했다.

이 사람이 남편이라서 다행이라고.

(7)

문제는 한두 가지가 아니었다.

첫 번째는 역시 서로의 부모님이었다. 입양을 결심했다 할지라도 양쪽 집안에서 쉽게 받아들일 거라는 기대는 하지 않았다.

동료와 대화하면서 깨달은 것인데, 일본은 '가문'이나 '핏줄'을 중시하는 사고방식이 뿌리 깊은 나라다. 따라서 양자 결연은 서양에 비해 이해를 받기가 어려울 것이다. 사토코와 기요카즈의 부모님은 지금껏 겪어 온 바로는 입양을 이유로 사람을 차별하는 사람들은 아니었다. 그러나 막상 본인의 일이 되면 어떻게 생각할지 모르는 것이다.

사토코는 기요카즈와 함께 올해 마흔이 되었다.

사토코는 친정에 사위의 무정자증과 불임 치료의 경위를 이미 전해 놓았다. 친정어머니는 이렇게 말했다.

"어쩌겠니? 없으면 없는 대로 살아야지."

그러고는 사토코더러 불쌍하다며 우는 바람에 몹시 당황했던 기억이 있다.

일단 공부를 해야겠다는 생각에 사토코는 베이비 배턴의 홈페이지에서 정기적으로 열리는 설명회를 예약했다.

'입양을 희망하는 부부에게'라는 페이지에 게재된 양식에 내용을 입력하자 곧바로 답장이 왔다. 장소는 신주쿠 요쓰야에 있는 구민 회관이었다.

처음 설명회에 가는 날 아침은 사토코와 기요카즈 모두 긴장한 상태였다. 사람이 얼마나 오며 어떤 분위기인지 알지 못하지만, 자신들이 굉장히 특별한 장소에 간다는 인식이 강했다.

"어떤 분위기일까?"

"우리 같은 부부들이 오겠지."

서로의 마음을 달래듯 말을 건네며 정장을 차려입고 외출했다. 도착한 건물 입구는──사람들로 북적였다.

아기를 안고 있는 사람, 서로의 아이를 어울려 놀게 하며 "어머, ○○ 씨, 요전번에는" 하고 친근하게 대화하는 엄마들, 건물로 유모차를 밀고 들어오는 가족도 있었다. 마치 지금부터 축제나 행락지에 가는 듯한 분위기였다.

오늘은 사토코 부부가 참여하는 설명회 말고도 다른 층에서 뭔가 다른 행사가 있을지도 모른다. 구민 회관 건물은 공간을 대여하고 매일같이 다양한 행사가 열리는 장소이기 때문이다. 아니면 베이비 배턴 활동의 지원자 혹은 자원봉사자가 있을지도 모른다.

"뭐야, 가벼운 분위기네."

기요카즈가 안심했다는 듯 말해서 사토코도 덩달아 "그러게" 하고 고개를 끄덕였다.

아기를 데려온 사람들이 있는데도 신기하게도 싫어하는 분위기는 전혀 없었다. 그저 즐거워 보일 뿐이었다.

해를 가리려고 아기들에게 씌운 연분홍빛과 물빛 모자를 보고 부럽다는 생각이 들었다.

그러나 지정된 3층 방으로 갔더니 분위기는 1층 로비와 완전히 달랐다. 작은 교실 같은 공간에 부부가 함께 앉도록 2인용 의자가 나란히 배치되어 있었다.

사토코 부부를 포함해 앉아 있는 부부는 모두 열 쌍 정도.

자신들과 같은 또래의 모습이 많았지만, 그중에는 사토코 부부보다 연상으로 보이는 사람들은 물론 훨씬 젊은 부부의 모습도 보였다. 다들 입구에서 건네받은 소책자와 인쇄물을 보고 있었다. 부부끼리 앉아 있는데도 아무도 입을 열지 않았다.

여기 모인 사람들은 다들 비슷한 처지라는 것을 알고 있었다. 처지가 비슷하고 어떤 심정인지 알기에 더더욱 사토코는 어디에 시선을 두어야 할지 난감했다. 가장 뒷자리에 앉아서 그들처럼 책상에 펼친 자료를 마냥 응시했다.

누가 봐도 긴장된 분위기였다.

"지금부터 설명회를 시작하겠습니다——."

앞쪽에서 화이트보드를 등지고 단체의 여성 직원이 말했다.

"죄송하지만, 오늘은 기록용 비디오 촬영을 하려 합니다. 이 활동을 최대한 많은 사람들에게 알리기 위한 영상입니다만, 혹시 찍히고 싶지 않으신 분이 계시면 손을 들어 주십시오."

그 말에 실내가 전체적으로 술렁거렸다.

부부끼리 서로 얼굴을 마주 보다가 처음에는 아무도 손을 들지 않았다. 이어서 직원이 한 번 더 "찍히고 싶지 않으신 분은 손을" 하고 말하자 그제야 하나둘 손을 올렸다. 사토코는 남편과 얼굴을 마주 본 채 어떻게 해야 할지 몰랐다.

이윽고 바로 옆자리 남자가 화난 목소리로 말했다.

"찍히고 싶은 사람은 없습니다."

"여기 온 사람들 중에서 찍히고 싶은 사람이 어디 있겠어요?"

거세게 말하는 남자 옆에서 그의 아내로 보이는 여자가 고개를 숙이고 손을 들었다. 그 모습을 보고 사토코와 기요카즈도 머뭇머뭇 손을 들었다. 그러자 단체의 여자 대표가 "알겠습니다" 하고 앞에서 고개를 끄덕였다.

"여러분 모습은 뒤에서만 찍겠습니다. 뒷모습도 거부감이 드는 분은 셋째 줄보다 뒷자리로 이동해 주시기 바랍니다. 번거롭게 해 드려 죄송합니다."

그 말을 듣고도 이동하지 않고 앉아 있는 부부는 한 쌍뿐이었다. 나머지 부부들은 서로 눈치를 살피며 뒷자리로 옮겼다.

모두 자리에 앉자 대표가 인사를 했다.

"안녕하세요. 바쁘실 텐데 와 주셔서 감사합니다. 저는 베이비 배턴의 대표인 아사미라고 합니다."

TV에서 봤던 그 여자였다. 젊은 엄마를 돌봐 주고 태어난 아기를 시계방 부부에게 데려다준 사람. 약간 통통한 체형에 마음씨 좋은 아주머니 같은 느낌, 나이는 오십 대 후반 같았다.

"잘 부탁드립니다" 하고 그녀가 머리를 숙였다.

"지금부터 본 단체의 소개와 특별 양자 결연의 절차에 대해 설명하겠습니다. 그럼 우선 백문이 불여일견이라고 했듯이 이쪽 영상부터 보시겠습니다. 지난번 뉴스 보도 프로그램에서 다루었던 겁니다."

형광등을 꺼서 실내가 약간 어두워졌다. 정면에 마련된 커다란 TV에 사토코 부부가 얼마 전 봤던 그 방송 프로그램이 나왔다.

중간중간 주변에서 흐느끼는 소리가 들렸다.

눈물을 훔치는 기척이 여기저기에서 느껴졌다. 부부가 아기를 안고 "만나서 반갑구나" 하고 말하는 모습에 사토코도 눈물을 참고 숨을 죽였다.

영상이 끝나고 실내가 밝아졌다. 아사미가 방송 내용을 보충

하듯 설명하기 시작했다.

"여러분 중에는 이 뉴스를 보고 와 주신 분들도 계실 겁니다. 특별 양자 결연 관련해서는 저희 쪽이 처음이신 분들도 계실 테고, 어쩌면 다른 단체나 아동상담소를 몇 군데 돌아보시고 오신 분들도 계실지 모르겠네요."

특별 양자 결연은 민간단체 외에도 자치단체에 따라서는 아동상담소에서 열심히 활동하는 곳도 있다고 한다.

이어서 아사미는 아기를 특별 양자로 맞이하길 원하는 부부가 알아야 할 마음가짐에 대해 설명했다.

"우선 설명회에 오시는 부부에게 물으면 꼭 이렇게 대답하는 분이 계십니다. '평범'한 아이를 원한다고요. ——하지만 잘 생각해 보십시오. '평범'한 아이는 '평범'한 가정에 있습니다. 저희 단체를 의지한다는 것은 뭔가 사정이 있다는 뜻입니다. 양부모가 되려면 친부모의 임신 경력이나 가정환경에 어떤 사정이 있어도 상관없다는 각오를 해 주십사 부탁 말씀을 드리겠습니다."

그리고 통상 자신의 아이를 낳을 때와 마찬가지로 성별을 따지지 않을 것. 태어난 아기에게 만약 중증 질환이나 장애가 있더라도 그 아이의 부모가 될 각오를 할 것 등을 설명했다.

'진실 고지'라는 말이 그때 나왔다.

"아이에게는 진실을 알 권리가 있습니다. 언젠가 적절한 시기가 오면 양자라는 사실을 설명하셔야 합니다. 무리하게 감추고 지나가려 하면, 아이 스스로 피부로 느끼는 경우도 많기 때문에 결국 아이가 상처를 받게 됩니다. 그리고 주변에 대해서도 마찬가지입니다. 특별 양자를 맞이하려면 가정법원의 판결을 거쳐야 해서 양가 부모님과 친척 등 주변에 숨긴 상태로 진행하기는 어려울 겁니다."

마음이 조금 무거워졌다. 사토코 부부는 앞으로 양가 부모님에게 정면으로 이야기해야 한다. 부모님의 이해를 구하기까지 아마 상당한 시간이 필요할 것이다.

"여러분 가운데 몇 분은 앞으로 아이를 입양해서 부모가 되겠지요. 그럴 경우에도 방금 설명한 내용을 기억해 주셨으면 합니다."

아사미의 말에 조금이나마 구원받은 느낌이 들었다.

이 중에서 몇 명은 앞으로 확실히 아이를 입양한다.

그렇게 단언해 준 덕분에 기분이 살짝 고양되었다.

"여기까지 질문 없으십니까?"

아사미를 향해 "저기" 하고 사토코 바로 앞에 앉은 여자가 손을 들었다. 사토코보다 나이가 많아 보였다. 그 옆에 앉은 남편의 머리도 희끗희끗했다.

"말씀하세요."

마이크를 건네받은 여자는 손수건을 움켜쥐고 있었다. 그리고 질문을 했다.

"죄송해요. 저는 아까 말씀하셨다시피 특별 양자 결연을 알고 나서 여러 단체와 아동상담소를 들렀습니다. 그래서 질문을 드리겠는데요, ──이쪽 단체는 아이를 입양하는 연령에 상한 설정이 없다고 생각해도 될까요?"

목소리가 약간 드높고 날카로웠다.

"몇 살이든 가능성이 있는 건가요? 다른 단체는 원칙으로 마흔 살까지 정해 놓은 곳이 대부분이었거든요. 저는 마흔넷입니다. 무리인가요?"

사토코는 흠칫 놀라 숨을 삼켰다. 여자는 당장이라도 눈물을 흘릴 것처럼 어깨를 바들바들 떨었다.

"그런 곳이 많더군요."

아사미가 앞에서 질문에 답했다.

"마흔에 입양한 아이가 성인이 되면 부모는 예순입니다. 그 점을 하나의 기준으로 삼아 연령 제한을 두는 곳도 있습니다."

"네. 그리고 엄마는 반드시 전업주부여야 한다든가."

"저희는 그런 조건을 따로 설정하지 않고 있습니다."

흥분해서 목소리가 점점 커지는 여자를 달래듯 아사미가 부드러운 말투로 응했다.

"저희도 원칙적으로는 마흔 살까지로 밝히고 있습니다. 하지만 설명회가 끝난 뒤 희망하시는 부부에게 개별 면담을 진행할 겁니다. 불임 치료를 어느 정도까지 하셨는지, 왜 특별 양자 결연을 선택하셨는지에 대해 각 가정의 이야기를 듣고, 각각의 사정에 어떻게 대응할지를 검토할 예정입니다."

"저도, 질문 좀 해도 됩니까?"

다른 자리에서 이번에는 남자가 손을 들었다. 폴로셔츠와 청바지 차림의 남자는 아주 젊은 인상이라 삼십 대인 줄 알았는데 아니었다.

"저희도 집사람과 저 둘 다 사십 대입니다. 연령을 말할 때 사십 대라고 한데 묶어서 하는 말에 줄곧 거부감을 느꼈습니다. 사십 대 후반 부부에게 입양된 아이가 할머니, 할아버지 손에 크면 괴롭힘을 당한다는 예를 들며 포기하도록 권유받은 적도 있습니다. 또 사십을 넘었어도 갓난아기에 집착하지 않으면 입양할 수 있는데 왜 아기 때부터 키우려 하느냐는 소리도 들었습니다."

마른 남자의 울대뼈가 떨렸다. "나이 많은 부모의 육아는" 하고 가는 목소리로 계속했다.

"부정적인 면만 있는 게 아니라, 오히려 사십 대라서 좋은 면도 많지 않겠습니까? 경제적인 면이나 경험이 풍부하다는 점에서 말입니다."

그가 입술을 지그시 깨물었다.

"──저희는 지금껏 수많은 곳에서 연령 제한을 당했습니다."

조용한 실내에 목소리가 울려 퍼졌다. 구체적인 말을 하지 않아도 설명회에 참석한 많은 부부들이 자신이 더듬어 온 길의 어떤 장면을 떠올리고 있다는 것이 전해졌다.

긴 불임 치료를 끝내겠다고 결심한 시점에 사토코도 마흔을 눈앞에 두고 있었다.

"개별 면담에서는 어느 정도 배려해 주는 겁니까? 예를 들어 마흔하나 혹은 최대한 마흔셋까지는 괜찮다, 그런데 마흔다섯 살은 안 된다, 이런 식이라면 납득할 수 없습니다. 게다가 이십 대, 삼십 대 부모도 아이를 남기고 죽기도 하잖습니까?"

"각 가정의 사정을 배려해 가며 이야기를 충분히 듣겠습니다."

아사미의 말투에는 흔들림이 없었다.

"긴 불임 치료를 끝내고 이제부터는 입양을 통해 부모가 되겠다고 결심한 사람들을 최대한 돕고 싶습니다."

그 후에도 설명회 분위기는 몇 번이나 긴장이 고조되었다.

예를 들어 양부모 등록을 하고 나서는 피임을 해 달라는 이야기가 나왔을 때도 그랬다. 동갑이나 터울이 짧은 아이가 친자와 양자라는 형태로 생기는 상황을 피하기 위해서라고 했다.

이때 역시 또 다른 여자가 "마음을 바꿀 수가 없는데요" 하고 손을 들었다.

"그동안 임신하고 싶어서 얼마나 노력해 왔는데요, 갑자기 그만두라고 하시면…… 저는 여기 온 시점에 친자든 양자든 차별하지 않고 키우겠다는 각오로 왔습니다. 왜 무조건 차별할 거라고 여기는 거죠?"

"부모님이 친자를 더 예뻐할 거라고 단정해서 그렇게 말한 게 아닙니다. 하지만 육아에는 시간과 노력이 아주 많이 듭니다. 간격을 두지 않고 한꺼번에 두 아이를 키운다는 것은 매우 힘든 일이지요."

아사미가 하나하나 설명했다.

"육아는 좋은 일만 있는 게 아닙니다. 여태까지 저희가 양자 결연을 중개해 온 가정 중에는 아기가 와 준 덕분에 더 젊어지거나 건강해진 가정이 많은 것이 사실입니다. 하지만 육아는 돈과 시간은 물론 부모에게서 모든 것을 빼앗습니다. 게다가 누군가의 칭찬을 바랄 수도 없는 일이지요."

아사미는 계속했다.

"긴 인생의 즐거움으로 육아를 선택하는 부부도 물론 계시겠지요. 그러나 육아가 아니더라도 인생을 즐기는 방법은 얼마든지 있습니다. 면담에서 다시 말씀드리겠지만, 오늘 집으로 돌아가신 뒤에 육아 외에도 향후 어떻게 지낼 것인지에 대해 한번 의논해 보셨으면 합니다."

10분간의 짧은 휴식이 주어지고 자리를 비워도 된다는 말을 들었는데도 사토코와 기요카즈는 서로 아무 말도 할 수 없었다.

사토코 부부가 설명회에 온 것은 베이비 배턴이 처음이었다. 문제는 예상보다 훨씬 복잡하고 좋은 일만 있는 것이 아님을 한 시간 동안의 설명회를 통해 알게 되었다.

"화장실 갔다 올게."

못 견디겠다는 듯 기요카즈가 자리에서 일어나 밖으로 나갔다. 사토코는 말없이 고개만 끄덕이고 계속 자리에 앉아 있었다. 새로운 가능성에 뛰어들었다는 생각에 두근두근 품어 온 기대감이 조금 시들어서 지금은 들이쉬는 공기마저 매우 희박하게 느껴졌다.

많은 사람들이 자리를 비웠어도 사토코는 홀로 움직일 수가 없었다. 그대로 책상 앞에 엎드려 있었다.

"——나이가 어떻게 되세요?"

그 소리에 고개를 들었더니 손수건을 쥔 여자가 서 있었다. 처음에 연령에 대해 질문한 사토코의 바로 앞자리 여자였다. 눈이 빨갛다.

사토코는 마른 입술을 적시듯 한 번 다물었다가 대답했다.

"딱 마흔이에요."

사토코의 대답을 듣고 여자가 "그래요?" 하고 희미하게 웃었다.

"그럼 저보다는 가능성이 있겠네요. 힘내세요."

여자는 아까 감정적으로 굴었던 것이 몹시 부끄러웠는지 약간 어색해 보였다. 그것을 보고 가슴이 아팠다. 평범한 사람이구나, 싶었다.

평소에는 흥분해서 거칠게 말하지 않는, 아마도 그녀는 평범한 사람 중 한 명일 것이다.

사람들이 하나둘 잇따라 자리로 돌아왔다. 그녀는 말없이 다시 자기 자리로 돌아갔다.

(8)

"설명회 후반부를 시작하겠습니다."

휴식을 취하고 돌아온 아사미의 표정은 전반보다 부드러운 분위기로 바뀐 듯했다.

그렇게 생각해서인지 복도가 수런거리는 느낌이었다.

아사미의 말투는 가벼웠다.

"지금까지 다양한 말씀을 드렸습니다만, 제 이야기만으로는 충분히 전해지지 않을 테니 이제 슬슬 '백문이 불여일견' 그 두 번째를 시작하려 합니다."

내내 긴장의 연속이었던 실내 분위기는 한 번 중단된 탓에 지금은 마치 지친 듯한 기색마저 감돌았다. 그것이 다음 순간 확 달라졌다.

"여러분, 들어오세요."

아사미의 말과 함께 문이 열리더니 설명회장 뒤쪽으로 수많은 가족들이 들어왔다.

'앗.'

아침에 기요카즈와 함께 1층 로비에서 본 그 사람들이었다. 축제나 행락지에 가기 전처럼 보인 그 가족들 말이다.

줄줄이 들어온 가족들은 하나같이 웃고 있으며 서로 친해 보였다. 엄마, 하고 응석 부리는 소리를 내는 여자아이, 엄마 품에 안겨서 칭얼거리는 아기. 아주 작은 젖먹이를 포대기에 싸서 우람한 팔로 껴안고 있는 아빠와 그 옆에서 싱글벙글 웃고 있는 엄마. 가족은 전부 열 쌍 정도였다.

──그중에 TV 뉴스 프로그램에서 본 그 시계방 부부도 있었다. 아기를 데리고 있었다.

그렇다면 이 사람들은.

허를 찔렸다는 생각에 고개를 든 사토코 일행을 향해 아사미가 말했다.

"여러분, 베이비 배턴에 등록된 아기를 입양한 부부들을 소개합니다."

할 말을 잃었다. 어느 가족이든 죄다 친자가 아니라는 사실이 믿기지 않을 만큼 평범한 부모 자식이었다. 길에서 자주 마주치는, 어디에나 있는 평범한 가족이었다.

"베이비 배턴에서 아기를 입양한 가족끼리 정기적으로 모임을 열고 있습니다. 오늘이 마침 그날이었기에 설명회에도 초대했습니다. 정례회는 말이죠, 정말 엄청납니다. 한마디로 말하면 아들딸 바보 대회랄까요? 다들 자신의 아이가 얼마나 사랑스러운지 자랑하고 싶어서 모인 것 같답니다."

아사미가 웃었다.

"한 분씩 돌아가며 경험담을 들려주셨으면 하는데, 괜찮을까요? 그럼 먼저 마치다 씨부터."

"아, 네. ──좀 쑥스럽네요."

부부 한 쌍이 화이트보드 앞으로 걸어 나왔다. 모두 잠자코 그녀의 가족을 쳐다봤다. 포대기에 싼 작은 아기는 남편이 안고 있었다.

"음, 저는 마치다라고 합니다. 제 이야기가 참고가 되었으면 좋겠어요. 잘 부탁드립니다."

저희 같은 경우, 하고 그녀가 이야기하기 시작했다.

"저희 같은 경우 아이가 생기지 않은 원인은 남편이 진단받은 무정자증 때문이에요. 여러분들 중에서도 저희 같은 분이 계실지 모르겠는데요, 저희는 TESE 단계까지 진행했어요. 다행히 정자가 발견돼서 현미수정을 했지만 다섯 번 모두 음성이었죠."

사토코는 차마 토해 내지 못하는 한숨을 꾹 참았다.

MESA나 TESE라는 단어는 그 길을 지나왔기에 알고 있는 말이다. 게다가 폐쇄성 무정자증인 기요카즈는 MESA 치료를 받았다. 고환을 절제하는 TESE보다는 부담이 적다는 설명을 들었지만 그 또한 괴로움의 연속이었다.

그런데 사토코 부부가 겪은 것보다 훨씬 부담이 큰 단계까지 진행했다는 사실을 그녀가 용어 설명도 하지 않고 자기 남편 옆에서 서슴없이 밝혔다는 사실에 사토코는 충격이 컸다. 자세한 설명을 하지 않더라도 이곳에 앉아 있는 사람들에게는 이야기가 통한다는 것을 그녀는 굳게 믿고 있었다.

우리도, 이 부부도 똑같다.

같은 길을 더듬어 온 사람들이다.

"사실 저는 불임 치료 마지막에 이미 입양을 생각하고 있었거든요. 그런데 차마 입이 떨어지지 않더라고요. 너무 힘드니까 그만두자는 이야기가 나왔을 때 처음으로 이이한테 말했어요.
——저희 같은 경우, 남편은 처음에 전혀 내켜하지 않았어요."

그녀가 자신의 남편을 흘끗 보았다.

아기를 소중히 그리고 사랑스러워서 어쩔 줄 모르겠다는 듯 안고 있는 남편은 그것을 의식했는지 그저 팔을 흔들어 아기를 보살필 뿐, 아내 쪽은 물론 설명회에 참석한 사람들 쪽에도 눈길 하나 주지 않았다. 선 자세가 곧고 배도 나오지 않은 그는 마 셔츠가 잘 어울리는 젊은 남편이었다.

남편을 대신해 아내가 설명했다.

"내 핏줄이 아닌 아이를 받아들일 자신이 없고, 무엇보다 내 자식을 남기지 못하면 의미가 없다더군요. 그런 남편한테 저는 그래도 아이가 오면 분명히 행복할 거라면서 설명회에 끌고 갔어요. 맞아요, 반년 전에는 제가 여러분과 똑같은 입장에서 그쪽에 앉아 있었어요. 그래서 지금 굉장히 신기해요."

그녀는 쑥스러워하는 것 같았다.

"아사미 씨의 설명을 듣고 개별 면담도 하면서 몇 번씩이나 이 일과 마주하는 사이, 남편 마음도 조금씩 달라지더라고요. 그래서 등록을 했죠. 당장 연락 오는 건 아닐 테니 둘이서 느긋하게 기다리자고, 그냥 흘러가는 대로 맡기자고 했는데, 등록한 지 한 달도 안 돼서 전화가 와서 깜짝 놀랐어요."

그녀가 남편이 안고 있는 아기를 바라봤다. 작은 아기는 석

달 전 이 부부의 곁으로 왔다고 한다.

"어쩌면 준비 기간이 충분히 있었더라면 더 긴장되고 힘들었을지 몰라요. 저희는 시간이 없었거든요. 휩쓸리는 것처럼 정신없이 뛰어다니면서 준비했죠. 필요한 거 마련하고, 생활 리듬도 백팔십도 바뀌고……. 그런데 오히려 다행이었던 것 같아요. 지금 남편은 아주 딸바보가 됐죠. 아마 저보다 더 예뻐 할 걸요."

그 상황은 옆에 있는 남편이 한마디도 하지 않지만, 그럼에도 오늘 이곳에 왔다는 것으로 알 수 있었다.

"남자분들한테는 미안한 말씀이지만" 하고 그녀가 말했다.

"남자들은 실제로 아기가 온 상태가 아니면 실감하지 못하는 사람이 많을 거예요. 아무튼 일단 휩쓸리는 게 중요해요. 한 번 휩쓸렸더니 저희 같은 경우는 괜찮았거든요."

그녀가 설명하는 동안 아사미가 가까이 서 있었다. 아사미를 보고 그녀가 미소 지었다.

주변에도 이 아이가 입양아라는 사실을 최대한 알리고 있다고 했다.

"이웃 사람이 놀라는 일도 당연히 있죠. 입을 딱 벌리거나. 그래도 대부분 그렇구나, 하는 반응이지, 괜한 걸 물어서 미안하다는 느낌은 거의 없어요."

시원시원하게 말하는 그녀의 떳떳하기까지 한 태도가 인상적이었다.

"그리고 저희는 면접 단계에서 남편이 장애가 있는 아이는 받아들일 자신이 없다는 것도 솔직히 말했어요. 그런 상태에서 아사미 씨와 여러 번 이야기했죠. 솔직히 그 점 때문에 등록을 거부당할 뻔하기도 했지만요."

그녀가 쓴웃음을 지었다.

"그 점도 남자분들이 상상력이 부족하다고 해야 하나──, 지금은 아이한테 장애가 있더라도 저희는 둘 다 이 아이가 아니면 안 되고 진심으로 사랑하는 마음이에요. 앞으로 아이에게 무슨 일이 일어나든 모든 것을 받아들일 생각입니다."

이어서 등장한 사람은 엄마들 셋이었다.

남편에게 부축 받고 있는 사람, 아기띠로 아기를 안고 있는 사람, 초등학교에 들어갈 만한 큰 아이의 손을 잡고 있는 사람. 모두 제각각이었다. 각각 순서대로 아이를 어떻게 입양했는지, 입양하고 난 후에는 어떠했는지를 이야기해 나갔다. 어떤 사람은 이렇게 말하기도 했다.

"이 아이를 주변에서 어떻게 생각할지, 그것도 포함해서 아이의 인생이기 때문에 저희는 아이한테는 사실대로 말해도 주변에는 알리지 않았습니다."

모두 굳세 보였다. 아마도 처음에는 그렇지 못했겠지만 지금은 아무렇지도 않게 이야기하고 있다는 사실이 아프도록 잘 느껴졌다.

사토코 일행이 앉아 있는 자리와 설명회장 앞에 서 있는 가족들의 자리는 명백히 다른 장소였다. 원래는 같은 장소였기 때문에 그 차이는 더욱 또렷한 선으로 구분되었다. 색까지 완전히 다른 색으로 느껴졌다.

세 사람 중 두 번째로 나선 몸집이 작은 엄마가 손에 마이크를 쥐었다. 첫마디부터 목소리가 떨려서 숨을 작게 들이마셨지만 이내 울먹였다.

"——지히로를 만나게 되어 얼마나 고마운지 몰라요."

아사미가 걱정스레 그녀를 봤다. 남편에게 부축 받은 그녀는 "괜찮아요, 말하고 싶어요" 하고 계속했다.

"아이를 낳아 준 엄마도 고맙고, 그 엄마가 태어나 준 것도 고맙습니다. 지히로를 만나게 해 준 아사미 씨가 이 세상에 태어나 준 것도 정말 고맙습니다."

울먹이며 간신히 꺼낸 그 말은 진심에서 우러나왔겠지만, 옆에 선 아사미가 "네? 저한테도요?" 하고 되물었다. 그 모습에 웃음이 터져 나왔다. ——이곳에서 이렇게 따뜻한 웃음소리를 듣게 되다니 조금 전까지만 해도 상상도 못할 일이었다.

아이는 여자아이로 이름은 지히로였다.

긴장과 흥분으로 인해 그녀의 다리가 후들거리는 것이 보였다. 많은 사람 앞에서 이야기하는 것이 서툰 모양이었다.

그럼에도 코맹맹이 소리로 꿋꿋이 말했다.

"처음에 친정 부모님은 입양을 심하게 반대하셨어요. 이해해 주시지 않아도 괜찮다고, 또 손주를 보여 주지 않으면 된다고 생각한 적도 있지만, 지금 아이 할머니는."

그녀가 훌쩍이는 소리를 내더니 설명회장 뒤쪽을 쳐다봤다. 그러고는 말했다.

"할머니는 지금, 지히로의, 둘도 없는 놀이 친구예요."

사람들은 그녀의 목소리가 향하는 쪽을 봤다. 뒤돌아보니 백발에 연보라색으로 부분 염색을 한 세련된 여성이 서 있었다. 그 사람을 본 순간 덩달아 사토코까지 코끝이 찡해져서 눈물이 나올 뻔했다. 그녀는 세 살쯤 되는 여자아이의 손을 잡고 있었다. 갑자기 주목을 받아서 놀랐는지 아이가 몸을 비비 꼬며, "할머니, 엄마 왜 울어?" 하고 이상하다는 듯 할머니를 올려다보았다.

할머니 역시 쑥스러운 표정으로 딸에게 손을 흔들었다. 이 사람도 처음에는 반대했었지만, 오늘은 손녀와 함께 이곳에 온 것이다.

"제 핏줄은 아니지만 가족은 함께 살면 저절로 닮아 가는지, 산책하고 있으면 '엄마랑 닮았네요'라든가, '아빠 코를 물려받았나 봐요' 하는 소리를 듣곤 합니다. 그럴 때는 정말 얼마나 기쁜지 몰라요."

정말이네, 하고 사토코도 생각했다.

할머니 손을 잡고 있는 여자아이는 지금 앞에 서 있는 아빠, 엄마와 닮았다. 부부인 두 사람은 얼굴 생김새며 키며 몸집이며 죄다 다른데도 딸을 포함해 가족의 분위기는 아주 비슷했다.

한참 흐느끼고 나서 그녀가 말했다.

"지히로와, 같이 살아서, 행복합니다."

마지막으로 앞에 선 사람은 TV에서 본 그 시계방 부부였다.

아기를 데리고 둘이 나란히 서 있었는데, 아내가 아이를 안고 남편이 마이크를 대신 쥐어 아내에게 대 주었다.

사십 대.

TV에서 처음 봤을 때 자신들과 비슷한 부부라고 생각한 인상은 눈앞에서 봐도 변함없었다. 눈꼬리에 주름이 잡혀 있고 피부 상태도 삼십 대와는 완전히 달랐다. 하지만 표정만큼은 밝고 생기가 넘쳤다.

"저희가 입양을 생각한 건 남편의 말 한마디 때문이었어요. 혈연관계가 없는 아이라고 말하지만, 원래 나와 당신도 혈연관계가 없는데도 가족이 되지 않았느냐고 말이에요. 분명히 괜찮을 거라고요."

"——아기를 데리고 비행기에서 내린 아사미 씨를 본 순간, 아사미 씨 머리에서 후광이 비쳤습니다."

자신의 이야기가 나와서 쑥스러웠는지 남편이 곧바로 화제를 돌렸다. 이때 다시 웃음이 일었다.

아이의 이름은 고이치라고 했다.

"설명회의 어느 단계에선가 아사미 씨가 그러더군요. 처음 아기를 보면 부모는 대부분 사랑에 빠졌다는 말로밖에 설명이 안 되는 것처럼 첫눈에 반한다고요. 저희가 딱 그랬거든요."

분명한 어조로 딱 잘라 말했다.

"고이치를 만나서 정말 다행이에요. 오늘은 이 사실을 여러분에게 전하고 싶어서 왔습니다."

──아아아, 하고 커다란 울음소리가 났다. 감격에 겨운 긴 흐느낌이 실내 전체에 비명처럼 새어 나왔다.

앞에 서 있는 가족의 울음소리가 아니었다.

사토코에게 아까 말을 걸었던 앞자리 여자의 것이었다. 손수건을 꽉 움켜쥔 그녀는 얼굴을 감싸고 울음을 터뜨렸다.

이야기하던 가족도 주변에 앉은 사람들도 깜짝 놀랐다. 잠시 후 사람들은 그녀를 걱정하는 눈길로 봤다. 당황한 남편이 엎드려 우는 아내에게 바싹 붙어 등을 쓰다듬었다.

어떤 심정인지 알 수 있었다. 이 자리에 있는 사람들 모두가 저마다 입장은 달라도 그녀의 심정을 알 것이다. 그렇게 여겨지는 침묵이 서서히 실내를 채워 나갔다.

(9)

첫 설명회가 끝나고 아사미와 개별 면담을 진행했다. 이후 그녀와 수차례 만나 대화를 나누고 고민을 털어놓은 끝에 사토코 부부는 베이비 배턴에 양부모 등록을 하기로 했다.

양가 부모님은 사토코의 친정은 말할 것도 없고, 아들의 무정자증으로 며느리에게 머리까지 숙였던 시댁 부모님도 입양에 반대했다. 어머니들 입장에서는 제 핏줄이 아닌 아이를 키운다는 것이 그만큼 받아들이기 힘든 일이었던 모양이다.

"애 키우는 게 얼마나 힘든지 아니? 하물며 남의 자식이라니."

친정어머니의 말에 버럭 소리를 지르고 싶은 충동을 꾹꾹 눌렀다. 내 속으로 낳기만 하면 자식이 뜻대로 키워진다는 말인가. 단지 그것만으로 더 따질 것도 없이 서로 이해할 수 있다고 생각하다니, 오만하지 않은가.

"알아."

사토코는 참을성 있게 대답했다.

"──나 키우느라 엄마도 많이 힘들었지? 키워 줘서 고마워."

핏줄에만 의존했기 때문에 자신들은 서로 소중한 마음을 표현하지 않은 모녀였다.

상의하려 걸었던 전화는 중요한 부분에 접어들자 일방적으로 끊겼다.

"아무튼 난 반대야. 분명히 말했다."

──사토코의 어머니도 딸에게 어떻게 이야기해야 할지 몰라 어색한 화제를 피하고만 싶어 하는 부모인 모양이다.

예상했던 반응이긴 해도 마음고생 탓에 좌절할 뻔했던 적이 한두 번이 아니었다. 그때마다 그날 만난 지히로의 엄마와 시계방 부부를 떠올리며 스스로를 격려했다.

핏줄로 이어진 친부모와 말다툼 같은 대화를 하면서 가족이란 노력해서 쌓아 올리는 것임을 깨달았다.

가족은 아무리 핏줄로 이어졌다 한들 오만하게 굴어서는 쌓아 올릴 수 없는 관계다. 사토코 부부가 만난 그 가족은 진정한 가족이 되기 위해 열심히 노력하고 있었다. 그것이 잘못되었다니, 누구도 그렇게 말해서는 안 된다. 이제 사토코와 기요카즈의 마음은 하나가 되어 흔들리지 않았다. 결코 흔들릴 일은 없었다.

자신들만 확고하다면 아무것도 두렵지 않다는 것을 그 무렵에는 확실히 알게 되었다.

사토코 부부의 곁에 아이가 온 것은 그로부터 1년도 지나지 않아서였다.

마흔을 넘어 등록했는데도 그 아이는 우리를 선택해 주었다.

내일 올 수도 있고, 어쩌면 평생 오지 않을 수도 있다고 생각하던 아이는 히로시마 현 소재의 병원에서 태어났다. 아사미의 연락에 사토코는 즉시 받아들이겠다고 했다. 아사미는 마지막에 이렇게 물었다.

"데리러 오시겠어요?"

신칸센을 타는 동안 가슴은 두근대고 무릎은 덜덜 떨렸다.

어떤 감정으로 그렇게 되는지는 알 수 없었다. 막상 때가 되니 동요하는 쪽은 사토코였고, 기요카즈는 오히려 침착했다. 나란히 앉아서 사토코가 팔걸이 위로 살짝 쥔 주먹에 남편이 살며시 자기 손을 포개어 주었다.

산부인과에 도착해 작은 입원실로 안내를 받았다. 언젠가 이런 일이 있었다는 것이 떠올랐다.

비행기를 타고 간 오카야마 현 클리닉에서 음성 결과를 듣기 위해 진찰실에서 기다렸다. 그때의 절망은 지금도 뼈저리게 기억한다. 아무리 시간이 가도 사라지지 않을 것이며, 앞으로도 잊을 수 없을 것이다.

아사미가 아기를 안고 나타났다.

언젠가 TV에서 봤던 것처럼 환하게 웃으며 작은 신생아를 안고 있었다.

"오래 기다리셨습니다. 자녀분입니다."

감정이 홍수처럼 밀려들었다. 아기 얼굴을 들여다보았다.

눈을 감고 있었다.

머리숱이 적고 피부가 뽀얗다. 살아 있다는 게 믿기지 않을 만큼 작은 아기였다. 고사리 같은 손가락에는 손톱까지 나 있었다. 인간은 이렇게 태어나는구나, 하는 감동과 함께 쌔근쌔근 자는 이 존재를 어떻게 형용해야 할지 몰랐다.

"안아 보시겠어요?"

손이 떨렸다. 옆에 우두커니 서 있는 남편의 눈이 붉었다. 긴장했는지 눈도 깜빡이지 않고 있다는 것이 느껴졌다. 사토코는 놀라우리만치 가볍고 보드라운 아기를 품에 안았다.

머리카락이 보송보송하다. 눈썹이 옅다. 색 없는 입술이 뭔가를 따라가듯 달싹였다. 젖을 찾는 것일지도 모른다. 남편이 아기 뺨에 손을 갖다 댔다.

"귀엽다."

그가 말했다.

그 순간 생각했다.

일전에 들었던 사랑에 빠진다는 표현과는 약간 다르다. 하지만 사토코는 분명히 깨달았다.

아침이 왔다는 것을.

끝없이 이어지는 밤의 밑바닥을 걸어, 빛 하나 없는 터널을 빠져나왔다. 영원히 밝아 오지 않을 것 같던 아침이 지금 밝았다.

아이는 우리에게 아침을 가져다주었다.

(10)

"아기 엄마를 만나 보시겠어요?"

그 당시 아사미의 제안이 특별한 것이었음을 나중에 알았다.

적어도 사토코 부부가 알고 있는, 자신들과 똑같은 환경의 양부모 가운데 그 제안을 받은 사람은 없었다. 아기를 안고 있던 부부는 놀라서 아사미를 쳐다봤다.

"물론 내키지 않으시면 안 만나셔도 좋습니다."

아사미가 말했다.

"보통은 만나지 않는 편이 나아서 대부분 그렇게 했습니다. 그런데 이번에는 구리하라 씨 부부가 병원까지 와 주셨고, 아기 엄마도 오늘 퇴원해서 가까운 호텔 로비에 있거든요. 가능하면 아기를 키워 주실 부부에게 인사 말씀을 드리고 싶다고 합니다."

"만나고 싶어요."

사토코는 주저 없이 대답했다.

지금껏 무엇이든 남편과 상의해서 결정해 왔다. 하지만 이번 만큼은 생각하기도 전에 불쑥 대답하고 말았다. 상의하는 것조차 잊고 있었다. 기요카즈 역시 아내를 말릴 생각이 없어 보였다. 마치 사전에 만나기로 했다는 듯 사토코와 눈이 마주치자 고개를 끄덕였다.

"만나게 해 주세요."

그도 말했다.

갓 입양한 남자 아기를 노란색 포대기에 싸서 병원을 나왔다. 태어난 지 일주일도 되지 않았다는 아기는 오늘 퇴원한다. 아기는 가뜩이나 졸려서 반쯤 감고 있던 눈을 주차장에 도착하자 눈부시다는 듯 더 가늘게 떴다.

아기는 햇볕을 쬐는 것이 처음이다. 난생처음 바깥세상으로 나온 것이다. 사토코는 그런 당연한 사실에 걸음을 멈출 정도로 감동했다. 바깥세상으로부터 아기를 보호하듯 상체를 수그렸다. 사전에 마련된 택시 뒷좌석에 아기를 안고 올라탔다.

안내된 곳은 시티호텔 로비와 가까이 있는 라운지였다.

사토코 부부는 이 아기가 자신들의 아이가 된다는 사실을 아직 받아들이지 못하고 있었다. 기쁨과 믿기지 않는 마음 사이에서 헤맸다. 만약 그런 상황이 아니었다면 생모를 만나려 하지 않았을지도 모른다.

보드라운 아기는 우유를 먹이지 않았는데도 달콤한 우유 냄새가 풍겼다. 아기 냄새가 아이의 존재감을 강하게 드러내고 있었다.

아기 엄마가 어디 살고 이름이 무엇인지. 나이는 몇 살이고 무슨 사정이 있어서 아이를 놓아야만 하는지에 대해 택시 안에서도 아사미는 사토코 부부에게 한마디도 하지 않았다. 그저 만나게 해 줄 뿐이었다.

"저쪽 가족입니다."

호텔 라운지로 들어가 중정이 보이는 창가 자리로 안내되었을 때의 충격은 말로 표현할 수 없었다.

그곳에는 사토코와 나이 차이가 얼마 없어 보이는 마흔 가량의 부부와 십 대로 보이는 자매까지 해서 총 네 명이 있었다.

창가에 앉아 있던 그들이 아사미와 그 뒤에서 아기를 안은 사토코 부부를 발견하고, 아, 하고 알아차린 표정을 지었다. 그 전까지 뭔가 대화 중이었던 것을 중단하고, 자매의 부모님으로 보이는 두 사람이 먼저 일어섰다. 머리가 희끗해지기 시작한 아버지와 머리를 뒤로 단단히 묶고 안경을 쓴 어머니였다.

자매 중 키가 작은 여동생이 부모님보다 조금 늦게 자리에서 일어났다. 사토코 부부를 보고는 흠칫 놀라는 눈빛을 띠었다. 그래서 알았다.

이 작은 엄마가 아기를 낳았다는 것을.

가족은 마치 자매의 축하 모임이나 학원 발표회 같은 게 있어서 이곳에 와 있는 분위기였다.

사토코와 기요카즈는 순간 말이 나오지 않았다.

베이비 배턴이 소개된 TV에서 봤듯이 젊은 이십 대 엄마가 혼자 자신들을 기다리고 있을 줄 알았다. 그런데 눈앞의 이 아이는 아무리 봐도 십 대였다. 처음에는 고등학생이 아닌가 싶었지만 고개 숙인 여동생의 어깨에 손을 얹은 언니 쪽을 보고 아니라는 것을 직감했다. 고등학생은 언니 쪽이라는 느낌이 왔다. 언니에 비해 한참 어린 티가 나는 여동생은 중학생 같았다. 사토코의 아이라 해도 이상할 것 없는 연령이다.

"아사미 씨."

먼저 알은척을 한 사람은 자매의 부모였다. 아사미가 그들에게 짧게 답했다.

"모시고 왔습니다."

아기는 잠들어 있었다.

입가를 오물오물 움직이기는 해도 깨지는 않았다. 아기를 보고 여동생——아이의 작은 엄마가 입술을 깨물고 사토코 부부 쪽으로 한 발 걸어 나왔다.

사토코 부부는 아기를 아사미에게 맡겼다. 자세를 바로 하고 소녀에게 머리를 숙였다.

"고맙, 습니다."

소녀가 깜짝 놀랐다는 듯 몸을 살짝 뒤로 뺐다. 사토코와 기요카즈는 우선 감사의 인사를 하고 싶었다. 기요카즈도 말했다.

"이 아이를 낳아 줘서 고맙습니다. 앞으로 책임지고 잘 키우겠습니다."

소녀는 아무 말도 없었다. 시선을 자꾸만 아래로 향하면서 아기만 쳐다봤다. 이윽고 봐서는 안 된다고 마음을 끊어 내듯 고개를 숙였다.

마침내 들린 작은 목소리는 떨고 있었다.

"⋯⋯고맙, 습니다."

간신히 짜낸 듯한 목소리였다.

소녀가 고개를 숙인 채 주먹을 꽉 쥐었다. 이내 결심했다는 듯 손을 뻗어 사토코의 손을 잡았다.

체온이 높은 젊은 손이었다. 소녀가 말했다.

"죄송합니다. 고맙습니다. 이 아이를 잘 부탁합니다."

이 말을 전하고 싶어서 자신들을 만나게 해 달라고 부탁했으리라. 하지만 더 이상 다른 말은 없었다. 오로지 마음만 앞서서 같은 말을 수없이 되풀이했다. 죄송합니다, 고맙습니다, 이 아이를 잘 부탁합니다.

'죄송합니다'는 사토코 부부만을 향하는 말은 아닌 것 같았다.

눈앞의 아기, 어깨에 손을 얹은 언니, 그리고 그 뒤에 선 부모님. ——부모님 중 특히 어머니 쪽이 눈시울을 붉히며 손수건을 움켜쥐고 있었다.

고개 숙인 소녀의 눈에서 굵은 눈물방울이 뚝뚝 떨어졌다.

"죄송합니다. 고맙습니다. 아기를 잘 부탁합니다."

이 소녀에게, 가족에게, 무슨 사정이 있었는지는 알 수 없다. 어째서 아기를 낳게 되었는지, 무슨 사정이 있기에, 그리고 오늘 왜 아기를 사토코 부부의 손에 맡기기로 했는지.

아마도 거기에는 사토코 부부가 상상도 못할 사정이나 갈등이 있었음에 틀림없다. 눈앞의 이 가족들도 사토코 부부가 왜 아기를 거두기로 했는지, 그동안 어떤 길을 지나왔는지 역시 알지 못한다.

소녀의 사정을 캐묻고 싶은 마음은 없었다. 그런데 소녀에게 털어놓고 싶었다. 자신들이 여태껏 품어 왔던 모든 사정을. 이 소녀라면 함께 나눌 수 있을 것만 같았다. 전혀 다른 처지의 이 소녀에게 그런 생각이 들다니 참으로 신기한 일이었다.

생각하는 바를 모조리 입 밖에 내고 싶은 충동에 사로잡혔지만, 그 대신 기요카즈가 말했다. 그의 마음도 사토코와 같은지 잔뜩 긴장한 듯 눈빛이 흔들렸다.

"이름은 아사토라고 짓겠습니다."

병실에서 아기를 안은 순간 아침이 왔다는 것을 깨달았다.

아까 둘이서 의논하여 정한 참이었다. 이름을 알렸을 뿐 유래에 대해서는 설명하지 않았다. 그런데 딸의 등을 어루만지기 시작한 그녀의 어머니가 대답했다.

"좋은 이름이네요."

그 옆에서 아사토의 엄마는 헤어지는 마지막 순간까지 자기 아기를 보지 않았다. 그 대신 그만큼의 힘을 실어 사토코의 손을 내내 꽉 붙잡고 있었다.

가타쿠라 히카리. 그 이름은 소녀가 아사토에게 보내는 편지 말미에 쓰여 있었다.

아사토에게 언젠가 진실 고지를 할 때 읽어 달라고 맡긴 분홍색 편지는 십 대인 그녀가 좋아할 만한 캐릭터 편지지 세트였다. 앞면에는 '엄마가'라고 동글동글한 글씨체로 적혀 있었다.

아사토가 네 살이 되던 해에 처음 개봉해서 사토코가 아사토에게 읽어 주었다. 편지에 쓰여 있지 않았더라면 사토코 부부는 그 작은 엄마의 이름을 영원히 몰랐을 것이다. 아사토의 생모이자 사토코 부부의 '히로시마 엄마'.

편지에는 아사토를 절대로 잊지 않겠다고 쓰여 있었다.

앞으로 자신이 무엇을 하든, 지금 아이가 몇 살이고 뭘 하고 있을까 하는 생각을 평생 할 거라며, 부디 행복했으면 좋겠다는 내용이었다.

호텔 로비에서 사토코 부부는 마지막에 소녀의 가족 모두에게서 "잘 부탁드립니다" 하는 인사를 받았다. 모두의 눈이 소녀가 닷새 전에 출산했다는 아기를——아사토를 조심스럽게 곁눈질하고 있었다.

만지고 싶은 걸까, 안아 보고 싶은 걸까.

문득 그런 생각이 들었다. 그러자 가족들이 어색하게 시선을 돌리더니 절대로 그런 말은 하지 않겠다는 듯 고개를 숙였다. 가장 마음을 강하게 먹은 듯한 사람은 역시 생모인 소녀였다. 소녀는 아예 중간부터 아기 쪽은 쳐다보지도 않았다.

내내 울며 고개 숙이고 있던 소녀도 마지막에는 꿋꿋하게 앞을 봤다. 그러고는 사토코 부부에게 "잘 부탁합니다" 하고 그 편지를 건넸다.

그날 호텔에서 소녀의 가족과 헤어지고 난 뒤 아사미는 사토코 부부에게 한 가지 사실을 알려 주었다. 원래 소녀는 아사토를 키우고 싶어 했다는 것이었다.

"저는 그동안 수많은 엄마들을 봐 왔습니다만, 그 아이는 임신 중에도 아기를 소중히 여겼습니다. 매일 편지를 쓰고, 배를 쓰다듬고, 말을 걸면서 아기가 태어나길 기다렸지요."

원치 않는 임신을 한 엄마들 중에는 함부로 배를 깔고 엎드리거나, 빨리 성가신 아기를 빼 버리고 싶다는 여자도 적지 않

다고 한다. 아사토의 엄마처럼 배를 문지르는 엄마는 드물다고
도 덧붙였다.

소녀는 역시 중학생이었다.

거기까지는 아사미가 가르쳐 주었다.

그 엄마가 아사토를 잊는 일은 없으리라. 하지만 그럼에도
그 소녀도 행복해지길 바랐다.

사토코는 앞으로도 출산을 경험하지 않겠지만, 소녀에게는
두 번째 출산의 기회가 분명히 올 것이다. 그때는 부디 행복했
으면 좋겠다고 생각했다. 그 조그맣고 따뜻한 손을 떠올리며 기
도했다.

만약.

만약 그럼에도 언젠가 그 엄마가 아사토를 만나고 싶어 한다
면.

그때는 자신들의 연락처를 알려 줘도 된다고, 그로부터 얼마
후 사토코 부부는 아사미에게 전했다.

(11)

그리고 지금——.

가타쿠라 히카리라고 밝힌 여자가 사토코 부부를 찾아왔다.
아사토를 데려가고 싶다, 안 된다면 대신 돈을 달라고 했다.

그렇지 않으면 입양아라는 사실을 아사토는 물론 주변에도 밝히겠다고 협박했다.

진실 고지가 약점인 줄 착각한, 얼굴빛이 나쁜 그 젊은 여자가 그때 그 아사토의 엄마라는 것을 사토코 부부는 도저히 믿을 수가 없었다.

그 엄마가 부탁한 아사토는 소중한 아이다.

우리 아이다.

불임 치료를 했을 당시에는 아이가 태어나도 일을 계속할 작정이었다. 특별 양자 결연의 중개 단체 중에는 양부모가 되려면 엄마는 반드시 전업주부여야 한다고 조건을 다는 곳도 있다. 하지만 베이비 배턴은 그렇지 않았으며 사토코의 회사는 다행히 출산휴가와 육아휴직을 충분히 쓸 수 있는 환경이었다.

그런데 아사토를 데려오기로 결정한 뒤 회사 총무부에 문의한 결과 사토코의 육아휴직은 쉽사리 인정되지 않았다. 전례가 없으니 당연할지도 모른다.

육아휴직을 쓰기 위한 조건으로 아이가 호적에 올라 있어야 한다는 것을 그때 처음 들었다. 판결을 기다렸다가 특별 양자 결연을 맺는 사토코 부부의 경우 호적 문제는 당장은 무리였다.

다만 사토코가 상담하러 찾아간 총무부 여직원은 매우 친절했다. 그때까지는 같은 회사 내에서 겨우 얼굴만 익힌 관계였지만, 그녀는 사토코가 불임 치료와 입양을 하기로 결단한 이야기를 시작하자 돌연 눈물을 흘렸다.

사토코의 입장에서는 사실을 사실로 전하려 했을 뿐 감정적으로 이야기한 건 아니었기에 몹시 놀랐다. 그녀는 사토코와 마찬가지로 사십 대라고 했다. 사토코를 응원하겠다고 힘주어 말한 뒤 육아휴직은 무리라도 재택근무 형태로 아사토를 키우면 어떻겠느냐고 제안을 해 주었다. 그녀가 어떤 처지이고, 아이에 관해 어떤 장면을 떠올렸는지 자세한 이야기는 나누지 않았지만, 어찌 됐건 격려해 준 것은 기뻤다.

재택근무는 고마운 제안이라고 생각했다. 사토코 부부의 입양을 회사 사람들은 대체로 호의적으로 받아들이는 것 같았다. 하지만 그 당시 사토코는 누가 강요하지 않았는데도 자신의 의지로 회사를 그만둬야겠다고 생각했다.

아사토를 위해서라기보다는 오히려 자신을 위해서였다.

앞으로는 아이와 함께 살아가는 생활을 최우선으로 선택하리라 결심했다. 밝고 긍정적인 이유뿐만 아니라, 아사토를 데려오기까지 그동안 마음고생이 많았다는 이유도 크다. 일하면서 불임 치료 클리닉에 다녔다. 언제 올지 모를 아이와의 날들에 대한 불안과 기대에 휘둘리며 정신을 소모해 왔다. ──아사토가 오자 줄곧 긴장 상태였던 마음이 비로소 녹기 시작했다.

사토코의 퇴사 결정을 기요카즈도 인정해 주었다.

베이비 배턴의 설명회에서 들은 아사미의 말을 아사토와의 생활 속에서 단 한 번도 잊은 적이 없다.

'평범한 아이는 평범한 가정에 있다'는 말이었다.

"설명회에 오시는 부부에게 물으면 꼭 이렇게 대답하는 분이 계십니다. '평범'한 아이를 원한다고요. ──하지만 잘 생각해 보십시오. '평범'한 아이는 '평범'한 가정에 있습니다."

그 평범한 가정에 조금이나마 가까이 갈 수만 있다면, 하는 바람으로 아사토를 키웠다. 그리고 과거에 그런 바람이 있었다는 것조차 잊을 만큼 아사토는 사토코와 기요카즈의 아이가 되었다.

이 가정의 아이가 되었다.

자신을 가타쿠라 히카리라고 밝힌 여자는 아사토와 자신의 '히로시마 엄마'가 아니다.

기요카즈와 확고히 결론을 내리고 한 달쯤 지나서 경찰이 찾아왔다.

평일 저녁 남편은 집에 없었다. 사토코는 유치원에서 돌아온 아사토에게 간식을 내준 뒤 일찌감치 저녁 준비를 하고 있었다.

형사들은 그 여자의 사진을 보여 주며 사토코에게 물었다. 이 여자를 아느냐고. 그리고 말했다. 그녀가 사토코네 집을 찾아가겠다는 말을 남기고 행방불명이 되었다고.

사토코는 멍하니 되물었다.

사토코야말로 그 여자가 누군지 궁금했다.

"이 사람이 우리 집에 왔던 건 사실이에요. 한 달 전쯤이었어요. 그런데……."

사진에 시선이 멈췄다.

"알려 주세요. 이 사람은 대체 누군가요?"

형사가 보여 준 사진 속 여자는 한 달 전에 만났을 때와는 달라 보였다. 입가에 살짝 미소를 띠고 있고 표정도 그런대로 밝았다. 이력서 같은 데 붙이는 증명사진을 확대한 것 같았다.

형사가 대답했다.

"가타쿠라 히카리라는 여성입니다."

사토코는 놀라움에 할 말을 잃었다. 자신이 눈을 휘둥그렇게 뜨는 반응마저 어색하게 느껴졌다. 형사의 눈빛이 더 날카롭게 빛났다.

"실례입니다만" 하고 나이 많은 형사가 현관에서 몸을 한 걸음 집 안에 들여놓았다.

"아는 사이 아니십니까? ──혹시 어디로 갔는지도 아시나 해서 말입니다."

형사들이 어떤 의도로 그런 말을 하는지 알 수 없었다.

사토코는 놀라움에 할 말을 잃은 채 그 젊은 여자를 떠올리고 있었다. "구리하라 씨?" 하고 형사가 부르는 소리도 멀게 느껴졌다.

입술을 잘끈 깨물었다. 잠시 후 가벼운 현기증이 밀려왔다.

──설마 의심을 하는 건가?

사토코는 형사의 예리한 눈초리를 보자 갑자기 공포에 휩싸였다.

이 사람들이 우리와 그 여자의 관계를 어디까지 알고 있는지는 모른다. 협박, 아이를 돌려 달라는 요구, 아이를 보내기 싫은 부모. 조건만 보면 의심 받을 요소는 충분했다.

하지만 그런 생각과는 반대로, 그 순간 사토코의 마음을 꿰뚫은 것은 전혀 다른 감정이었다. 그것을 생각하면 울고 싶은 심정이었다.

말도 안 돼, 하고 사토코는 생각했다.

우리가 무슨 짓을.

"구리하라 씨."

형사가 다시 한 번 불렀다.

"괜찮아요."

사토코는 대답했다. 실은 다리에 힘이 들어가지 않아 당장에라도 바닥에 주저앉을 것만 같았다. 그러나 고개를 돌려 형사의 눈을 쳐다봤다.

안쪽 거실에 있을 아사토가 걱정되었다. 간식으로 푸딩을 먹고 TV를 보고 있는 아사토.

이 집을 찾아온 그 여자에게 아사토와 닮은 구석이 있을까. 모르겠다. 아니, 그래도 분명히 있을 것이다.

이어서 형사가 더 놀라운 사실을 알려 주었다.

"사실 가타쿠라 히카리는 절도와 횡령 혐의를 받고 있습니다."

사토코가 말없이 숨을 삼켰다. 눈을 동그랗게 뜨고 형사를 쳐다봤다. 일부러 그러는 것인지는 모르지만 그들의 말투는 담담했다.

"근무처 금고에서 현금을 도둑맞았는데, 동시에 그녀가 모습을 감추었다는 피해 신고가 들어왔습니다."

◆

"괜찮아."

그 말을 남긴 채 손님을 맞으러 나간 엄마는 한참을 기다려도 돌아오지 않았다.

엄마는 아사토에게 푸딩을 먹으며 TV를 보라고 했다. 현관에서 딩동이 울린 다음 엄마는 누군가와 이야기하고 있었다. 처음에는 엄마 말대로 푸딩을 먹고 있던 아사토는 그 말소리가 궁금해서 견딜 수가 없었다.

상대는 모르는 아저씨들이었다.

아사토는 궁금함을 못 참고 슬며시 일어났다. 살금살금 걸어가 문을 달깍 열고 몰래 건너편을 살폈다.

앞치마 끈을 맨 엄마의 뒷모습이 보였다. 앞에 서 있을 손님의 모습은 잘 보이지 않지만, 모르는 사람이 집에 오는 일은 거의 없기에 아사토는 어쩐지 두근두근했다.

숨을 죽이고 일단 문에서 떨어진 뒤 다시 몰래 현관 쪽을 봤다.

입에 물고 삼키지 않은 푸딩 향기가 달콤하게 풍겼다.

모르는 사람이 집에 오는 일은 별로 없다.

그렇다고 아주 없는 것은 아니지만.

그날도 그랬다.

유치원 버스에서 내려 아파트까지 왔는데, 항상 입구에서 기다리던 엄마가 그날은 없었다. 같이 버스에서 내린 소라네 엄마가 "어머, 이상하네. 아사토 엄마, 무슨 일 있나?" 하고 말하더니 집까지 바래다준다고 했다.

소라 엄마는 소라가 정글짐에서 떨어져 다친 후부터 줄곧 아사토를 보고도 마치 못 본 척했다. 그런데 소라와 아사토가 화해하고 나서는 다시 친절하게 대해 주었다. 그것이 기뻐서 아사토는 "응" 하고 고개를 끄덕였다. 오랫동안 연장 보육을 하던 소라는 다친 것을 계기로 엄마가 근무 시간을 조정해서 아사토와 같은 시간에 집에 오는 날이 많아졌다.

"혹시 집에 없으면 아줌마가 전화해 줄게. 그때까지 우리 집에 있으면 돼. 아사토네 집처럼 좋은 집은 아니지만, 간식 먹으면서 기다리자."

그렇게 우리 집까지 함께 가서 소라 엄마가 딩동을 눌러 주었다.

"아사토 엄마" 하고 엄마를 불렀다.

"1층에 마중 안 나왔길래 내가 아사토 데려왔어. 집에 있어?"

유치원이 끝나도 소라와 함께 있다는 사실이 기뻐서 복도에서 둘이 술래잡기를 하며 뛰었더니 "이 녀석들" 하고 소라 엄마에게 혼났다.

네, 하는 소리가 안에서 들린 것 같았지만, 기다려도 문은 열리지 않았다. 소라 엄마가 이상하다는 표정을 지었다.

"어? 이상하네. 아사토 엄마, 안에 없어?"

현관문 너머로 계속 불러도 대답이 없기에 소라 엄마는 아사토를 돌아봤다.

"아사토, 어떡하지? 우리 집 가서 소라하고 놀래?"

"응, 엄마. 아사토랑 같이 TV 볼래."

소라도 좋아하기에 둘이 함께 7층에 있는 소라네 집으로 갔다. 아사토의 집에는 없는 장난감과 우미가 좋아한다는 미니카가 많이 있어서 좋았다.

전화가 온 것은 그로부터 얼마 후였다. 소라 엄마가 휴대폰을 귀에 대고 "아, 그래그래. 우리 집에 있어" 하고 이야기하는 것을 듣고 아사토는 우리 엄마구나, 하고 생각했다.

전화를 끊은 소라 엄마가 말했다.

"아사토, 엄마가 지금 데리러 온대. 장 보러 갔다가 늦게 왔나 봐. 아까 마중하러 입구에 갔더니 벌써 다들 가고 없었대. 그래서 혹시나 해서 아줌마한테 전화 준 거야."

그런데 같은 아파트 건물이니 일부러 데리러 오지 않아도 아사토는 혼자 집에 갈 수 있었다.

"혼자 갈게요."

아사토의 말에 소라 엄마도 시원스럽게 배웅해 주었다.

"그럴래? 그럼 잘 가렴."

소라에게 빠이빠이를 하고 엘리베이터까지 단숨에 뛰어갔다. 뛰지 말라고 하는 잔소리 없이 복도를 내달릴 수 있다는 건 정말이지 상쾌하다.

집은 잠겨 있지 않았다.

"다녀왔습니다!"

큰 소리로 인사하며 현관문을 열었다.

그런데 안에서 엄마가 화들짝 놀란 얼굴로 허둥지둥 나왔다.

"아사토, 엄마가 데리러 간다고 했잖아."

"혼자 올 수 있는걸."

그렇게 말하고 안으로 들어갔다. 이번에는 안에서 낮에는 들릴 리 없는 목소리가 나서 놀랐다.

"아사토니?"

회사에 가 있어야 할 아빠의 목소리였다. 깜짝 놀랐다. 하지만 유치원에서 돌아오자마자 아빠가 있다는 것이 너무 기뻐서 "와아!" 하고 소리를 질렀다. 아빠가 복도 안쪽의 다다미방에서 나왔다.

"아빠, 왜 집에 있어?"

"아니, 잠깐 들른 거야. 다시 회사에 가야 해."

아빠는 웃으면서 아사토를 높이 안아 올렸다. 아사토는 손님이 와 있나 싶어서 물었다.

"누구 있어?"

아빠와 엄마는 곧바로 "없어" 하고 대답했다.

"없는데. 왜 그러니?"

그렇게 물으니 대답할 수가 없었다.

"그냥."

얼버무린 아사토를 엄마가 간식 먹어야 하니 손을 씻자며 부엌으로 데려갔다. ——평소에는 다다미방 가까이 있는 세면실에서 씻는데 그날은 거실 옆에 부엌에서 손을 씻었다.

간식으로 바바루아(과일, 설탕, 우유, 생크림, 젤라틴 등을 섞어 차갑게 먹는 프랑스 디저트)를 먹고 있는데 어느새 아빠의 기척이 집에서 사라졌다.

"아빠는?"

아사토가 묻자 엄마가 말했다.

"어, 다시 회사 가셨어."

아사토는 흠 하는 소리를 냈다.

'아빠, 회사 다녀올게' 하는 인사도 없이 아빠가 나가다니 처음 있는 일이었다.

집에 찾아온 아저씨들의 말소리가 이어졌다.

아사토는 어쩐지 가슴이 두근두근했다.

"아는 사이 아니십니까? ——혹시 어디로 갔는지도 아시나

해서 말입니다."

엄마가 왠지 난감해하는 것 같았다.

아저씨들이 엄마를 괴롭히는 것 같아 배 아래쪽이 당기듯이 아팠다. 아빠는 아직 안 오려나?

잘 모르는 이야기가 이어진 다음, 엄마가 "저" 하고 아저씨들에게 말했다.

"혹시 우리를──저희를 의심하시는 건가요?"

"아뇨, 그렇지 않습니다."

"한데 가타쿠라 히카리가 여기에 오면 돈을 마련할 수 있다는 이야기를 주변에 흘리고 다닌 모양이라──."

어른들의 이야기를 들으면서 아사토는 떠올리고 있었다.

그날.

유치원이 끝나고 왔는데 아빠가 집에 있던, 그러고 나서 회사에 가 버린 그날.

손님이 와 있나 싶어서 "누구 있어?" 하고 물었던 아사토에게 아빠랑 엄마가 곧바로 "없어" 하고 대답했다.

"없는데. 왜 그러니?"

그렇게 물으니 대답할 수가 없어서 "그냥"이라고 얼버무렸지만, 그날 분명히 집에 손님이 있었다. 목소리도 들리지 않고 기척도 거의 느껴지지 않았지만 아사토는 봤다.

현관에 못 보던 것이 있었다. 굽이 높은 하얀 구두였다.

엄마라면 절대로 신지 않을 하얀 구두가.

구두는 어느새 없어졌고, 그리고 아빠도 어느새 회사에 가 버렸다.

엄마, 아빠 둘 다 아무도 안 왔다고 했지만 아사토는 봤다.

의심하시는 건가요? 하는 엄마의 목소리가 무얼 뜻하는지는 모른다.

아랫배가 꽉 조이듯 아픈 기분이 들었다. 왜 이런 기분이 드는지, 이 기분이 무얼 뜻하는지도 모른다. 하지만 딱 하나 확실한 것이 있다.

엄마는 아무 잘못도 하지 않았다는 것이다.

아사토도 그랬다.

사람들이 아사토더러 소라를 정글짐에서 밀어 떨어뜨렸냐고 물었다. 평소 아주 좋아하던 선생님들까지 그렇게 물어서——의심을 받아서 무척 슬펐지만 자신은 정말 밀지 않았다는 것을 알고 있었다.

엄마와 아빠도 아사토를 믿어 주었다.

믿는다고 말해 주었다.

그래서 아사토도 안다.

엄마도 아빠도 나쁜 짓은 하지 않았다.

아사토는 두 사람을 믿는다.

3장
발표회를 마치고

히카리는 가족의 시간 하면 바로 떠오르는 것이 있다. 그것은 피아노 발표회를 마치고 집으로 돌아가는 길이다.

유치원에 다니던 네 살 때부터 배워서 중학교 2학년이던 그해까지 계속했던 피아노.

피아노 학원은 집에서 자전거로 5분쯤 걸리는 곳에 있었다. 세 살 많은 언니와 함께 다녔는데 서로의 레슨이 끝날 때까지 대기실에서 만화책을 읽으며 기다리곤 했다. 집과는 비교도 안 될 만큼 많은 종류의 만화책이 있었다. 그중에는 선생님들이 어렸을 때 보던 만화책도 있는지 다른 친구들은 절대로 모를 법한 옛날 만화책도 수두룩해서 아주 재미있게 읽었다.

해마다 4월이면 피아노 발표회가 열렸다. 장소는 히카리네 집에서 약간 떨어진 우쓰노미야의 시민 회관이다. 히카리와 언니인 미사키는 1년에 한 번뿐인 발표회 외출을 손꼽아 기다렸다.

히카리네 가족은 도치기 현 우쓰노미야 옆에 있는 가누마 시라는 곳에 살았다.

가깝고도 먼 현청 소재지인 우쓰노미야는 이런 일이라도 없으면 부모님이 데려가 주질 않았다. 근처 대형 쇼핑몰과 달리 충분한 주차 공간이 없어서 좁은 주차장에 돈까지 내 가며 주차해야 한다고 아빠가 싫어했기 때문이다. 그래서 더더욱 발표회 날은 특별했다. 이때만큼은 아빠와 엄마도 한껏 멋을 부렸다. 엄마는 산호 브로치를 달고 아빠는 정장을 차려입고——네 식구가 다 같이 집을 나섰다.

발표회가 끝나면 밥을 먹는 가게는 늘 정해져 있었다. 시민회관을 벗어나 가전 양판점까지 가서 차를 세우고 같은 건물 지하에 있는 레스토랑에 들어가는 것이다.

"히카리는 여기 팬케이크를 정말 좋아하는구나."

엄마가 냅킨을 건네며 말했다. 히카리의 입가에 메이플 시럽과 버터가 잔뜩 묻어 있었다. 히카리는 팬케이크, 언니는 수프가 곁들여 나오는 볶음밥, 엄마는 게살볶음밥, 아빠는 카레라이스를 먹었다. 갈 때마다 똑같은 메뉴를 주문해서 히카리는 가족들이 다른 음식을 먹는 걸 본 기억이 거의 없다.

처음 이 가게에 왔을 때 부모님은 히카리에게 혼자 먹을 음식을 주문해 주지 않았다. 언니와 둘이서 하나만 시켜 나눠 먹든지 엄마의 게살볶음밥을 작은 접시에 덜어서 먹어야 했다. 같은 어린이인데도 언니는 온전히 자기 음식을 먹고 있었다. 불합리하다는 생각에 울며 호소했더니 그해부터 자기 메뉴를 주문하도록 허락되었다.

"이제 여섯 살이고 1학년이니. 그래, 입학 기념이다."

학교라는 새로운 장소와 자신만의 메뉴를 주문할 수 있다는 특별함. 그동안 메뉴판 사진으로만 보던 팬케이크가 실제로 눈앞에 왔을 때의 흥분. 그해 봄은 유난히 더 기억에 남았다.

다른 해 피아노 발표회에서 언니가 특히 잘 쳐서 부모님이 크림소다를 시켜 주었다. 간식 때도 아니고 밥 먹는 시간에 이토록 달콤한 음료를 마실 수 있다니, 신이 나서 히카리도 열심히 연습했다. 하지만 그 이듬해 발표회에서는 힘이 너무 들어갔는지 도중에 악보가 기억나지 않아 손가락이 멈추고 말았다. 억울해서 내내 우는 히카리를 달래듯 그때도 엄마가 크림소다를 주문해 주었다. 피아노는 잘 치지 못했지만 결과적으로 크림소다는 마실 수 있었다.

발표회가 끝나고 집에 가는 길에 들른 그 레스토랑에는 스테인드글라스식 그림이 걸려 있었다. 오렌지색이 감도는 따뜻하고 그리고 약간 어두운 가게 조명을 받아 붉고 노랗게 빛나던 그림이었던 것 같다. 히카리가 기억하는 것은 그 색깔뿐, 그림의 모티브가 무엇이었는지를 포함해 아무것도 기억나지 않았다.

가족 하면 히카리가 떠올리는 것은 이 레스토랑에서의 광경이다. 피아노 발표회가 끝나고 집에 가는 길이다.

(1)

    히카리는 중학교 1학년, 열세 살의 가을에 아소 다쿠미와 사귀기 시작했다.

    히카리는 탁구부, 다쿠미는 농구부였다. 탁구부와 농구부는 같은 체육관을 사용할 뿐 이미지는 완전히 달랐다.

    한마디로 말해 농구부는 화려하고 탁구부는 칙칙했다. 일단 운동부이긴 해도 히카리는 자신을 육상부나 농구부, 발레부 여학생들과는 완전히 다르다고 생각했다. 교실에서 떠들어도 되는 사람은 그런 아이들이고, 히카리 자신은 그 위치에서 약간 어긋나 있다고 생각했다. 반 친구들과 잘 어울리는 히카리는 본격적으로 어둡고 따분한 문화계 아이들과는 다르지만, 그렇다고 중심인물도 아닌 것이다.

    왜 그렇게 되었느냐 하면 이유는 간단하다. 오노야 여자대학 부속 중학교에 떨어졌기 때문이다. 언니가 다니는 그 사립학교에 들어가려 했는데 떨어지고 말았다. 엄마는 성적 때문에 떨어진 게 아니라고 했다. 초등학교 사은회 자리에서도 히카리의 엄마는 다른 엄마들에게 이렇게 설명했다.

    "올해 오노야 중학교에는 입시생이 몇 배는 더 몰렸다나 봐요. 그런데 시험은 비교적 쉬워서 성적도 비슷하고 만점도 수두룩한 모양이에요. 결국에는 공평하게 하려고 제비뽑기를 했지 뭐예요. 제가 워낙 뽑기 운이 없다 보니 딸내미가 못 들어가게 되었답니다."

어머, 그래요? 정말 안 됐네요, 하고 말하는 다른 엄마들을 향해 엄마가 "제 말이요. 그런데 덕분에 친하게 지내던 아이들과 같은 중학교에 올라가게 되었네요. 앞으로도 잘 부탁해요" 하고 인사했다.

사정이야 어떻든 히카리는 실망했다. 오노야 중학교는 냉난방 완비는 물론 아직 새 건물 냄새가 날 정도로 깨끗했다. 위치도 피아노 발표회가 열리는 시민 회관과 마찬가지로 현청 소재지의 역에 있었다. 전철을 타고 번화가를 빠져나가 통학하는 날만 꿈꾸었는데 지금은 자전거로 공립 중학교에 다니고 있었다.

히카리네 부모님은 교사 부부였다.

엄마는 공립 초등학교 교사이고, 아빠는 이 부근에서 유명한 사립 고등학교에서 수학을 가르쳤다. 도쿄대학이나 와세다대학에 합격하는 학생도 꽤 많다는 그 학교는 남학교라서 히카리 자매와는 인연이 없었다. 엄마는 분하다는 듯 말했다.

"너희 아빠 덕분에 연줄이 생겼는데 아까워 죽겠네. 히카리가 중학교 입시는 실패했지만 만약 남자아이였으면 마지막 수단으로 아빠네 학교에 갈 수도 있었는데."

그런 날들 속에서 다쿠미가 어떻게 히카리를 발견했는지는 모른다.

다쿠미는 농구부에서도 인기 있는 남학생이었다. 이 근처 상업고등학교에 다니는 형이 하나 있는데 그 형이 중학교 때 수

많은 '나쁜' 전설을 만든 학생으로 유명했다. 학교를 땡땡이치고 오락실에 가는 것은 당연지사였다. 심지어 교복 바지를 골반에 걸쳐서 속옷이 보이는데도 오히려 폼 나 보이고, 갈색으로 물들인 머리도 여학생들로부터 인기가 많았다고 한다. 문제아였지만 친구들로부터는 남녀를 불문하고 인기가 있을 만큼 멋진 사람이었던 모양이다.

그런데 동생인 다쿠미는 형과 달리 동아리 활동에도 열심이고 머리도 염색하지 않았다. 그런 그를 보고 선생님들이 농담조로 한 말을 히카리는 다쿠미네 반 아이들에게 들었다.

"네가 들어온다고 해서 다들 단단히 각오했는데, 동생은 착실해서 다행이구나."

다쿠미의 입장에서는 형을 흉본 것이나 다름없으며 상당히 실례되는 말이었을 것이다. 그런데 다쿠미는 형이 있어서인지 어른스러운 구석이 있는 남학생이라 선생님들의 말을 웃음으로 받아넘겼다. 형을 싫어하지는 않는지 짐짓 기분 나쁜 티를 내며 덧붙였다고 한다.

"아하하, 저희 형 때문에 고생 많으셨습니다."

그 이야기를 듣고 히카리는 내심 그를 높게 평가했다.

그런 다쿠미가 어느 날 이렇게 말했다고 한다.

"가타쿠라 히카리 말이야, 엄청 귀엽지 않냐?"

그것을 알게 된 순간 온몸에 전기가 찌릿찌릿 흐른 것 같았다. 방과 후 교실에서 여학생에 대한 이야기를 하고 있을 때 히카리의 이름은 언급되지도 않았는데 그가 천천히 그렇게 말했다고 한다.

머리가 긴 언니는 굳이 말하자면 핑크색 팬시 같은 것을 좋아하고 히카리는 반대로 여자답지 않은 것을 좋아하는 아이였다. 머리도 늘 쇼트커트라 결코 '귀엽다'라는 말을 들을 만한 타입은 아니었다. 게다가 다쿠미라면 그에게 어울리는 여자아이가 많을 터였다. 인형 같은 외모에 머리도 갈색으로 예쁘게 염색한 아이들 말이다.

그런데 다쿠미는 검은 머리에 쇼트커트인 여자가 이상형이라고 했다. 체육관 구석에서 낡은 탁구대를 낑낑대며 접는 모습을 보고 "심쿵했어"라고 주변에 이야기한 모양이다.

"거짓말. 난 한 번도 귀엽다는 소리를 못 들어 봤는걸. 거짓말이지? 아소가 그랬을 리 없어."

진짜야, 정말 그렇게 말했어, 하는 소리를 더 많이 듣고 싶었다. 그래서 히카리는 친구들에게 몇 번이고 되물었다. 기뻤다. 엄청나게 기뻤다.

방과 후 탁구부원 중 안경 쓴 남학생이 히카리에게 말을 걸었다. 아무래도 다쿠미에게 부탁을 받은 것 같았다.

"저기, 가타쿠라, 동아리 활동 끝나면 체육관 뒤에서 기다려 달래."

"아, 응. 알았어."

히카리는 대답하면서도 가슴이 두근두근했다. 누가, 라는 주어도 없는 분명하지 않은 말. 이 탁구부 남학생과도 평소에는 거의 말을 섞지 않았다.

올 것이 왔구나 싶었다. 이름은 말하지 않았지만 틀림없이 다쿠미다. 친하게 지내던 친구들도 마치 자기 일처럼 축하해 주었다.

"아소 맞지? 잘됐다, 히카리! 축하해."

체육관 뒤에서 다쿠미가 히카리를 기다리고 있었다.

여름인데도 체육복 반바지를 입은 다리가 어쩐지 으스스했다. 다쿠미는 혼자였다. 눈이 가늘어서 여우라는 놀림을 자주 받지만 가느다란 눈은 의젓하고 어른스러웠다. 실내 연습인 농구부인데도 피부가 까맣다는 소리를 자주 듣는 모양이지만 건강해 보여서 히카리는 마음에 들었다. 게다가 키도 컸다.

다쿠미는 단도직입적으로 말했다.

"나하고 사귀어 주세요."

어색한 말투가 우스꽝스러웠다. 평소 농구부에서 연습하는 모습을 멀리서 봤을 때는 입만 열면 농담이나 우스갯소리를 하던데, 고백할 때는 존댓말을 쓰는 것이 예의라고 생각한 모양이다. 히카리는 그만 웃어 버렸다. 그 표정을 보고 다쿠미의 얼굴이 바짝 긴장했다. 싫은가 보다, 하는 불안이 깃든 얼굴이었다.

"미안, 미안, 너무 기뻐서."

히카리가 대답한 순간 다쿠미의 얼굴에서 긴장이 풀렸다.

'아, 귀엽다.'

고백을 듣는 순간 지금껏 그에게 위축되어 있었다는 것을 몽땅 잊어버렸다. 자신이 압도적으로 우위에 선 기분이 들었다. 멋진 여자가 된 것만 같아 당당히 말할 수 있었다.

"좋아. 사귀자."

히카리는 대답했다.

(2)

히카리는 이 시기부터 휴대폰을 제대로 사용하게 되었다. 혹시 모를 위험에 대비하기 위해서라며 부모님이 건네준 휴대폰이었다.

휴대폰은 거실에서만 사용할 수 있었다. 히카리는 소파에 누워 다쿠미에게 문자를 보냈다. 방에 틀어박혀 인터넷만 하면 안 된다며 부모님이 제시한 규칙이었다. 휴대폰을 구입하자마자 정해진 규칙을 히카리 자매는 겨우 지키고 있었다.

세 살 많은 언니 미사키도 테이블 앞에 앉아서 누군가와 문자를 주고받고 있었다.

저녁을 먹은 뒤 아빠는 욕실에 들어갔다. 거실 한가운데 앉아 신문의 십자말풀이를 맞추고 있던 엄마가 문득 입을 열었다.

"왠지 마음에 안 들어."

뜬금없이 무슨 소리인가 싶었다. 엄마가 한숨을 푹 쉬었다.

"다 같이 거실에 있는데도 둘은 아까부터 휴대폰만 하고, 안

할 때는 홀랑 방에 들어가 버리고. 이게 무슨 가족이니? 엄마는 꼭 하숙집 아주머니가 된 것 같구나."

엄마가 나무라는데도 히카리와 언니의 마음에는 와 닿지가 않았다. 엄마는 딸들이 어떻게 행동해야 하는지 늘 강요하듯 말했다. 성실하고 진지한 성격이지만 자식을 이해하지 못하는 부모였다.

"아, 그래?"

히카리는 건성으로 대답한 뒤 눈으로 휴대폰 화면을 좇았다. 엄마는 화가 난 것 같았지만 입을 꾹 다물고 십자말풀이를 계속했다.

시야 한쪽에서는 언니가 두 손으로 휴대폰을 쥐고 타닥타닥 문자를 하고 있었다. 히카리에게 휴대폰에 비밀번호 설정 방법을 가르쳐 준 사람은 언니였다. 휴대폰 내용을 다른 사람이 멋대로 보지 못하게 하기 위해서였다.

"우리 부모님은 자식의 휴대폰을 멋대로 봐도 된다고 생각하거든."

언니가 내뱉듯이 말했다.

충전기는 거실 피아노 위에 있는데 학교에 갔다 오면 휴대폰을 충전기에 연결했다. 휴대폰을 방에 가지고 들어가면 안 된다는 규칙이었다. 거실에 놓인 딸들의 휴대폰을 아빠와 엄마는 보고 있었다. 가족 외에 누구와 문자를 주고받았는지, 인터넷 검색 이력에는 뭐가 남아 있는지.

그렇다고 휴대폰을 봤다고 말하는 것도 아니었다. 아빠와 엄마에게는 알린 적 없는 약속을 알고 있었다며 언니가 질색을 했다.

히카리도 똑같은 일이 있었다. 학교 친구와 문자로 같은 반 아이에 대해 재수 없다며 험담을 나눈 다음 날, 엄마가 진지하게 물었다.

"히카리, 너희 반에도 왕따 같은 거 있니? 만약 따돌림 당하는 친구가 있으면 히카리는 그 친구를 도와줄 수 있지?"

정말 시시한 잡담 수준의 험담이었다. 그것을 곧바로 뉴스에 나오는 '왕따 문제'와 결부하다니, 아무리 성실하고 교과서적인 엄마라지만 멋없고 센스 꽝인 사람이라고 생각했다.

'자기가 선생님인 줄 알아⋯⋯, 아, 선생님 맞네. 웃기다, 정말.'

히카리의 가족은 껄끄러운 화제는 최대한 언급하지 않고 지나간다. 언니와 히카리는 부모님에게 휴대폰을 봤느냐고 묻지 않았으며 부모님 역시 봤다고는 절대로 인정하지 않을 사람이다. 휴대폰을 거실에 놔두기로 정했을 때 딸들이 꺼려하자 부모님은 말했다.

"엄마 아빠는 너희 휴대폰 안 본단다."

비밀번호를 설정한 뒤 언니가 지긋지긋해하며 알려 주었다.

"그 사람들, 내 휴대폰 비밀번호 풀려고 생일 같은 거 눌러 봤나 봐. 세 번 틀려서 더 강력하게 잠겼더라고."

"엄마랑 아빠가 사과는 했어?"

"할 리가 없지. '세 번 틀렸습니다' 하고 경고문 떠서 안 되겠다 싶었는지, 아무 일도 없었다는 듯 평소처럼 충전기에 꽂아 놓고서는 끝이야. 아마 지금쯤 보려고 했던 거 들켰을까 봐 움찔거리고 있겠지. 진짜 웃긴다니까, 그 사람들."

히카리의 질문에 언니가 진저리를 쳤다.

그 무렵 이미 다쿠미와 사귀고 있던 히카리는 언니처럼 비밀번호를 설정했다. 그랬더니 어느 날 아빠가 시치미를 떼고 물었다.

"언니는 비밀번호를 설정한 것 같던데, 너도 그랬니?"

아빠는 최대한 평정을 가장해서 말했다. 히카리는 그렇다고 대답했다.

"뭐 하러? 누가 본다고 그런 걸 하니?"

아빠의 설득이 너무나 모순적이어서 소름이 끼쳤다. 그런 말이 중학생 딸에게 정말 통하는 줄 아는 걸까. 다쿠미와 사귀기 전 히카리의 문자 내용은 학교 친구와 가끔 선생님이나 다른 아이의 험담을 주고받는 정도였다. 횟수도 적었기 때문에 부모님이 봐도 딱히 신경 쓰일 만한 내용은 없었다. 아빠는 더 이상 집요하게 비밀번호를 묻거나 하지는 않았다.

히카리는 소파에 벌렁 드러누워 다쿠미에게 문자를 보냈다.

『지난번에 너희 형이 갑자기 와서 깜짝 놀랐어. 도중에 들켜서 죽고 싶을 만큼 창피했지 뭐야.』

다쿠미도 곧바로 답장을 보내 왔다.

『형이 너보고 귀엽대.』

히카리는 귀가 화끈 달아올랐다. 다쿠미의 문자는 항상 짧지만 한 자 한 자가 전부 기쁘다. 보고 또 보게 된다.

다쿠미가 두 번 연속으로 문자를 보냈다.

『내일도 동아리 활동 끝나고 들를래?』

떠올렸더니 몸 깊숙한 곳이 찌르르 하고 뜨거워졌다. 다쿠미의 손. 다쿠미의 입술. 처음에는 간지러웠는데 점점 기분이 좋아졌다. 다쿠미가 더 만져 주길 바랐다. 다쿠미가 자신을 만지고 싶어 한다는 사실이 기뻤다.

다쿠미네 부모님은 맞벌이라 집에 늦게 오신다. 히카리가 다쿠미네 집에 처음 놀러간 것은 사귄 지 반년이 지났을 무렵이었다. 중1 때 사귀기 시작해 2학년에 올라가서도 계속 사귀는 커플은 자신들밖에 없었다. 무척 자랑스러웠다. 다쿠미와 같은 반이 되고 싶었지만 아쉽게도 그러지 못했다. 다쿠미를 만나려면 동아리 활동이 다 끝날 때까지 기다려야 했다.

다쿠미네 집은 똑같이 생긴 집들이 십여 채 늘어선 강가 주택지에 있었다. 형이 있는 다쿠미네 집은 자매밖에 없는 히카리네 집과는 하나부터 열까지 모두 달랐다.

현관에 들어선 순간 어떤 냄새가 확 밀려왔다. 땀 냄새 같기도 한 그 냄새가 처음에는 뭔지 몰랐다. 그런데 다쿠미의 방에 들어갔더니 그 냄새가 더 심해졌다. 남자아이 냄새구나 싶었다. 처음에는 별로 좋은 냄새가 아닌 것 같았지만 다쿠미의 방에서 맡았더니 친근하고 좋은 냄새로 느끼게 되었다. ──방에 여러 번 드나든 후로는 이제 정겹기까지 했다. 그 냄새는 다쿠미의 침대 냄새였다.

어수선한 거실, 찢어진 축구 선수 포스터. 부엌에서는 히카리의 집과는 다른 음식을 해 먹는지 역시 다른 냄새가 났다. 학교에서는 보지 못한 다쿠미의 생활을 엿볼 수 있어서 좋았다.

다쿠미네 집에 놀러간 첫날, 다쿠미의 방에서 처음에는 잠시 이야기만 나누었다. 농구부원이나 반 아이들의 방해를 받지 않고 단둘이 있는 시간이 즐거웠다. 그런데 이내 다쿠미가 키스를 한 것이다.

드라마나 만화에서는 해도 되느냐고 허락을 구하던데 실제 키스는 아무런 예고도 없었다. 그런데 자신의 입술에 닿은 다쿠미의 입술이 너무 기분이 좋아서 놀랐다. 굉장해, 굉장해, 굉장해, 나, 키스하고 있어, 하고 생각했다.

다른 아이들은 하지 않은 것을 먼저 해 버렸다. 그렇게 생각하니 자랑스러움이 샘솟았다.

첫날은 키스를 하고, 그다음에 혀가 들어왔다. 히카리의 입 속을 다쿠미가 마구 휘저었다. 히카리는 처음이라 당황하면서도 그저 가만히 있었다. 실은 자신도 다쿠미의 입에 혀를 넣어 보고 싶었지만 바로 그렇게 해도 될지 몰라서 가만히 있었다.

소리를 내면 다쿠미가 좋아한다는 것을 알았다. 키스를 하면서 우는 듯한 소리를 내 보았다. 아, 아, 아. 다쿠미가 히카리의 어깨를 껴안았다. 좁은 줄로만 알았는데 남자의 어깨는 여자와는 차원이 달랐다. 단단하고 넓었다.

"괜찮아."

다쿠미의 목소리가 평소 학교에서 말하던 것보다 몇 배는 더 상냥했다. 그 목소리에 귀가 녹는 것만 같았다.

키스만으로 몇 시간을 보냈다.

키스가 하고 싶어서 다쿠미의 집에 자주 드나들었다. 때로는 후미진 골목이나 주차장 구석 같은 곳에서도 키스를 했다.

키스만으로는 끝나지 않는 날이 순식간에 찾아왔다. 다쿠미가 하고 싶어 한다는 사실이 기뻤고 히카리도 하고 싶었다. 만져 줬으면, 안아 줬으면 하고 바랐다. 자신을 원한다는 사실이 기뻤다.

한 달 정도는 '마지막'까지 가지 않았다.

동아리 활동을 마치고 다쿠미의 집에 간 날. 다쿠미가 히카리의 운동복 상의를 걷어 올리더니 주저 없이 가슴을 핥았다. 그렇게 히카리의 몸을 만지는 사이 히카리의 배 위로 딱딱한 것이 느껴졌다. 솟아오르듯 닿은 그 감촉에 히카리는 소스라치게 놀랐다. 들어서 알고는 있었지만, 남자아이는 마치 막대기처럼 딱딱해지는구나, 하고 생각했다.

서로 처음이었는데도 다쿠미는 어떻게 해야 하는지 전부 알고 있는지, 히카리의 아랫배 그 부분에 옷 너머로 바싹 갖다 대는 일이 여러 번 있었다.

하지만 거기서부터는 진도가 나가지 않았다. 히카리에게는 답답한 기간이었다.

——혹시 콘돔이 없어서 그러나 싶었다. 편의점에 들러 자연스럽게 훑어본 콘돔은 저렴한 것도 천 엔 정도라 도저히 자신들의 용돈으로 쉽게 살 수 있는 물건이 아니었다. 그래도 다쿠미에게는 형이 있었다. 농담조로 "콘돔은 형이 주겠지" 하고 말한 적도 있어서 히카리는 그럼 그랬으면 좋겠다고 생각했다.

어느 날 무슨 바람이 불었는지 그동안에는 손가락만 넣었던 다쿠미가 히카리의 팬티를 아예 벗겨 버렸다.

히카리는 창피해서 다쿠미의 눈을 쳐다볼 수 없었다. 자신을 쳐다볼까 두려워 일부러 다쿠미의 목을 끌어안았는데 그것이 신호가 되었다. 키스 때와 마찬가지로 괜찮겠냐고 묻는 순간은 없었다. 다쿠미가 히카리의 허벅지 사이에 성기를 들이밀려 했다. 히카리도 비로소 다쿠미의 사각팬티를 벗겼다.

아파서 못하겠다고, 들어갈 리 없다고 도중에 몇 번을 생각했는지 모른다. 하지만 모두가 할 수 있으니 자신도 할 수 있다고 타이르며 천장을 보았다. 다쿠미를 좋아했기에 어깨에 손을 얹고 처음에는 늘 내던 느낌으로 소리를 냈다. ——정말 기분이 좋아서 나는 소리인지, 다쿠미에게 들려주기 위해 내고 있는지 이제 알 수 없게 되었다. 그래도 소리를 내면 기분이 좋고 즐거웠다.

그 소리는 다쿠미가 히카리의 몸으로 들어가려 할 때마다 찢어질 듯한 비명으로 바뀌었다.

다쿠미와 사귀기로 결심한 순간부터.

키스한 순간부터 정해 놓은 일이었다.

순결을 다쿠미에게 주겠다고.

히카리의 집에서는 부모님과 야한 이야기는 물론이고 연애 이야기도 하지 않는다. 전에 학교에서 'TV에 관한 의식 조사'라는 설문 조사를 받아 왔을 때 이런 문항이 있었다.

「가정에서 TV를 보고 있는데 애정 신 등이 나왔을 때 어떻게 합니까?」

프린트를 받은 날 히카리는 부모님이 거기에 뭐라고 쓸지 무척 궁금했다. 지금까지 그런 화제는 절대로 꺼내서는 안 되는 집이었지만, 학교에서 한 질문이기에 부모님도 대답할 수밖에 없었다.

엄마가 쓴 대답은 이러했다.

「TV를 별로 안 보기 때문에, ?」

그것을 보고 히카리는 엄마에게 환멸을 느꼈다. 「어떤 프로그램을 봅니까?」라는 문항에는 꽤 길게 썼으면서 뜬금없이 물음표라니. 문장을 제대로 끝낸 것도 아니고.

거짓말쟁이.

TV를 볼 때 간혹 그런 장면이 나오기도 했다. 부모님은 민

망한지 시선을 내리깔고 헛기침을 하거나 바보처럼 나와 언니에게 "너희, 숙제는 다 했니?" 하고 TV 앞에서 내쫓으려 했다. 그렇다고 대놓고 TV를 끌 용기도 없었다.

다른 집은 뭐라고 썼는지 보지는 못했지만 어느 날 다쿠미에게 물었다. 다쿠미는 그런 조사가 있었다는 것조차 잊고 있었다. 다쿠미의 대답에 히카리는 놀랐다.

"우리 집은 '오오' 하고 감탄하면서 부모님이랑 같이 보는데."

다쿠미의 집에서는 여자아이 이야기는 물론이거니와 형이 여자친구를 데려와서 부모님과 밥까지 먹었다고 한다.

입시나 왕따 문제 같은 진지한 이야기밖에 할 수 없는 자신의 부모님은 히카리와 언니가 화장이나 멀리 쇼핑하러 가는 등의 아이들끼리 하는 '어른 놀이' 이야기를 하면 대놓고 언짢아했다. 친구와 사이좋게 놀라고 말하면서 휴일에는 부모와 함께 시간을 보냈으면 하는 분위기가 물씬 풍겨 나는 집이었다.

중학생이 남학생과 사귀는 일도 TV 속에서는 흔해도 자신의 딸과는 연관 지어 생각하지 않았다. 히카리는 그것도 몹시 짜증이 났다.

당신들이 낳았다고 해서 나까지 당신들처럼 진지하고 좁은 세계밖에 모르는 사람인 줄 알다니, 어처구니가 없었다.

부모님이 생각하는 훌륭하겠지만 재미없는 세계에서 사는 것은 질색이었다. 부모님이 모르는 즐겁고 밝은 장소에서 발생하는 일의 일원이 되길 줄곧 바라 왔다.

히카리의 마음속에서 누구와도 사귀지 못하는 것과 평생 처녀로 살지도 모른다는 것은 최대의 공포였다.

섹스까지는 안 했을지 모르지만, 초등학교 때부터 반에서 월등히 예쁜 아이는 매력 넘치는 동갑 남학생에게 선택을 받아 교제했다. 히카리는 그 아이를 다른 여학생들과 함께 부러워했다. 언젠가 자신도 남자친구가 생겨 그 일원이 되고 싶었다. 조만간 다들 남자친구가 생길지도 모르지만 그렇지 못한 마지막 한 명이 되기는 싫었다. 빨리 벗어나고 싶었다.

그래서 다쿠미 같은 아이가 선택해 준 덕에 얼마나 안심이 되었는지 모른다.

히카리는 이제 '평생 누구와도 사귀지 못하는' 사람이 아니었다. 다쿠미는 멋있고 인기도 많고 어른스러우니 가능하면 키스도, 섹스도 하고 싶었다. 그러면 남은 인생은 처녀인 자신을 수치스러워하지 않아도 된다.

섹스와 연애에 대해 틀에 박힌 사고밖에 못하는 부모님에게 반격하는 기분이었다. 당신들 세계 밖에서 나는 당신들이 모르는 밝고 경쾌하고 매력 있는 사람들이 원하고 필요로 하는 존재야, 잘 봐, 하고 생각했다.

숨이 멎겠다고 진심으로 생각한 순간 삽입이 되었다.

"아파?"

다쿠미가 물었다.

"아파."

히카리는 대답했다. 아프다. 아프지만 머릿속은 온통 다쿠미를 기쁘게 해 줘야 한다는 생각으로 가득했다.

다쿠미와 야한 키스를 하고 서로 만지게 되고 나서 인터넷이나 책에서 많은 것들을 조사했다. 헌책방에서 어른용 순정 만화를 읽기도 했다. 인터넷 성인 사이트는 휴대폰과 학교 컴퓨터로는 열람할 수 없지만, 반대로 부모님이 바람직하게 여길 만한 '여자아이의 성과 몸' 같은 페이지는 중학생에게는 오히려 엄청나게 권장되었다.

남자가 어떤 것을 두려워하고 콤플렉스를 갖고 고민하는지에 대한 내용이 요만큼도 야하지 않은 학습 만화 그림체로 나와 있었다. 그보다 더 진도를 나간 히카리는 실소를 터뜨렸다. 그래도 참고할 만한 내용도 많았다.

처음 섹스를 하는 남자는 부끄러움을 타서 못하는 경우도 있다. 그리고 히카리는 남자가 못하는 상태가 되면 그것은 자신에게 매력이 없는 탓이라고 생각했다. 그래서 다쿠미가 해낸 것, 그리고 해 주었던 것에 고마운 마음부터 들었다.

"느껴져?"

다쿠미가 물었다. 아파서 이걸 기분 좋다고 느끼는 여자들을 존경하고 싶은 마음이었지만, 히카리는 응, 응, 하고 고개만 끄덕였다. 사실은 빨리 끝났으면 좋겠다는 마음으로 가득했다.

이윽고 다쿠미가 짧은 소리를 내며 히카리의 몸 위에 엎어졌다. 아주 잠깐 몸을 맡겼다가 곧바로 상체를 일으켰다. 그러고는 말했다.

"뺄게."

섹스는 사정까지 해야 비로소 '전부'라는 것을 히카리도 알고 있었다. 그런데 도중에 빼겠다니. 아아, 히카리는 슬펐다. 다쿠미는 히카리를 상대로는 마지막까지 가지 못했던 것이다.

천장을 올려다본 채 누워 있는 히카리를 놔두고 다쿠미가 "티슈, 티슈" 하면서 가지러 갔다. 마지막까지 하지 못해서 다쿠미가 찜찜해하거나 자신을 싫어하면 어쩌나 싶었지만, 돌아온 다쿠미의 얼굴은 밝았다.

"움직이지 마. 내가 다 해 줄게."

다쿠미는 히카리의 몸도 닦아 주었다.

쓸데없는 소리를 하지 않는 게 좋겠다 싶었다.

마지막까지 하지 못했더라도 자신은 순결을 잃었다고 할 수 있을까. 다쿠미와 자신은 '한 것'일까.

몰라서 당황하고 있는 히카리의 옆에서 다쿠미가 가늘지만 탄탄한 몸으로 사각팬티만 다시 입었다.

형의 영향인지 다쿠미는 가끔 담배를 피웠다. 히카리 앞에서는 웬만하면 피우지 않는데 그날은 빈 캔을 재떨이 삼아 담배를 피웠다.

"히카리, 너 생리 언제야?"

담배를 피우는 까닭은 어쩌면 히카리 앞에서 멋지게 보이고 싶어서인지도 모른다. 허세를 부리듯이. 그렇다고 그게 우습다는 생각은 들지 않았다. 오히려 히카리 앞에서 멋진 모습을 보이려 한다는 것이 기뻤다.

히카리도 속옷을 입으면서 센 척하는 말투로 대답했다.

"아직 안 왔는데."

빠른 아이는 초등학교 3, 4학년부터 온다는 초경이 히카리는 아직 오지 않았다. 요컨대 아직 임신할 준비가 되지 않은 몸이라는 뜻이다. 히카리의 대답에 다쿠미가 눈을 동그랗게 떴다.

"진짜? 그런데 네 몸, 진짜 좋아."

히카리는 기쁜 것도 잠시 다쿠미가 누구와 비교하는 건지 불안해졌다.

"다쿠미, 처음 아니었어?"

다쿠미는 당황했는지 담배를 비벼 끄고 "어?" 하고 부자연스럽게 히카리를 봤다.

"뭐, 여러 가지로. 형의 옛날 여자친구라든가."

그 말에 너무 화가 나서 머리에서 김이 피어오르는 것만 같았다. 할 말을 잃고 다쿠미를 노려보는 히카리에게 다쿠미가 말했다.

"옛날 일이야, 옛날."

다쿠미의 냄새가 났다.

"지금은 너밖에 없어. ——사랑해."

지고 있다는 생각이 들었다.

자신이 처음이 아니라 해도 이 아이의 지금의 영순위가 자신이라면 그것만으로 자랑스러워서 눈물이 나올 것만 같았다.

"내가 더 좋아하는걸."

히카리의 말에 다쿠미가 부드럽게 웃었다.

"이리 와."

다쿠미가 히카리의 어깨를 당겨 키스했다.

"넌 항상 그렇게 말하지만 장담하건대 내가 널 더 좋아해."

"있잖아."

키스를 하면서 히카리가 물었다.

"이런 거, 우리만 하는 걸까?"

다쿠미의 입에서 담배 냄새가 났다. 금연 전의 아빠한테서 났을 때는 별로 좋지 않았는데 이 아이의 냄새는 이토록 좋아하는 자신에게 놀랐다. 다쿠미가 말했다.

"아니, 다들 하고 있을걸."

──그 이후 다쿠미와 섹스하는 것이 당연시되었다.

다쿠미는 여전히 콘돔을 끼우지 않았다. 히카리가 초경이 오지 않았다는 소리에 안심한 것이다. 다쿠미는 경험이 풍부한 것도 아니면서 호기롭게 말했다.

"아. 이렇게 섹시한 명기인데 피임하지 않아도 된다니, 난 정말 행운아야."

히카리는 그런 다쿠미가 사랑스러웠다. 아무리 다쿠미라도 히카리의 몸 안에는 사정하지 않았다. 할 것 같은 순간에 성기를 빼고 밖에 사정했다. 섹스에는 이런 방법도 있다는 것을 히카리는 다쿠미에게 배웠다.

얼마 후 둘이 대화하는 도중 히카리가 이렇게 말했다.

"나, 처음엔 다쿠미를 마지막까지 가게 하지 못했는걸."

"어?!"

다쿠미는 당황했다. 그 무렵에 두 사람은 섹스에 대해 꽤 솔직한 이야기를 하게 되었다. 히카리도 그의 반응에 놀라서 되물었다.

"어? 아니었어?"

다쿠미가 멋쩍다는 듯 "아니, 그게……" 하고 웃었다. 그 표정을 보고 히카리는 눈치챘다.

"설마 마지막까지, 안에 했어?"

탓할 생각 없이 히카리는 물었다.

히카리가 화나지 않았다는 것을 알았는지 다쿠미가 쑥스럽다는 듯 고개를 돌리고 "응" 하고 끄덕였다. 그러고는 조심스럽게 히카리의 눈을 들여다보았다.

"난 너도 아는 줄 알았는데. ──화났어?"

"아니."

진심이었다.

"화 안 났어."

다쿠미의 표정이 누그러졌다. 히카리는 말했다.

"오히려 안심이 됐어. 나 때문에 끝까지 못 간 줄 알았거든."

"그럴 리 없잖아."

다쿠미가 히카리의 허리에 매달리더니 장난스럽게 배에 입을 맞추었다.

"어쩜 그렇게 깜찍한 소리를 다 해? ……이렇게 좋아하게 된 여자, 네가 처음이야."

진심이라서, 그래서 끼우지 않은 거야, 하고 다쿠미가 말했다.

다른 여자와 넌 달라, 하고 히카리의 머리를 쓰다듬었다.

거실 구석에서 언니가 문자를 하고 있었다. 상대는 언니네 여학교 친구──여자다.

가장 친한 절친으로, 언니와 그 언니가 함께한 자리에 히카리도 불려 간 적이 있다. 안경을 쓴 그 언니는 상냥하고 느낌이 좋은 사람이었다. 히카리와 셋이서 밥을 먹을 때 히카리는 언니와 그 언니가 둘만의 친밀함으로 눈짓을 하거나 미소를 주고받는다는 것을 알아차렸다.

그 후 언니가 중대한 비밀을 털어놓듯이 그 언니와 사귀고 있다고 말했을 때도 히카리는 딱히 놀라지는 않았다.

그런데 언니는 히카리에게 그 사실을 자랑할 수 있다는 게 못 견디도록 좋은지, "그 아이는 다른 아이들이랑 달라"라든가, 다툰 날에는 이 세상이 끝날 것 같은 얼굴을 하고 히카리의 방에서 결론이 나지 않는 이야기를 몇 시간째 구시렁거리곤 했다.

여학교도 장난 아니구나 싶었다. 순진하다고 생각했다. 언니가 정말 여자를 좋아하는지 어떤지는 모른다. 공부 잘하는 여학생들이 모인 오노야 고등학교의 생활 속에는 남학생이 없지 않은가. 여자를 좋아하는 줄 착각하는 경우도 있을 것이다.

언니의 교제 이야기를 들을수록 히카리는 오히려 우월감에 젖어 다쿠미의 이야기를 꺼내고 싶은 마음이 들지 않았다. 언젠가 언니들이 길을 걷고 있을 때 멋있는 다쿠미와 히카리의 모습을 발견해서 자신이 그동안 했던 자랑 이야기가 실은 창피한 것이었음을 깨달으면 좋을 텐데, 하고 생각했다.

"미사키, 히카리, 둘 다 문자 그만해."

엄마가 눈살을 찌푸리며 말했다.

"네에."

두 사람은 대답하면서도 휴대폰에서 고개를 들지 않았다.

성실한 부모님에게도, 순진한 언니에게도 복수하는 기분으로 문자 화면을 쳐다보면서 히카리는 생각했다.

나는 당신들처럼 되지 않아.

(3)

히카리네 학교 아이들은 주로 우쓰노미야에 가서 데이트를 했다.

다쿠미와 데이트를 한 어느 날, 히카리는 피아노 발표회가 끝나고 가족끼리 들렀던 그 레스토랑을 지나갔다. 그날은 친구와 영화를 보러 간다는 거짓말로 엄마에게 영화비를 받아 두었다. 상영 시간을 착각한 탓에 영화를 보지 못했는데 마침 점심시간이 되었다.

"다쿠미, 여기서 밥 먹자."

평소에는 놀러 가도 맥도날드나 롯데리아에만 갈 수 있었다. 그런데 5백 엔만 더 내면 이 레스토랑에서도 밥을 먹을 수 있었다. 부모님하고만 와 본 이 레스토랑에 남자친구와 오다니, 신선한 기분에 그날은 꼭 거기서 먹고 싶었다. 영화를 보고 싶은 생각은 둘 다 사라진 상태였다.

"좋아."

영화비를 써서 다쿠미는 카레볶음밥을, 히카리는 부모님과 왔을 때마다 먹은 팬케이크를 주문했다. 똑같은 메뉴만 주문하는 가족들과 달리 다쿠미가 여기서 처음 보는 카레볶음밥을 주문한 것도 어쩐지 기분이 좋았다.

"실은 여기 가족끼리 자주 와."

부모님과 오는 장소에 남자친구와 왔다는 건 엄격한 부모님에게는 상상도 할 수 없는 일이다. 팬케이크도 평소와는 다르게 느껴졌다. 특별히 맛있다는 뜻이 아니다. 그토록 즐겁고 맛있게 먹었는데 꼭 부모님이 사 주지 않아도 먹을 수 있다는 걸 알고 났더니 이런 맛이었나 싶을 만큼 맛없게 느껴졌다. 팬케이크 한 장 한 장이 퍼석하고 절반밖에 안 먹었는데도 배가 불렀다.

"화장실 좀."

이름은 레스토랑이지만 찻집에 가까운 분위기다.

학생끼리 들어와도 되나 싶었지만 가게 안에는 고등학생끼리 온 손님들도 보였다. 점원도 그저 사무적으로 자리를 안내할 뿐이었다.

입구 옆에 있는 화장실에 들어가려 하자 누군가 사용 중인지 문 표시가 붉은색으로 되어 있었다. 앞사람이 나오길 기다리는데 안에서 사람이 움직이는 기척이 났다.

남자 여러 명이 실실거리는 듯한 꺼림칙한 기척이었다.

여기 화장실은 남녀 공용이고 하나밖에 없다. 그러고 보니 히카리 일행이 들어왔을 때 안쪽 자리에 앉아 있던 고등학생 무리가 어느새 보이지 않았다.

그냥 자리로 갈까——하고 생각한 그 순간 갑자기 화장실 문이 열렸다. 좁은 칸에 들어가 있던 것은 남고생 세 명. 문 앞에 서 있던 히카리와 눈이 마주치자 그들이 순간 놀란 표정을 지었지만 이내 히죽거리며 눈짓을 주고받았다. 그대로 가 버렸지만 스쳤을 때 한 명이 "바이바이" 하고 놀림조로 말했다.

담배 냄새가 훅 끼쳤다.

화장실 칸의 화변기 속에 담배꽁초가 하나 떨어져 있었다. 일부러 물을 내리지 않고 갔다는 생각이 들었다.

담배꽁초가 남아 있는 화장실에 들어갈 마음이 나지 않아 히카리는 도망치듯 다쿠미가 기다리는 자리로 돌아갔다. 그 고등학생들이 자리에서 자신을 징그러운 눈으로 보면 어쩌나 싶었지만 그들은 이미 나간 뒤였다.

부모님과 왔을 때 저런 사람들과 맞닥뜨린 적은 한 번도 없었다. 여기는 더 격식 있는 장소인 줄 알았는데 저런 사람들도 평소에 드나들었던 것이다.

"왜 그래?"

자리로 온 히카리가 입을 다물고 있는 것을 보고 다쿠미가 물었다. 히카리는 기분이 정리되지 않은 채 대답했다.

"화장실에서 고등학생이 담배를 피우더라고. 바보 같아."

다쿠미가 방에서 피우는 담배는 좋아한다. 방금 그 사람들은 좁은 화장실 칸에 셋이 한꺼번에 들어가서 피우다니 바보 같다. 다쿠미보다 나이도 많으면서 담배꽁초 뒤처리도 제대로 못하다니, 마치 어른에게 일부러 들키고 싶어 하는 것 같았다.

꼴사납다는 생각으로 한 말인데 다쿠미의 표정이 환해졌다. 그러고는 불쾌해하는 히카리에게 말했다.

"어? 진짜? 좀 봐줘. 넌 잘 모르겠지만 남자한테는 피우고 싶은 순간이 있는 법이거든."

나쁜 놀이를 하는 사람은 죄다 자기편이라는 듯 두둔하고 나섰다.

"그래도 화장실은 좀."

그러더니 다쿠미는 자신보다 나이가 많은 그들을 비웃었다.

히카리는 기분이 나빴다.

순간적으로 가게 안쪽에 걸린 스테인드글라스 그림을 쳐다봤다. 부모님과 왔을 때는 고급스럽게 보였던 그 그림은 자세히 보니 플라스틱 판 같은 것에 그려졌고 가장자리에는 금이 큼직하게 가 있었다.

계산을 마치고 레스토랑을 나오려는데 다쿠미가 "히카리, 잠깐" 하고 불렀다. 계산대에 있던 점원이 자리를 비우고 나서 다쿠미는 히카리를 화장실로 데려갔다. 담배 냄새가 아직도 진동했다. 담배꽁초도 그대로였다.

"만져도 돼?"

속삭이더니 다쿠미는 히카리의 대답을 기다리지 않고 좁은 화장실 벽에 히카리의 몸을 밀어붙였다.

"누가 올 텐데."

히카리의 말에도 다쿠미는 멈추지 않았다. 셔츠 밑으로 손톱이 긴 다쿠미의 손이 들어와 브래지어까지 밀어냈다.

전철역이나 백화점 화장실에서 이러는 것은 드문 일이 아니었다. 하지만 그날 히카리는 다시 "하지 말라니까" 하고 다쿠미의 몸을 힘껏 밀쳤다. 다쿠미가 놀란 눈으로 자신을 봤다.

배인지 가슴인지 모르겠지만 어쩐지 역겨웠다. 메슥메슥했다.

피우지도 않았는데 화장실에 가득한 담배 냄새가 목까지 치밀어 올라 토할 것만 같았다.

"미안."

짧게 양해를 구하고 변기 앞에서 울컥 구역질을 했다. 검은

재가 물에 섞여 녹는 모습이 보였다. 더 구역질이 나서 목구멍 안쪽에서 웩웩 소리가 났다. 그런데도 토할 수가 없었다. 목구멍이 시큼하고 뜨거웠다.

"히카리, 괜찮아?"

다쿠미가 불안해하며 말했다.

히카리는 바로 괜찮다고 대답했지만 여전이 속이 불편했다. 담배 냄새에서 빨리 벗어나고 싶었다.

화장실 문을 열어 다쿠미와 둘이 밖으로 나오자 앞에 남자가 서 있었다. 진지하고 매서운 표정의 어른이 히카리와 다쿠미를 쏘아봤다. 이 가게의 점장 같은 사람이란 걸 한눈에 알아봤다.

"아."

다쿠미가 잘못 걸렸다는 듯 소리를 냈다. 언제부터 여기에 있었던 걸까. 목소리가 새어 나왔을지도 모르고 무엇보다 둘이 같이 화장실에서 나온 것은 누가 봐도 부자연스러웠다. 히카리는 메스꺼움 때문에 눈앞이 어지러운데도 혼날까 두려워 "죄송해요" 하고 작게 말했다. 고개를 푹 숙인 채 그 자리를 피했다. 서둘러서 가게를 나왔다.

밖에 나와서야 신선한 공기를 마실 수 있었다. 하지만 급하게 달린 것과 가슴이 여전히 쿵쿵 울리는 탓에 호흡이 얕아서 점점 더 메스꺼워졌다.

다쿠미가 걱정이 되는지 우는소리를 했다.

"큰일 났다. 우리가 어디 중학교인지 들켰을까? 히카리가 몸 상태가 안 좋아서, 그래서 같이 들어갔다고 말할걸 그랬나. 그리고 담배도 내가 피운 거 아닌데 의심하면 어떡하지?"

"상관없어, 가자."

히카리도 실은 어떡하나, 하고 생각하고 있었다. 그 가게는 자신의 가족이 자주 가는 곳이었다. 단골까지는 아니고 부모님도 점원과 스스럼없이 대화하는 사이는 아니었지만, 다음에 자신이 갔을 때 그들이 얼굴을 기억하지 못할 거라고 장담할 수도 없다.

두 번 다시 가지 못할지도 모른다.

히카리의 반응에 조바심이 났는지 다쿠미가 "어어?" 하고 노려봤다.

"안 피웠는데 의심받으면 손해잖아."

다쿠미는 한참 동안 그 걱정을 했다.

메슥거림도, 담배 냄새도, 맛없게 느꼈던 팬케이크도, 현기증도, 구역질도. 지금 생각하면 그것은 징후였다.

하지만 그때는 그것이 임신 탓인 줄은 히카리는 꿈에도 몰랐다.

나중에 알게 된 일이지만 그 당시 히카리는 이미 임신한 상태였다. 임신 석 달째에 접어들고 있었다.

――'여자아이의 성과 몸' 같은 책이나 사이트는 어른들이 숨

기는 야한 책과는 달리 도서관에서도 엄청나게 권장되었다. 히카리의 부모님 역시 바람직하게 여길 만한 종류여서 히카리는 다쿠미와 사귄 이후 그런 책이나 사이트를 탐하듯이 읽으며 지냈다.

자신이 하고 있는 것과 비슷한 체험담이 등장하면 재미있었다. 혹은 그보다 더 진도가 빠른 행위를 하고 있을 경우에는 뺨이 화끈거렸다. 자신을 대입해서 읽으니 더 재미있었다.

읽고 있는 만화책 가운데 이런 것이 있었다.

피임을 하지 않고 섹스를 한 고등학생 주인공이 임신한 사실을 알게 된 것이다.

"설마요. 딱 한 번이었는데요?" 하고 묻는 주인공에게 의사는 이렇게 답한다.

"딱 한 번으로도 임신은 가능합니다."

그 주인공과 남자친구는 만남을 금지당하고 남자친구는 이유도 알지 못한다. 비 오는 날 남자친구는 학교까지 주인공을 데리러 간다.

감격한 주인공은 드디어 만난 그에게 임신한 사실을 알린다. 아기를 낳을 거라는 그녀에게 그때까지 "사랑해. 보고 싶었어" 하고 속삭이던 그가 순식간에 표정을 바꾼다. 당황하며 머리를 싸매더니 "아직 발목 잡히고 싶지 않아" 하고 울음을 터뜨린다.

주인공은 남자친구의 태도에 충격을 받아 결국 중절을 하게 된다.

그 만화는 일례로, 찾아보니 비슷한 패턴의 이야기가 여기저기 많이 있었다.

이야기마다 '피임할 것'을 권하고, 그렇게 하지 않은 경우에는 남자친구가 도망가서 중절하게 된다는 결론에 이르렀다.

히카리는 그 이야기들을 현실감 없이 읽었다.

자신은 이렇게 되지 않을 건데, 과하게 협박하는 내용은 어른들이 머리로 생각한 스토리라는 생각이 들었다.

반드시 '중절'에 이르는 스토리의 주인공들은 대부분 바로 임신을 알아차리고 주변 어른들을 끌어들여 마음이 흔들린다. 거기에는 히카리가 필요로 하는 정보는 나오지 않았다.

임신해도 바로 배가 불러 오지 않는다는 것.

첫 생리가 오기도 전에 임신하는 경우도 있다는 것.

중절이 불가능한 여섯 달이 지나도 본인이 알아차리지 못할 가능성이 있다는 것 등은 어디에도 나와 있지 않았다.

히카리의 임신이 발각된 것은 빈혈로 동네 내과에 간 것이 계기였다.

마침 겨울방학이 막 끝났을 무렵인데 학교에서 속이 메슥거리는 날이 이어졌다.

최근에는 열도 있는 것 같고 구역질도 났다. 학교에서 보건실로 갔더니 빈혈일지도 모른다며 쉬게 해 주었다. '빈혈'이라는 병명은 허무하고 멋진 이미지였다. 그래서 그 말을 듣고 기쁘기까지 했다. 집에 가서 엄마에게 말했더니 엄마는 놀라워했다.

"엄마, 나, 빈혈일지도 모른대."

"뭐? 아니 왜? 왜 빈혈에 걸리니?"

"몰라. 선생님이 그러던데."

옛날부터 부모님도 언니도 건강해서 자신의 가족 중에 환자가 나올 줄은 상상조차 못한 모양이었다. 히카리는 그런 엄마한테도 짜증이 났다. 한 가족일지도 모르지만 당신들은 인연이 없는 질병에 나만 걸릴 가능성도 있는 건데.

어지러워서 도저히 등교할 수 없는 날이 며칠씩 생기자 선생님들이 병원에 가도록 권했다. 이제 중학생이고 평소 감기에 걸렸을 때도 혼자 병원에 가곤 했지만 이때는 엄마가 따라왔다. 히카리를 걱정해서라기보다는 아마 꾀병을 의심해서였을 것이다. 자기 자식이 병에 걸릴 리 없다, 수업을 빼먹으려고 거짓말을 하는 거라고 생각한 모양이었다.

그 증거로 직장인 학교에 전화를 걸어 늦어진다고 말한 뒤엄마는 역정을 냈다. 그것도 노골적으로.

"엄마도 바쁘단 말이야."

동네 내과에 도착했다. 감기에 걸렸을 때처럼 의사가 아랫배를 눌렀을 때 은근히 위화감이 느껴졌다.

목구멍과 가슴을 보고 청진기를 댄 다음 뒤로 돌아 등을 보는 형식적인 진찰 도중에 의사가 전에 없이 손을 멈췄다.

확인하듯 한 번 더 히카리의 배를 눌렀다. 그리고 물었다.

"아픈가요?"

"모르겠어요."

의사는 더는 누르지 않고 손을 뗐다.

옷을 입고 일단 다른 검사도 해 보자는 의사의 말에 히카리는 빈혈 검사인 줄로만 알았다.

소변을 채취하고 피를 뽑은 다음 대기실에서 기다리는데 "가타쿠라 씨" 하고 이름이 불렸다.

의사가 있는 진찰실 문이 열리고 안에서 간호사가 얼굴을 내밀었다. 그러고는 막 일어서려던 히카리와 엄마에게 말했다.

"가타쿠라 씨. 어머니만 들어오세요."

히카리는 이때도 대기실에 있는 만화책을 보며 기다리고 있었다. 병에 걸리는 건 싫지만 혹시 큰 병이면 입원해서 학교를 쉬는 걸까. 그럼 기말고사도 안 치르고, 잘 못하는 배구 시합에도 안 나가게 될지도 모른다. 그런 막연한 기대까지 했다. 하지만 분명히 그런 일은 일어나지 않는다. 학교는 쉬지 못하겠지, 하고 마음 한구석에서 낙관적으로 포기하기도 했다.

꽤 오랫동안 이름이 불리길 기다린 것 같았다.

"가타쿠라 씨."

다시 진찰실이 열리고 아까 그 간호사가 모습을 보였다. 나올 줄 알았던 엄마는 아직 진찰실에 있는지 모습이 보이지 않았다. 간호사가 이번에는 히카리를 불렀다.

"가타쿠라 히카리 씨, 안으로 들어오세요."

진찰실 안으로 들어가자 엄마는——지독한 얼굴로 히카리를 보고 있었다.

그 눈빛을 보고 히카리는 당황했다.

엄마가 화내고 있었다. 하얗게 질려서, 아까와는 완전히 다른 굳은 얼굴로 자신을 보고 있었다. 노려보는 것 같기도 했지만 그보다는 왠지 자신을 무서워하는 듯한, 관찰하는 듯한, 어쩐지 남을 보는 듯한 눈빛이었다. 처음 보는 표정이었다.

당황하고 놀라면서 히카리는 생각했다. 왜 엄마한테 저런 눈빛을 받아야만 할까.

"히카리 씨."

입을 연 사람은 엄마가 아니라 의사였다.

맞은편에 앉은 히카리에게 이렇게 물었다.

"남자 경험이 있나요?"

히카리는 의사를 빤히 쳐다봤다. 남자 경험, 이라는 일본어는 태어나서 처음 듣는 말이었다. 하지만 그것이 섹스를 의미한다는 걸 알아차린 순간 히카리는 깊이 생각하지 않고 대답했다.

"있어요."

필시 복수하고 싶었기 때문이다.

알리고 싶었기 때문이다.

진지하고 재미없는 감각을 벗어나서는 살 수 없는 엄마에게, 자신의 딸에게 화려한 일은 절대로 일어나지 않는다고 굳게 믿는 엄마에게, 가르쳐 주고 싶었다. 자신이 인기 있고 화사한 존재라는 것을.

　수긍한 순간, 엄마가 움직였다.

　"누구하고!"

　비명 같은 소리를 지르더니 히카리의 멱살을 잡았다. 억센 힘이었다. 간호사가 황급히 엄마를 말렸지만 엄마는 멈추지 않았다.

　"누구한테 당했어!"

　그 말을 듣고 비로소 아차 싶었다.

　당한 것이 아니라 한 것, 이었다. 다쿠미와 나는 정식으로 교제하고 있는데 엄마 입장에서 보면 당한 것이 된다. 다쿠미가 나쁜 놈 취급을 받는다.

　그 사실을 제대로 설명해야겠다고 생각한 순간, 엄마가 먼저 말했다.

　"너, 임신했대. 왜 말 안 했어? 아이를 뱄다잖아!"

　엄마가 새된 소리로 그렇게 말했다.

　"어머니" 하고 의사와 간호사가 옆에서 무슨 말인가를 하고 있었다.

　그 말소리를 들으면서 히카리는 눈을 휘둥그렇게 뜨고——멍하니 있었다. 믿기지 않은 심정으로 망연히 그 말소리를 들었다. 물속에 들어가 수면 위의 말소리를 들을 때처럼 그 자리에 있는 모두의 목소리가 멀게 느껴졌다.

소개장에 쓰인 근처 산부인과로 향하는 차 안에서 엄마는 내내 말이 없었다. 차에 올라타자마자 직장에 오늘 하루 휴가를 내겠다고 휴대폰으로 연락한 것을 끝으로 히카리에게는 아무 말도 하지 않았다.

임신 상대가 다쿠미라는 것.

남자친구라는 것.

강제로 당하지 않았다는 것을 진찰실에서 히카리는 말했다.

그동안 히카리가 읽은 만화책에서는 주인공이 남자친구를 감싸느라 이름을 밝히지 않는 패턴도 많았지만 막상 현실이 되니 히카리의 입에서는 이름이 술술 나왔다.

상황이 이런데도 다쿠미 같은 아이와 교제한다는 사실을 엄마에게 알리고 싶었다.

엄마는 말이 없었다.

히카리에게는 아무 말도 하지 않으면서 자꾸 혼잣말을 했다.

"원래는 더 멀리 있는 병원에 가야 하는데."

"아, 학교에 뭐라고 말하지."

"그 양반은 괜히 휴대폰을 사 줘서는."

신호를 받아 차가 멈출 때마다 중얼중얼 혼잣말을 했다. 딱히 히카리에게 들으라는 것도 아닌 듯했다. 그 모습이 무서워서 히카리도 점점 아무 말도 할 수 없었다.

산부인과 주차장에서 내릴 때가 되어서야 엄마가 "히카리" 하고 불렀다. 그러고는 물었다.

"언제, 했어? 임신한 지 얼마나 됐어?"

"몰라."

그 대답에 엄마의 얼굴이 더 굳어지더니 매서운 눈으로 히카리를 봤다.

하지만 알 리가 없었다. 한 번만 한 것이 아니었다. 몇 번이나, 몇 백 번이나 했다. 이 사람은 그런 것도 모르는 걸까.

엄마는 "됐다, 됐어" 하고 대답했다.

그 반응을 보고 히카리는 실망했다. 섹스는커녕 좋아하는 남학생 이야기조차 불가능했던 엄마와의 사이에서 다쿠미는 히카리가 마지막 카드처럼 소중히 지켜 온 비밀이었다.

그것이 공개된 순간 히카리는 이제 비밀이 아무것도 없었다. 엄마에게 들이댈 무기가 아무것도 없다.

다쿠미의 존재를 밝혔는데도 엄마는 엄마 노릇을 그만두려 하지 않았다. 히카리의 전부를 이해할 수 있다고 아직도 믿는 모양이었다. 히카리는 그것도 오만한 사고방식이라 생각했다.

임신했다는 이야기를 들었는데도 낳고 싶은지 어떤지 알 수가 없었다.

낳고 싶은지 그렇지 않은지 어째서 드라마나 만화의 주인공들은 자기 마음을 바로 아는 걸까. 히카리는 자신의 의지를 알 길이 없었다. 부모님은 중절하라고 할 것이 뻔했다.

아무리 임신했어도 아직 생리가 오지 않았으니 자연히 유산되는 게 아닐까 하고 머리 한구석으로 생각했다. 다쿠미와의 관계를 유지할 수 있을까. 자신은 괜찮은데 다쿠미가 신경을 써서 헤어질까 봐 그게 가장 불안했다.

──걱정의 대부분을 잘 정리해서 생각하니 임신을 없었던 일로 하는 방향으로 기울고 있었다. 중절은 비용이 들더라도 가능한 일이다. 히카리의 의지야 어떻든 낳아서 키우는 것은 부모님이 허락하지 않을 것이다.

다쿠미네 집은 어떨까. 자유분방한 형과 다쿠미를 키운 그들의 엄마는 만난 적은 없어도 어쩌면 히카리의 엄마보다 임신을 잘 이해해 줄지 모른다.

임신 소식을 빨리 다쿠미에게 전하고 싶었다.

난감해할지도 모른다. 자유를 빼앗기기 싫다고 할지도 모른다. 그럼에도 알리고 싶었다. 의외로 함께 키워 보자고 할지도 모른다.

"오노야로 할걸 그랬어."

엄마가 중얼거리는 소리가 들렸다.

이번에는 완전한 혼잣말이 아니라 명백히 히카리를 향한 소리였다. 언니가 다니고, 히카리가 제비뽑기로 떨어진 그 학교 이름이 왜 지금 나오는지 몰라서 히카리는 엄마를 봤다. 엄마의 눈빛은 분노로 이글거리고 있었다.

"──네가 성적은 충분한데 제비뽑기로 떨어졌다는 말은 거짓말이야."

히카리는 잠자코 있었다. 엄마가 고개를 저었다.

"네가 상처 입지 않게 엄마가 주변에 그렇게 말했지만 넌 제비뽑기에도 가지 못하고 성적으로 떨어졌어. 어차피 못 갈 거였어."

그 말만 내뱉고 엄마는 입을 딱 닫았다.

왜 지금 이런 이야기를 들어야만 하는 걸까. 성적이 부족했으면 어차피 가지도 못했는데 '오노야로 할걸 그랬어'라니 앞뒤가 안 맞지 않은가.

생각만 하고 말은 하지 못했다.

그 이야기가 엄마의 마지막 카드였다는 것을 알았기 때문이다. 히카리가 다쿠미를 비밀로 여겼던 것처럼 엄마에게 그것은 언젠가 히카리에게 말하려고 간직해 둔 비장의 비밀이었던 것이다.

서로의 비밀을 꺼내 버린 히카리와 엄마는 더 이상 할 이야기도 없어서 입을 다물고 병원에 들어갔다.

산부인과에서 이번에는 엄마와 함께 설명을 들었다.

아까 그 내과에서 연락이 갔는지 담당 여의사는 중학생인 히카리를 보고도 전혀 놀라지 않았다. 사무적인 어조로 이렇게 알려 주었다.

"내진이라는 걸 할 겁니다."

내진이라는 말은 들은 기억이 있었다.

전에 언니가 생리 불순 때문에 산부인과에 간다는 이야기를 할 때 엄마가 말했다.

"선생님한테 내진은 하지 말아 달라고 부탁하렴. 엄마는 옛날에 그 말을 안 해서 갑자기 진찰을 받았는데 어찌나 불쾌하던지."

내진이 질 속을 검사한다는 말임을 짐작할 수 있었다. 엄마의 말에 알았다고 하는 언니를 보면서 히카리는 바보 같다고 생각했다. 다쿠미와 이미 사귀고 있었기 때문에 그런 게 뭐가 무섭다는 걸까, 하고 옛날에 처녀였던 엄마와 지금도 현역 처녀인 언니가 꼴사나워 보였다.

그런데 지금 '내진'이라는 말이 나왔는데 엄마는 아무 말도 하지 않았다. 히카리를 걱정하지도 않고 그저 잘 부탁드린다고 인사할 뿐이었다. 그런 엄마의 태도에 자신이 엄마에게서 버림받았다고 느꼈다. 엄마와 언니와 있던 청결한 세계가 그리웠다.

검사대에 올라갈 때 다리가 움츠러들었다. 무서웠다.

"자, 그럼 힘을 빼세요."

말처럼 쉽게 힘을 뺄 수가 없었다. 검사대 위에서 히카리는 눈을 꾹 감고 있었다. 의사가 뭔가를 살펴볼 때마다, 뭔가를 써넣는 기척을 느낄 때마다 부디 임신이 착오이길 하고 기도했다.

하지만 임신은 착오가 아니었다.

검사대를 내려와 다시 안내된 진찰실에서 히카리는 엄마와 설명을 들었다.

"22주가 넘었습니다. ——현재 23주째로 접어든 참이에요."

의사가 자신들에게 특히 엄마를 향해 몸을 돌렸다. 히카리의 이야기를 하고 있는데도 그녀의 얼굴은 보호자인 히카리의 엄마만 보고 있었다.

"중절 가능한 시기를, 넘었습니다."

엄마가 숨을 멈추었다. 히카리도 깜짝 놀라서 눈을 크게 떴다. 모체보호법이라는 것이 있다고 의사가 설명했다. 그에 따르면 중절이 가능한 것은 임신 21주 하고도 6일까지.

──히카리의 경우에는 그보다 일주일이 더 지났다.

"더 제대로 살펴봐 주시겠어요?"

엄마가 흐트러진 목소리로 말했다.

"일주일, 착오가 생기는 경우는 없나요? 그럼 지난주에 진찰 받으러 왔어야 했다는 건가요?"

지난주에는 뭘 했더라, 하고 히카리는 생각했다. 겨울방학이었지만 동아리 활동을 하러 갔고 하굣길에는 피아노 학원에도 들렀다. 언니와 거실에서 TV를 보며 시간을 보냈다. 그중 하루는 병원에 갔어야 했던 걸까.

엄마도 틀림없이 같은 생각을 하고 있었을 것이다.

(4)

결정할 권리가 히카리에게는 없었다.

낳고 싶다든가, 낳고 싶지 않다든가.

키우고 싶다든가, 키우고 싶지 않다든가.

만화에서 보던 일도 일어나지 않았다.

다쿠미에게 말해서 다쿠미가 난처해하거나 "아직 발목 잡히고 싶지 않아" 하고 울부짖는 일도 일어나지 않았다. 그 일들은 전부 히카리가 모르는 곳에서 이루어졌기 때문이다.

임신 사실을 안 뒤에도 히카리는 학교에 가야 했다.

단 다쿠미를 만나서는 안 된다고 들었다. 휴대폰도 빼앗기고 집과 학교만 오갔다. 빈혈이 심하다는 이유로 동아리 활동도 쉬라는 부모님의 지시였다.

히카리 본인은 다쿠미와 연락이 닿지 않는데 부모님은 다쿠미의 집과 연락을 취한 모양이었다.

직접 만났는지 여부는 모른다.

뭐 그런 사람들이 다 있느냐고, 아빠와 엄마가 대화하는 것을 들었다. 다쿠미의 부모님은 지금이라도 중절 가능한 병원을 찾을 수 없겠느냐고, 중절 비용은 부담할 테니 어떻게든 중절해 달라고 한 모양이었다.

다쿠미의 의지가 반영되어 있는지 여부는 알지 못했다.

학교에서 히카리는 다쿠미와 만나고 싶었지만 반이 달라서 동아리 활동에 나가지 않는 상태로는 거의 불가능했다.

앞으로 자신이 어떻게 될지 알 수 없었다.

여기에 아기가 있다는 소리를 들었더니 그동안 신경 쓰지 않았던 배에 손을 자주 얹게 되었다. 상황이 이렇게 되고 다쿠미도 만날 수 없었지만, 그렇기 때문에 자신이 기댈 곳은 이 배밖에 없다는 기분도 들었다.

아빠도 언니도 히카리를 면전에서 야단치는 일은 없었다.

특히 아빠는 어색한 분위기에서 도망치려는지 전처럼 히카리를 "히카리 짱" 하고 달콤하게 불렀다. 그것이 지금의 히카리에게는 몹시 징그럽게 들렸다.

"히카리 짱은 나쁘지 않아."

아빠는 저렇게 말했지만 히카리는 처음부터 나쁜 짓을 했다는 생각은 없었다. 가족보다 더 소중한 상대가 생긴 일을 아빠가 '나쁜 짓'이라고 여긴다는 걸 생각하면 기분이 복잡했다.

언니 역시 히카리를 비난하지 않았다. 말없이 방에 들어와서 "히카리, 힘들었지?" 하고 눈물을 뚝뚝 흘렸다. 그 모습을 보면 온갖 감정이 복받쳐 올라 히카리도 울었다. 그러고 나면 언니가 손을 잡아 줬는데, 언니 또한 히카리의 진심은 전혀 모르면서 위로하는 척하는 것이 또 분했다. 자신보다 훨씬 결벽한 세계에 사는 언니는 동생 또한 청결한 생각 속에서 처리해 버리는 것이다. 그 안이함에 자신이 말려든다는 게 견딜 수 없었다.

──가족에 대해 혐오에 가까운 감정을 느끼면서도 그럼에도 히카리는 그들을 의지했다.

배 속 아기의 앞날을 그들이 정해 줄 거라는 거의 무조건적인 안도감을 조금이나마 느꼈기 때문이다. 그 모순에 하루에도 몇 번씩 마음이 찢어질 것만 같았다. 결코 들키지 않길 바랐는데 지금은 부모님이 알고 있다는 것 자체에 안심하고 있었다.

임신인 걸 알고 나서 딱 한 번 다쿠미와 이야기할 수 있었다. 수업이 끝나고 쉬는 시간에 찾아온 다쿠미는 고작 몇 주를 못 만났는데 그사이 키도 크고 머리도 길어서 더 어른스러워 보였다.

학교에서 다쿠미를 발견했을 때 다쿠미가 다른 학생과 대화하고 있으면, 혹시 다쿠미가 자신을 잊어버린 건 아닐까 걱정했다. 줄곧 불안했고, 그래서 찾아와 줬을 때 믿기지 않을 만큼 기뻤다.

선생님들도 히카리의 임신은 알고 있는 듯했다. 선생님들은 아무 말도 없었지만 히카리의 엄마가 이야기한 모양이었다. 모두가 충분히 마음을 써 주면서도 아무런 말도 해 주지 않았다. 그런 상황 때문에 히카리는 학교에 있기가 몹시 거북했다.

"다음 수업, 좀 늦어도 돼?"

그 말에 히카리는 가슴이 뛰었다.

"응."

둘이서 수업을 빼먹고 아이들이 잘 오지 않는 비상계단에서 이야기했다.

다쿠미는 미안하다고 했다.

눈물을 글썽이더니 이내 주르륵 흘렸다. 그 눈물에 히카리도 전염되었다. 둘이서 울었다. 그리고 키스를 나누었다.

키스한 뒤 다쿠미가 뭔가 말하려는 눈치였고 히카리도 할 이야기가 가득했지만 그때 선생님이 나타났다.

"이 녀석들!"

다른 학년 담당인 그 선생님이 히카리와 다쿠미를 발견하고 다가왔다. 두 사람은 내쫓기듯 각자의 반으로 돌아갔다.

그것을 끝으로 다쿠미를 더는 만나지 못했다. 만났다는 연락이 갔는지 히카리는 집에서 호되게 야단을 맞았다.

"대체 무슨 생각을 하는 거니?"

엄마가 기가 막힌다는 듯 말했다.

하지만 무슨 생각을 하는지 모르는 사람은 오히려 엄마였다.

중절이 불가능한 탓에 아기는 원치 않아도 곧 태어날 것이다. 도저히 상상이 가지 않지만 틀림없이 태어날 것이다.

그렇게 되면 다쿠미와 당장은 무리더라도 언젠가 결혼하게 되지 않을까. 이런 식으로 두 사람을 갈라놓는다고 해서 무슨 의미가 있다는 걸까. 그렇게 따져 묻고 싶었다.

아니면 히카리는 어떤 방법으로든 이제부터 유산당하는 걸까. 드라마에서 계단 같은 곳에서 떠밀려서 유산하는 장면을 본 적이 있다. 떠올렸더니 오싹 소름이 끼쳤다.

어른들이 무슨 생각을 하는지 알게 된 것은 그로부터 얼마

후였다.

온 식구가 다 모인 거실에서 엄마 아빠는 엄숙하게 말했다.

"내일부터 학교는 쉬도록 해. 학교에는 아파서 당분간 멀리 입원한다고 이야기해 두었다."

임신 8개월째가 되어 배가 점점 불러 오기 시작했다. 학교 교복은 낙낙한 블라우스지만 이제 조금씩 눈에 띄기 시작할 것이다. 빨리 봄방학이 오기를 바라던 참이었다.

"──그사이에 아기를 낳는 거야?"

"그래."

그리고 이어서.

부모님이 특별 양자 결연이라는 제도에 대해 설명하기 시작했다. 그것은 아기의 앞날에 관한 이야기였다. 엄마가 찾아냈다는 그 제도는 아기를 원하는 가정에서, 아기를 낳고도 키우지 못하는 엄마의 아기를 데려가서 그 집의 아이로 자라게 하는 거라고 했다.

이제부터 히카리는 그 제도를 알선하는 사람들이 운영하는 기숙사에 들어가 출산 준비를 하게 된다는 이야기였다.

히카리의 손이 떨고 있었다.

배에 얹은 손이 굳어져서 설명을 듣고 있을 수가 없었다.

"싫어."

깊이 생각할 겨를도 없이 그 말이 튀어 나왔다.

"싫다고. 그걸 왜 엄마 아빠가 마음대로 정해?"

"어차피 못 키우잖아."

아빠도 엄마도, 언니까지 히카리의 반응에 놀라고 있었다. 엄마는 노골적으로 언짢아했다.

"엄마는 네가 그렇게 말할 줄은 몰랐다."

"넌 아직 중학생이야."

아빠가 말했다.

"아빠도 네가 대학생이나 어른이었다면 반대하지 않았어. 아직 결혼도 못하는데 아기가 태어나면 어쩌려고 그래?"

"그래도 싫어."

무엇이 싫은 건지 스스로도 확실히 알지 못했다. 하지만 여기서 굽히면 안 된다는 생각이 들었다.

나 편한 대로만 하려 든다는 걸 알면서도 태어날 아기를 이 집에서 키우고 싶었다. 그게 안 되면, 다쿠미네 부모님이 어떤 사람들이고 뭐라고 말했는지는 몰라도 다쿠미가 자기 부모님에게 잘 이야기해 주길 바랐다. 아기는 이미 배 속에 있으니 그 아이와 나를 돌봐 달라고 부탁하길 바랐다.

게다가 아빠의 말은 터무니없는 거짓말이었다.

히카리가 대학생이든 어른이든 부모님은 자기들이 정한 범위에서 벗어난 행동은 절대로 인정하지 않는 사람이었다. 나이만 가지고 따지는 것은 비겁하다.

"히카리, 진정해. 아기를 누구한테 맡기는 거 말고는 방법이 없잖아. 그래야 아기도 더 행복하지."

언니가 말했다.

"지금부터라면 낳고 돌아와서도 고등학교 입시를 치를 수가 있잖니."

정신이 아득해질 것만 같았다. 언니도 부모님도 사고방식이 고지식할 정도로 합리적이고 발랐다. 거기에 히카리나 다쿠미의 마음이 비집고 들어갈 틈은 없어 보였다.

"인생을 망치게 생겼잖니. 열넷밖에 안 됐는데."

"아직은 만회할 수 있어."

"궤도를 수정하려면——."

아빠와 엄마의 말에 귀를 막고 배를 감싸고 싶었다.

중절이 불가능하다면 출산 후에 어딘가로 넘기면 된다. 그러면 없던 일로 할 수 있다. 그런 사고방식이 잘못되었다는 것을 알면서도 히카리는 가족들에게 말할 수가 없었다. 지금 이 자리에는 자기 혼자만 이상한 사람이라는 분위기가 가득했기 때문이다.

그러나 한편으로 '싫다'고 대답했던 히카리 자신도 실은 망설이고 있었다.

출산하고 집에서 키운다면 히카리는 어떻게 될까. 나이 먹기를 기다렸다가 다쿠미와 결혼하면 분명히 행복하겠지만, 학교에서 아이들이 어떤 눈빛으로 쳐다볼까.

고등학교 입시와 기말고사를 걱정하지 않아도 되는 삶은 순간 대단히 감미롭게 마음을 흔들었다. 하지만 그 후 계속 집에만 있게 되는 걸까.

아무도 가르쳐 주지 않았다.

그동안에는 입시도, 동아리 활동도, 가족이나 선배나 누군가에게 물으면 경험자가 가르쳐 주었다. 모두가 지나온 길이라고 생각하면 안심이 됐다. 그런데 지금 히카리는 아무도 고민한 적 없는 커다란 고민에 자기 혼자만 발을 담그고 말았다. 정답을 알 수 없었다. 어디에도 없었다.

"다쿠미도 그랬으면 좋겠대."

엄마가 말했다. 혐오스러웠다. 영문 모를 혼란과 고민 속에 그 한마디가 유독 날카롭게 꽂혔다. 히카리는 가슴을 쥐어짜는 것처럼 괴로웠다.

거짓말이야, 하고 생각했다.

입 밖에는 내지 않았지만 확신할 수 있었다.

부모님이나 선생님이 강제로 말하게 한 게 틀림없었다. 학교 비상계단에서 눈물을 흘리며 키스를 하던 그 표정에야말로 다쿠미의 진심이 담겨 있었다.

히카리는 알겠다는 말은 하지 않았다.

하지만 망설였다. 흔들렸다.

다쿠미 역시 히카리처럼 결정권이 없는 것이다. 유일하게 자기편인 그조차 당사자인데도 힘이 없었다.

자기편은 없었다.

"사실 아기가 없어져 주면 그게 가장 좋은데."

216

이간질을 하더니 이제 지쳤다는 표정으로 엄마가 말했다.

히카리에게 결정적인 비수가 된 것은 다쿠미의 의지가 아니라 엄마의 말이었다.

그날도 히카리는 엄마의 손에 떠밀려 추락하는 꿈을 꿨다. 유산하는 꿈을 꿨다.

살해당하는 꿈을 꿨다.

아기를 증오하는 이 사람들과 같은 집에 있기가 싫었다.

교사라는 직업의 아빠도 엄마도, 좁은 촌구석의 사립고에 다니는 언니도, 소문이 돌까 봐 몸을 움츠리기만 했다. 중학생 주제에 아기를 키우려는 가족을 집에 두기가 싫은 것이다.

히카리의 자리는 더 이상 여기에 없었다.

(5)

약속 장소인 히로시마 역 개찰구 앞에 히카리는 혼자 내려섰다. 최소한의 옷과 생활용품을 넣은 배낭을 메고 서 있자 그 사람이 나타났다.

"가타쿠라 히카리?"

그 소리에 움찔했다.

상냥해 보이는 둥근 얼굴의 아주머니였다. 히카리는 쩔쩔 매면서 말없이 끄덕였다. 원래는 제대로 인사하려고 했지만 막상 만나고 보니 긴장 때문에 목구멍에서 말이 안 나왔다.

"아아, 반갑구나. 어머니가 같이 올 수 있으면 오시겠다고 했는데 못 오셨구나. 혼자 왔니?"

"……엄마는, 일, 때문에."

띄엄띄엄 설명했다. 히카리는 혼자 가도록 신칸센 승차권을 받았을 뿐이었다. 엄마에게 그럴 마음이 있었다니 지금 이 사람이 말하기 전까지는 몰랐던 사실이다.

둥근 얼굴의 아주머니가 "아, 그랬구나. 기특하네" 하고 웃었다. 그리고 자기소개를 했다.

"나는 베이비 배턴의 대표인 아사미라고 해요. 전화로는 몇 번 이야기했죠. 오늘부터 잘 부탁합니다."

"……네."

"그럼 가자."

친근한 분위기의 사람이었다. 히카리에게 존댓말과 반말을 섞어 쓰는 것도 딱 좋았다. 상대를 너무 조심스럽게 대하는 사람이었다면 벌써 도망치고 싶었을지도 모른다.

키우지 못하는 아이를 임신한 엄마들의 기숙사는 베이비 배턴의 사무실과 함께 히로시마에 있었다.

히로시마는 히카리가 한 번도 와 본 적이 없는 지역이었다. 이렇게 전철을 오래 탄 것도 난생처음이었다.

"히로시마에는 와 본 적 있니?"

아사미가 안내한 곳은 노면전차 승강장이었다. 선로가 따로 분리되어 있지 않고 자동차나 버스처럼 도로 한복판에서 달려

오는 전차의 모습이 신기했다.

아사미를 따라 노면전차에 올라 자리에 앉은 뒤 히카리는 히로시마가 처음이라고 대답했다. 맞은편 차창으로 낯선 마을의 풍경이 흘러갔다. 명소를 나타내는 간판도, 그 밑에 쓰인 지명도, 정차했을 때 보인 전봇대에 표시된 지역 번호도 히카리에게는 생소하기만 해서 보면 볼수록 아랫배가 아파 왔다. 어쩐지 불안했다.

노면전차가 얼마간 달리자 갑자기 바다가 보였다.

햇빛을 받은 바다가 반짝반짝 빛나고 있었다.

"바다."

저도 모르게 그 말이 튀어나왔다. 아사미가 미소 지었다.

"그래, 바다야."

바다에 면한 높직한 언덕에 그 아파트가 있었다.

듣기로는 기숙사라고 했지만 그것은 쇠퇴한 단지라는 인상이었다. 히카리는 지금껏 부모님과 함께 단독주택에 살았는데 반 아이들 중에는 이런 집에 사는 아이들도 있었다. 놀러 갈 때마다 이렇게 좁은 데서 다 같이 어떻게 사니? 하고 미안하지만 깜짝 놀라곤 했다.

베이비 배턴의 기숙사는 단지라고 할 만큼 크지 않을지도 모른다. 하지만 낡고 군데군데 금이 간 콘크리트 벽은 히카리가 알고 있는 동네 단지와 비슷했다.

히카리가 도착했을 때 몇몇 창에 빨래가 널려 있는 것이 보였다. 어른스러운 붉은 레이스 속옷이 널려 있어서 뜨끔했지만 캐릭터 티셔츠 같은 것도 많았다.

마침 배가 불룩하고 헐렁한 원피스를 입은 여자가 나왔다. 선글라스를 쓰고 갈색 머리는 하나로 묶고 있었다.

"마호, 검진하러 가니?"

아사미가 묻자 그녀가 돌아봤다.

누가 봐도 임신한 몸이었다. 멋스러운 흑백 가로줄무늬 원피스에 샤넬 마크가 새겨진 검은 가방을 들고 있었다. 선글라스도 벗지 않고 그녀가 아사미와 그리고 히카리를 봤다.

"응. 운동할 겸 걸어서 갈게."

"그래. 조심히 다녀와."

"네에."

히카리를 보고서도 말없이 걸어가 버렸다. 관심이 없었을 뿐인지 모르지만 무시를 당한 것 같아 히카리는 가슴이 답답했다.

중학생인 데다 키도 작은 히카리는 아마 고등학생으로도 보이지 않을 것이다. 불룩 나온 배는 교복이 아닌 사복을 입으면 더 두드러져 보였다. 어차피 집에 계속 있었으면 누군가 알아차렸을 것이다.

히카리가 그녀를 보고 있다는 것을 알았는지 아사미가 "마호, 멋쟁이지?" 하고 빙긋이 웃었다. 히카리는 어색하게 "네" 하고 끄덕였다.

이상한 기분이 들었다. 저 사람은 어른처럼 보이는데 아기를 키우지 못하다니. 무슨 사연이 있어서 임신을 했을까.

"기숙사는 둘이서 방 하나를 같이 써야 해요. 히카리, 네 방은 이쪽. 203호실. 지금 다른 한 명이 쓰고 있으니 둘이 사이 좋게 지내도록 해."

"——네."

오늘부터 갑자기 모르는 사람과 같이 살아야 하다니. 자꾸 얼굴이 굳어지는 히카리에게 아사미가 위로했다.

"괜찮아, 괜찮아. 밝은 아이니까 금방 친해질 거야."

203호실은 계단을 올라가서 바로 왼쪽에 있었다.

"엘리베이터가 없으니까 매일 계단을 올라야 해. 순산하려면 아까 마호처럼 자주 걷고 계단을 오르내리는 게 중요하거든. 힘내."

히카리는 놀랐다.

도치기 현에 살았을 때는 가족들이 임신의 임 자도 꺼내지 않았다. 하물며 '순산'이라는 말은 더더욱 언급될 리 없었다. 아사미가 시원스레 언급해 주는 것이 기분 좋았다.

"고노미, 우리 들어갈게."

아사미가 방문을 열었다. 히카리는 두근거리는 마음으로 안을 들여다봤다. 좁은 복도와 그 옆에 부엌이 있었다. 부엌 맞은편에 나 있는 문은 화장실이나 욕실 문일까.

방 안쪽에서 "네에" 하는 대답이 들렸다. 당연히 마중 나올 줄 알았는데 안에서는 아무도 나오지 않았다. 아사미의 표정이 어쩔 수 없네, 하고 말하는 듯 멋쩍게 웃더니 히카리에게 들어가자고 했다.

방 안에 들어가니 여자가 엎드려서 만화책을 읽고 있었다.

그 모습에 말문이 막혔다. 그녀는 커다란 배를 깔고 엎드려 있었다. 마치 공 모양 쿠션에 몸을 내맡긴 듯한 자세였다.

그녀가 아사미와 히카리를 봤다.

"그 애가 신입?"

"응. 히카리라고 해. ──고노미, 배에 좋지 않아. 제대로 앉아야지."

"엥, 불편한데에."

고노미가 어리광을 부리듯 말하더니 그제야 몸을 일으켰다. 원래 성격이 그런지 아니면 히카리를 일부러 당황하게 하려는 건지 알 수 없었다. 히카리를 보고 싱글싱글 웃으며 "잘 부탁해" 하고 말했다.

아까 마주친 여자보다는 나이가 많아 보였다.

예쁜 사람이다, 하는 것이 첫인상이었다. 갈색 머리는 파마를 해서 묶었는데도 느슨하게 말려 있었다. 갸름한 뺨과 작고 둥근 이마는 선이 부드럽고 고왔다. 코도 오뚝했다. 평소에는 화장을 하는지 눈썹이 다듬어져서 거의 없었다. 화려한 여자라는 생각이 들었다. 주변에 이런 사람이 별로 없던 히카리는 당황하고 말았다.

히카리가 중학생이라는 것은 이미 아사미를 통해 들었는지 딱히 놀란 기색은 없었다.

"잘 부탁해, 히카리."

붙임성 있게 성 대신 이름을 부르며 인사했다. 몸을 일으키니 그녀의 배는 히카리보다 훨씬 크고 터질 것 같았다.

기숙사에서 끼니는 스스로 만들어 먹는 것이 규칙이었다.

청소도 빨래도 직접 해야 했다. 여기에 드는 식비와 관리비는 나중에 아기를 데려갈 양부모에게 청구된다고 했다.

"히카리, 요리 잘해?"

고노미의 질문에 히카리는 고개를 저었다. 부끄럽게도 언니도 히카리도 요리는 거의 엄마한테 맡기고 채소 껍질을 벗기거나 설거지를 돕는 정도밖에 해 본 적이 없다. 고노미가 웃으며 말했다.

"네 또래가 다 그렇지 뭐."

고노미도 요리를 잘한다고는 할 수 없었다. 그래도 히카리에게 "여기 소금 좀 뿌려" 하고 잔심부름을 시키면서 그럭저럭 흉내는 냈다. 볶음밥이나 채소볶음, 때로는 회과육(삶은 돼지고기를 채소와 함께 볶은 요리) 같은 중국요리까지. 대부분 볶음 요리였지만 먼저 부엌 앞에 서서 히카리에게 다양한 음식을 만들어 주었다.

고노미의 나이는 스물셋이었다.

원래는 도쿄의 윤락업소에서 일했다고 한다. 아기에 대해서는 히카리가 온 날 바로 알려 주었다.

"가게 손님 아이야. 넌 윤락업소 종류 같은 건 모르지?"

"……응."

"그럼 됐어. 내가 있던 곳은 손님들이 꽤 수위 높은 요구도 하는 가게였거든. 거절하면 지명이 떨어지니까 응해 주다 보니 생겼지 뭐야. 그래서 애 아빠가 누군지도 몰라."

충격적인 말을 듣고 히카리는 할 말을 잃었다.

고노미가 덧붙였다.

"최악이지? 그런 손님을 상대할 필요 없는 생활을 하고 싶었 거든. 그래서 죽기 살기로 일했는데 손님의 아이가 생겨 버렸으 니 어이가 없지. 열받아 죽겠는데, 누구 아이인지도 모르니 화 풀이 할 곳도 없더라고."

지금 이 기숙사에 임신부는 열다섯 명. 그중에는 고노미처럼 윤락업소에서 일하다 임신한 여자가 또 있다고 했다.

뜻밖에 고노미는 출산하고 나면 다시 같은 가게로 돌아갈 거 라고 했다.

"그래서 진통이 빨리 좀 왔으면 좋겠어. 내 몸에서 냉큼 나가 줘야 할 텐데. 가게에서도 빨리 오라고 난리야."

시원시원하게 하는 말을 듣고 히카리는 기가 죽었다.

자신이 올 곳이 못되는 곳에 왔다는 생각이 들어 기숙사에 온 첫날 히카리는 잠도 못자고 옆에서 자는 고노미가 깨지 않 도록 조심조심 울었다.

눈물이 멈추질 않아서 집과 다쿠미를 떠올렸다.

이제 태동도 느끼게 되었다. 아기가 움직이는 게 느껴지면 매달리듯 그 움직임을 따라 손을 얹었다.

고노미와 달리 히카리는 아기가 배 속에서 나왔으면 좋겠다는 생각은 하지 않았다. 히카리가 여기서 의지할 만한 존재는 자신의 아기뿐이라는 생각마저 들었다.

기숙사에 온 다음 날부터 히카리는 배 속 아기에게 편지를 썼다.

기숙사의 생활은 아기를 낳는 것에만 전념하면 된다고 들었다. 베이비 배턴과 제휴하는 근처 산부인과에 검진을 다니는 것 외에는 산책을 하거나 각자 자유롭게 지내라고 했다.

앳된 중학생 임신부의 모습이 남들 눈에 어떻게 비칠까 두려워 히카리는 자주 산책을 나가기가 부담스러웠다.

베이비 배턴의 활동은 TV나 신문에서 보도되는 모양인지 어느 날 임신부들의 얼굴에 모자이크 처리를 하는 조건으로 취재 카메라가 들어오기도 했다.

히카리와 같은 방인 고노미는 부탁을 받아서 개별적으로 취재에 응했다. 그런데 아사미는 히카리가 아무리 모자이크 처리가 된 상태라 해도 절대로 카메라에 담기지 않도록 하기 위해 그들이 와 있는 동안에는 방을 옮겨 주었다.

아사미의 말에 따르면 베이비 배턴의 협력으로 출산하는 중학생이나 고등학생 임신부가 이곳에 오기도 하지만, 자기 집에서 지내며 출산할 때까지 거의 외출도 못하고 숨어서 지내는 경우도 많다고 했다.

그에 비하면 집과 떨어진 환경에서 조금은 자유롭기도 한 히카리는 혜택 받은 축에 속하는지도 몰랐다.

숨겨 주고 감싸 주는 것에 감사하지만, 그래도 문득 견딜 수 없는 충동에 휩싸이곤 했다.

아기에게 쓰는 편지에는 이따금 누구에게 쓰고 있는지 모를 자신의 본심이 섞이기도 했다.

『숨기지 마.』

『여기 있는데.』

『없었던 일로 하지 마.』

어제 썼던 편지를 다음 날 다시 읽어 보면 왜 그런 말을 썼는지, 무슨 마음으로 썼는지 알지 못할 때가 있었다. 막상 자신이 취재에 응하거나 사람들 눈에 띄어도 되는가 하면 결코 그렇지는 않았다.

하지만 모순을 무릅쓰고 울면서 생각한 대로 써 버렸다.

『아가야, 너랑 같이 살고 싶어.』

히카리의 출산 예정일은 5월 10일이었다.

그리고 히카리의 생일은 5월 14일.

며칠만 늦어지면 아기와 나는 생일이 똑같아진다. 그렇게 생각하니 운명처럼 느껴졌다. 신기한 일이 다 있네, 하고 생각했다. 운명의 아이인 만큼 영원히 인연이 끊어지지 않고 함께 있을 수 있을 것만 같았다. 생일이 같은 날이 되기를 기도했다.

그 무렵에는 태동도 확실히 느껴졌다.

히카리의 배를 차는 것이 아기의 팔꿈치나 무릎뼈라는 걸 알 정도로 아기가 힘차게 찼다.

"히카리는 대단하네."

어느 날 히카리가 열심히 편지 쓰는 모습을 보고 히카리보다 나이도 훨씬 많고 인생 경험도 풍부한 고노미가 말했다.

비아냥대는 말이 아닌 것 같았다. 고노미는 매우 신기하고 투명하고 촉촉한 눈을 하고 있었다.

"매일 편지에 뭐라고 쓰는 거야?"

"이것저것. ……미안하다는 말도 쓰고."

내용은 그날그날 다른데 자신만이 아는 독선적인 것도 많다. 객관적으로 봐도 알 수 있었다.

다쿠미에 대해서는 일단 고노미에게는 설명해 두었다. 정말 좋아하는 남자친구의 아이라고만 알렸다. 그 말에 고노미가 비웃을 줄 알았는데 의외로 "흐음" 하고 반응했을 뿐이었다.

그것은 또 그것대로 싱거운 반응이었기 때문에 불만이 없는 것은 아니었지만 적어도 비웃음을 당하지는 않았다.

히카리의 부모님은 이틀에 한 번 아사미에게 전화를 걸었다. 히카리도 그때마다 전화를 받았다.

하지만 고노미는 휴대폰으로 문자하는 모습은 자주 보였지만, 누군가로부터 전화가 걸려 오는 모습은 보이지 않았다. 임신 소식은 그녀의 부모님도 모른다고 했다.

출산하면 히카리는 돌아가자마자 기말고사를 봐야 한다. 그 때문에 부모님은 전화로 공부하라는 잔소리를 했다. 고등학교 입시도 준비해야 한다는 말은 집에 있었을 때와 조금도 느슨해지지 않은 상태로 히카리를 압박했다.

고노미는 공부하는 히카리 옆에서 스마트폰으로 게임만 했다. 머리가 텅 비어서 집중이 잘 된다고 했다.

고노미가 만든 짜고 후추 맛이 강한 채소볶음이 히카리의 입맛에 맞기 시작했다. 열 살 가까이 나이 차이가 나는 고노미는 아사미의 말대로 밝은 사람이라 히카리가 반말을 해도 화내지 않았다. 만들어 준 요리에 "우웩!", "매워!" 하고 과한 반응을 보이고는 둘이서 깔깔거리며 웃는 날이 많아졌다.

진한 맛의 채소볶음을 듬뿍 얹은 밥에, 개운한 걸 곁들여 먹고 싶었던 히카리는 집에서 엄마가 하던 대로 두부를 사 왔다. 차가운 날두부에 튜브 생강을 짜고 가다랑어 포와 간장을 뿌려서 날두부 요리를 간단히 만들었다. 히카리가 먹고 싶어서 만든, 요리라고도 할 수 없는 그것을 한 입 먹더니 고노미는 "뭐야, 이거, 너무 맛있잖아!" 하고 칭찬을 했다.

"두부 먹을 때 원래 생강도 곁들이는 거였어? 진짜 맛있다."

"당연하지. 그것도 몰라?"

"우와, 왜 나는 몰랐지?"

고노미의 부모님은 이혼했다. 어머니는 고노미가 초등학생일 때 재혼했다. 어머니와 의붓아버지 사이에서 여동생을 낳자 고노미는 눈치가 보여서 중학교에 들어갔을 무렵부터 집에서는 밥을 거의 먹지 않게 되었다고 한다. 동아리 활동을 하느라 하교 시간이 늦어진다는 이유로 편의점에 들를 돈만 꼬박꼬박 받았다.

히카리는 이 언니가 자기 나이 또래에 그런 일을 겪었다고 생각하니 어쩐지 신기했다. 부모님이 못 견디게 성가신 히카리에게는 부러운 이야기였다. 집에서 밥을 먹지 않아도 된다니. 그리고 히카리는 편의점 빵도 삼각김밥도 아주 좋아했다.

솔직한 생각을 말하자 고노미도 "그렇지?" 하고 웃었다.

"집에 가기 싫었던 건 나도 마찬가지야" 하고 덧붙였다. 그러고는 한숨을 푹 쉬었다.

"그런데 그다음에는 지금 생각하면 더 싫은 일밖에 없었어. 윤락업소 일은 낮밤이 완전히 바뀌잖아. ──요즘 좀 신기해. 너랑 같이 오전에 일어나서 빨래하고 내 손으로 요리도 하고. 정말 신기하다니까."

고노미의 배는 날이 갈수록 불룩해졌다. 출산일이 코앞이었다. 히카리와 고노미는 자주 산책하게 되었다.

혼자가 아니라 누군가와 함께라면 배가 남산만 해도 두렵지 않았다. 길을 걷는 사람들은 히카리를 별로 쳐다보지도 않았다.

기숙사 앞의 높직한 언덕 옆에 쪽빛 바다가 펼쳐져 있어서였을지도 몰랐다. 쪽빛 바다에 시선을 빼앗긴 탓에 옆을 걷는 히카리와 고노미에게 아무도 눈길을 주지 않았다. 그만큼 햇빛에 반짝이는 바다는 압도적인 존재감을 내뿜었다.

히카리가 기숙사에서 지낸 것은 출산 전의 두 달쯤이었다.

배가 눈에 띄면 문제가 있다는 이유로 일찌감치 이곳에 들어온 히카리와 달리 많은 여자들은 막달이 되어서야 빠듯하게 들어왔다.

기숙사에 있는 기간은 한 달 정도.

그런 가운데 히카리가 처음 이곳에 온 날 마주친 마호의 생일이 다가왔다.

"마호의 생일 파티 할 거니까 다들 집합."

아사미의 지시와 함께 그때 들어와 있던 임신부 대부분이 마호가 지내는 방으로 모였다. 준비된 홀 케이크 위에는 '생일 축하해'라고 쓰인 플레이트가 장식되어 있어서 히카리는 초등학교 때 자신의 생일 파티를 떠올렸다.

선글라스를 벗은 마호의 오른쪽 눈에는 멍 자국이 있었다.

최근에 든 것은 아닌데도, 오래전에 든 멍이 자국이 되어 없어지지 않는다고 했다.

멋스러운 마호는 무서운 사람일지도 모른다고 생각했지만, 기숙사 생활에도 제법 익숙해진 히카리는 큰마음 먹고 그녀에게 말을 걸었다.

"생일, 같은 날이 되었으면 좋았을걸."

마호가 어리둥절한 얼굴로 히카리를 봤다.

민소매를 입어 볕에 그을린 어깨가 드러나 있었는데, 어깨 부분에 짓무른 자국이 있었다. 피부가 약한 걸지도 모른다.

"아기 말이야" 하고 히카리가 덧붙였다.

막달인 마호의 배는 언제 진통이 와도 이상하지 않을 상태였다. 마호는 처음에 히카리의 말이 무슨 뜻인지 몰랐는지 그제야 "아" 소리를 내고 자신의 배에 시선을 떨어뜨렸다.

그러고 나서 히카리에게 "응" 하고 끄덕였다.

마호가 어떤 경위로 이곳에 왔는지 히카리는 알지 못한다. 고노미와 마찬가지로 윤락업소에서 일했다는 것까지는 들었지만 아기 아빠에 대해서는 모른다.

"나 이런 케이크 처음이야."

마호가 말했다.

마호는 열아홉 살.

길쭉한 초 한 자루를 중심으로 짧은 초가 아홉 자루 꽂힌 케이크를 바라봤다. 오렌지색 불꽃이 흔들리고 있었다.

마호가 웃었다.

"굉장해. 나 누구한테 축하받는 거 처음이거든. 이런 케이크가 세상에 진짜로 있네. 도시 전설이 아니었다니, 나 지금 감동했어."

호들갑이 아니라 진심에서 우러나온 말인 듯했다. 마호가 눈물을 글썽이더니 한참이 지나도 촛불을 끄지 않았다. 그 탓에 촛농이 케이크 크림에 똑똑 떨어졌다.

"꺼, 빨리빨리."

아사미가 재촉했다.

"다 같이 노래하자."

생일 축하 노래에 마호의 이름을 넣어서 다 같이 불렀다.

그 노래를 들으면서 마호는 여전히 고개를 들지 않았다.

축하받은 적이 없고 홀 케이크를 본 적도 없는 마호는 어떤 집에서 자랐을까, 하고 히카리는 생각했다.

자신의 아기도——하고 생각했다.

자신의 아기도, 마호의 아기도.

이곳에 있는 아기들은 모두 생일을 축하해 주는 집에 갔으면 좋겠다고 기도했다.

(6)

같은 방이었던 고노미는 히카리가 온 지 한 달도 되지 않아 입원하고 그리고 기숙사를 나갔다.

출산을 위한 입원은 닷새 동안으로, 그 후 수술 경과가 순조

로우면 퇴원해서 곧바로 아기를 양자 결연하는 절차를 밟고 이곳을 나간다.

그것을 들은 히카리는 검진을 받고 돌아오는 길에 출산한 고노미의 병문안을 갔다. 그러면 안 된다고 들었지만 히카리는 고노미의 아기가 너무나 보고 싶었다.

같은 시기에 출산한 다른 엄마들은 아기를 자신의 병실까지 데려올 수 있지만, 고노미의 경우는 그렇지 않았다. 신생아실에서 자고 있는 아기를 먼발치에서 바라볼 뿐. 특별 양자 결연을 하는 아기를 안을 수 있는 것은 베이비 배턴에서는 헤어지는 마지막 날에 단 한 번으로 정해졌기 때문이다.

고노미는 분홍색 가운을 입고 있었다. 출산이라는 거사를 치러 피곤한데도 홀가분한 표정을 짓고 있었다.

"히카리, 와 줘서 고마워."

두 사람은 신생아실에 있는 아기를 유리 너머로 보러 갔다.

"낳을 때 아팠어?"

"아프지. 그럼. 아마 히카리, 넌 못 참을걸. 큰일 났다."

고노미가 놀리면서 말했다.

고노미의 아기는 믿기지 않을 만큼 작고 귀여웠다. 저렇게 작은데 스스로 숨을 쉬고 있다니, 하고 생각하기만 해도 가슴이 벅찼다.

조산사가 고노미의 아기를 안고 젖병으로 분유를 먹이고 있었다.

"가슴 부풀었어? 젖도 나와?"

"아직. 그래서 괜찮은데 도쿄에 가서 나오면 나 너무 슬플 것 같아."

고노미가 어렴풋이 웃었다.

"아기가 엄마랑 닮았어."

"어? 정말? 어쩜 좋아, 미인 되겠네."

고노미는 웃는 얼굴로 딸을 바라봤다.

그 후 기숙사로 돌아온 고노미는 전에 없이 완벽하게 화장을 하고 옷도 외출복으로 갈아입었다. 친권을 포기하는 서류에 사인하고 마지막으로 아기를 안기 위해 다른 방으로 갔다. 고노미의 아기를 입양하는 사람은 오사카에 사는 부부라고 들었다.

고노미를 배웅하기 위해 히카리는 밖에 나왔다. 기숙사 앞에서 아기와 헤어진 뒤의 고노미의 눈이 새빨갛게 충혈되어 있었다. 히카리를 보고도 얼굴을 매만지지 않은 채 가만히 있었다.

"이제 갈게."

고노미가 말했다.

아사미와 히카리를 향해 "다시는 여기 오지 않는 삶을 살 거야" 하고 알렸다.

내친 김에 한마디 보탰다.

"취직해서 열심히 살게."

그것이 원래 하던 일로 돌아가지 않겠다는 것인지 어떤지는 알 수 없었다. 아사미의 말에 따르면 고노미는 마지막에 아기에게 "언젠가 만날 수 있도록 노력할게"라고 말했다고 한다.

"만나지 못하더라도 당당하게 만날 수 있도록 하고 싶거든" 하고 아기에게 안겼다. 자신이 안은 것이 아니라 아기에게 안기는 듯한 포옹이었다고 한다.

그 말은 히카리가 아기에게 쓰는 편지의 글과 비슷하다는 생각이 들었다. 만나지 못하더라도 당당하게 만날 수 있도록 한다는 것은 모순되어 있지만, 양쪽 다 분명히 진심이다.

고노미가 떠난 다음 주도, 그다음 주도──결국 히카리가 출산할 때까지 그 방에 새 임신부는 들어오지 않았다. 다른 임신부에게 방을 옮겨 달라고 하면 어떻겠느냐고 아사미가 물었지만 히카리는 괜찮다고 했다.

고노미가 가르쳐 준 볶음밥과 채소볶음을 직접 만들면서 느긋하게 아기가 오기를 기다렸다. 병원에서 히카리 또래의 산모가 출산할 경우 자연분만과 제왕절개 중 어느 것이 나은지 다 같이 상의한 끝에 자연분만을 하기로 했다.

예정일인 5월 10일과 히카리의 열다섯 살 생일인 14일은 가깝다. 히카리는 여전히 같은 날에 태어나길 바랐다. 마치 신에게 소원을 비는 것처럼. 그래서 같은 날 태어나면 온갖 일들이 잘 해결될 것 같았다.

마호를 비롯해 친해진 기숙사 멤버들은 혼자 있는 히카리를 걱정하여 반찬을 나누어 주거나 밥때가 되면 불러서 함께 밥을 먹었다. 채소볶음이나 카레뿐만 아니라 조림과 절임 반찬까지 차려진 식탁을 보고, 역시 고노미는 음식 솜씨가 없는 사람이었을지도 모른다고 생각했다. 하지만 그리웠다.

입원이 다가온 어느 날 검진하고 돌아가는 길이었다. 바다 위에 떠오른 태양을 구름이 가리고 있었는데, 놀라울 만큼 강한 햇빛이 비쳐, 태양과 구름이 빛과 그림자로 선명하게 나뉘어 있었다.

"이제 얼마 안 남았어. 힘내자."

배에 손을 얹고 말을 걸었다. 기숙사까지 걸어가던 히카리는 하늘을 보고 걸음을 멈췄다.

아름다웠다.

마치 포스터 같은 완벽한 광경이었다. 떠다니는 구름 너머로 빛을 발하는 태양이 있다는 것이 온몸으로 느껴졌다. 빛이 비칠 뿐만 아니라 가리는 것이 있기 때문에 그 존재가 더욱 강하게 느껴졌다.

"아름답구나, 꼬맹아."

무심결에 그렇게 말하고 있었다.

꼬맹이는 편지에 쓴 아기의 이름이었다. 이름을 짓지 못한 채 헤어질 아기에게 요즘 몰래 지어 준 이름이었다.

이제껏 한 번도 입에 담지 않았으며 앞으로도 그럴 줄 알았다. 그런데 이름이 절로 튀어 나왔다.

한 번 입 밖에 나왔더니 계속 부르고 싶었다.

"꼬맹아, 정말 아름답구나."

구나, 라니 어른 여자가 쓰는 말씨는 처음이었다. 해 보니 어쩐지 '어머니' 같았다. '엄마' 같았다.

히카리는 입술을 깨물었다.

입원 날이 코앞이었다. 도망쳐 버릴까.

아이와 함께 도망치면 어떻게 될까.

눈물이 나왔다. 그것을 닦는 대신 다짐했다.

기억하자고.

도망칠 일도, 키울 일도, 아이의 생일을 축하할 일도 없는 대신 똑똑히 기억하자. 아이와 오늘 눈부시게 아름다운 하늘을 봤다는 것을.

둘이자 하나인 우리가 함께 봤던 하늘을, 아무에게도 방해받지 않은 이 시간을.

그날 결심한 덕분인지 실제로 아이를 낳은 날부터 헤어지는 날은 상상했던 것보다는 괴롭지 않았다.

출산한 날에는 부모님과 언니가 도치기에서 히로시마까지 찾아왔다.

20시간에 이르는 진통 끝에 태어난 아이는 믿기지 않을 만큼 사랑스러웠다. 예정일대로 5월 10일생. 히카리와 똑같은 생일은 되지 못했다.

남자아이였다.

자신을 닮았는지 다쿠미를 닮았는지 분간이 가지 않았다. 그래도 코 모양이 다쿠미를 닮은 것 같기도 하다. 쌍꺼풀이 진 눈은 자신과 닮은 것 같았다.

아기를 낳자마자 응애 하고 울 줄 알았는데 히카리의 아기는 그렇지 않았다. 머리가 나오고 몸을 잡아당겼는데도 조용해서 "괜찮아요? 아기는 괜찮은 건가요?" 하고 몽롱한 의식 속에서 되풀이했다. 장시간 계속된 진통 때문에 아픈지도 괴로운지도 모른 채 아기를 낳았다. 끝났다는 말을 들어도 실감이 나지 않았다. 온몸 구석구석 더 이상은 몸을 쥐어짜는 고통이 없다는 것을 뒤늦게 알아차렸다. 아아, 태어났구나.

아기의 울음소리는 조금 늦게 또렷이 들려왔다.

부모님과 언니는 한동안 만나지 않고 지내서인지 차분해 보였다.

부모님은 신생아실 유리 벽 너머로 아기를 보고도 귀엽다는 말은 하지 않았다. 그러면서도 "다른 아기들보다 크네" 하고 서로 맞장구를 치다니 이상한 노릇이었다.

부모님과 언니는 히로시마에 머물렀다. 히카리가 기숙사에서 나오기를 기다렸다가 같이 돌아간다는 것이었다.

히카리의 생일은 입원 기간과 겹쳐서 마호처럼 기숙사에서 축하를 받지도 못했다. 엄마가 "너도 생일이었지?" 하고 퉁명스럽게 물었을 뿐이다.

너도, 라고 말할 만큼 엄마 아빠의 눈에 이제야 아기의 존재가 보인 걸까. 배 속에 있었을 때는 마치 없는 존재처럼 대하더니 태어나서야 겨우 보이게 되었나 보다.

히카리가 아무런 대꾸도 하지 않자 엄마 아빠도 더 이상 생일 이야기를 꺼내지 않았다. 축하한다는 말 한마디 없었다.

히카리가 낳은 남자아기는 가나가와 현의 부부가 키울 거라고 한다. 히카리는 미성년이기 때문에 부모님과 같이 입양 서류를 작성했다. 몇 장에 걸친 서류를 꼼꼼히 살펴보며 사인하다가 친권 포기서라고 쓰인 곳에서 손이 멈췄다. 손을 멈춰도 아무 소용없다는 걸 알고 있었다. 이내 손에 힘을 주고 다른 서류에 했던 것처럼 사인을 했다.

히카리의 아이를 입양할 부부는 히로시마까지 아기를 데리러 온다고 했다. 아사미가 일러 주었다.

"정말 잘됐어. 좋은 분들이시거든. 보통은 아기가 태어나도 바로 데리러 오지 못하는 경우가 대부분인데 이번에는 오신다고 하시네."

퇴원하는 날 히카리는 기숙사에 돌아가지 않고 곧장 히로시마를 떠나게 되었다. 부모님이 히카리 대신 기숙사의 짐 정리를 마쳤기 때문이다.

그래서 아이와의 이별은 병원에서 하게 되었다.

히카리의 아이를 거두어 갈 부부는 벌써 병원 별실에 와 있다고 했다. 마지막으로 만나기 위해 아사미가 아기를 방으로 데려왔다. 유리 벽 없이 만난 아기의 모습에 가슴이 먹먹했다.

노란색 포대기에 감싸여 눈을 가늘게 뜬 아기는 말랑말랑하고 보드라워 보였다. 아사미가 침대에서 아기를 안아 올려 "안아 봐" 하고 히카리의 손에 건네주었다. 부드럽고 조그만 아기는 막상 안아 보니 묵직했다. 안으면 안을수록 그 무게를 견디지 못할 것 같은, 은근히 힘든 무게였다.

그런 히카리를 뒤에서 부모님과 언니가 물끄러미 바라봤다.

모두 아무 말도 하지 않았다.

사과할 생각이었다.

신생아실에서 다른 아기들은 엄마가 데려가서 젖을 먹이는데 이 아이는 그러지 못했다. 얼마나 외로웠을까, 그래서 사과할 생각이었다.

하지만 유리 벽 너머로 닷새 동안 끊임없이 사과했다. 품에 안은 지금, 하고 싶은 말은 달리 나오지 않았다.

"히카리, 이제 그만……."

시간이 얼마나 지났을까.

아사미가 히카리의 품에서 아기를 넘겨받았다. 아기를 건네자 그제야 팔이 뻐근해져서 시간이 꽤 흘렀다는 것을 깨달았다.

아사미가 아기를 데려갔다. 다른 방에는 아이를 입양할 부부가 기다리고 있었다.

마음은 여전히 복잡했다.

내 아이인데, 하고 생각했다.

내 아이를 데려가는 그들이 뻔뻔스럽다는 생각마저 들었다.

하지만 그 부부는 아이를 데리러 한달음에 달려왔다. 가나가와에서 히로시마까지. 그런 집이라면 해마다 홀 케이크를 준비해서 아이의 생일을 잘 챙겨 줄 것이다.

"아빠, 엄마."

아이가 방에서 없어진 뒤 비로소 히카리가 말문을 열었다.

"아사미 씨한테 부탁이 하나 있어……."

아이를 입양할 부부와 만나고 싶다고, 아사미에게 전했다.

"저쪽 부부가 원하지 않을 수도 있습니다."

그래도 상관없으니 부디 의견을 물어봐 달라고 부탁했다.

부모님과 언니가 묵고 있던 호텔 라운지에서 히카리네 가족은 식사를 하면서 그들을 기다렸다.

병원과 히카리가 살던 기숙사 근처에 있는 호텔은 예상대로 바닷가에 있었다. 커다란 창이 나 있는 자리에서는 깊고 푸른빛의 바다가 보였다.

올지 안 올지 몰랐던 부부는 히카리의 바람에 응답하듯 만나러 와 주었다. 히카리의 아이를 단단히 그 품에 안고 두 사람이 아사미를 따라왔다. 만나고 나서 우선 그 사람들의 연령이 자신보다 상당히 높다는 사실에 놀랐다.

아이를 입양해서 키울 정도의 사람들이니 당연하겠지만 히카리의 부모님과 비슷한 연령으로 보였다. 이제껏 기숙사에서도 이십 대의 다른 임신부들밖에 보지 못했던 히카리에게는 충격이 컸다.

하지만 훌륭해 보이는 사람들이었다. 화려하지는 않아도 성실해 보이고 어머니 쪽도 상냥해 보였다.

그 엄마의 품속에 히카리의 아이는 잠들어 있었다. 오물오물 입가를 움직이지만 잠에서 깰 기미는 없었다.

이게 무슨 일일까 싶었다.

아이는 분명히 히카리가 낳았는데도, 저렇게 품에 안겨 있는 걸 보니 벌써 저 두 사람이 영락없이 이 아이의 아빠 엄마로 보였다.

부부가 아기를 아사미에게 맡기더니 둘이 나란히 서서 자신에게 머리를 숙였다.

"고맙, 습니다."

어른에게 정중하게 인사 받은 것은 처음이었다. 흠칫 놀라 몸을 뒤로 빼는 히카리에게 부부 중——아버지 쪽이 말했다.

"이 아이를 낳아 줘서 고맙습니다. 앞으로 책임지고 잘 키우겠습니다."

히카리는 바로 대답할 수가 없었다. 부부를 보려 해도 눈이 멋대로 아기를 좇았다. 아사미의 품으로 자꾸만 눈길이 갔다.

그 마음을 딱 끊고 두 사람을 향해 작게 머리를 숙였다.

감사의 말을 해야 하는 사람은 오히려 자신이었다.

"고맙, 습니다."

목구멍이 떨렸다.

마음을 단단히 먹고 부부의 어머니 쪽으로 손을 뻗었다. 그 손을 잡았다. 건조하고 만질만질한 손은 우리 엄마 손과 비슷했다. 이것은 엄마의 손이다.

그 손을 힘껏 붙들지 않으면 도저히 말하지 못할 것 같았다.

"죄송합니다. 고맙습니다. 이 아이를 잘 부탁합니다."

하고 싶은 말이 더 많았는데 이것밖에 나오지 않았다. 실은 들어 주길 바랐다. 아이와 히카리 자신이 어떻게 여기까지 오게 되었는지.

눈에서 굵은 눈물방울이 뚝뚝 떨어졌다.

"죄송합니다. 고맙습니다. 아기를 잘 부탁합니다."

히카리의 소망에 응답하듯 부부는 같은 말을 반복할 뿐인 히카리를 묵묵히 지켜봐 주었다. 히카리 말이 끊어질 때까지 기다려 주었다.

이윽고 아버지 쪽이 힘차게 말했다.

"이름은 아사토라고 짓겠습니다."

이날 건넨 편지는 원래는 아사미에게 맡길 작정이었다.

따라서 편지를 건네주고 싶어서 두 사람을 부른 것은 아니었다. 만나고 싶었던 건 사실 부부가 아니라 두 사람이 데려올지도 모를 아이였다.

병실에서 마지막으로 품에 안아 보고 헤어진 그 아이의 얼굴을 좀 더 자세히 볼걸 그랬다고, 아사미가 나간 순간 후회가 밀려들었다.

손을 놓은 순간 이제 두 번 다시 기억해 내지 못할 것만 같아서 한 번만 더 만나게 해 달라고 부탁했다. 아기를 한 번 더 보면 부모님도 다시 생각해 주지 않을까, 하고 내심 기대했다.

저렇게 사랑스러운 아기를 어떻게 떠나보낼 수 있을까.

데리고 돌아가자, 이 아이는 우리 아이야, 하고 말해 주길 기대했다.

하지만 아사토라는 이름이 생긴 그 아이는 호텔 라운지를 떠나 그 부부와 함께 갔다.

알고 있었다. 이렇게 되는 것이 가장 좋다고, 부모님과 함께 히카리 스스로 정한 것이다. 이제 더 이상── 적어도 지금 이 순간 히카리에게 후회는 없었다.

호텔 라운지 밖에는 아름다운 바다가 펼쳐져 있었다. 배 속에서 나온 그 아이를 이 바다 옆에 한 번은 세웠다.

여기 히로시마의 하늘을 함께 다시 볼 수 있을 것이다.

(7)

도치기의 집으로 간 히카리에게 일상이 돌아왔다.

——돌아온 것 같았다.

같았다, 라는 건 히카리가 그 일상을 전혀 받아들이지 못했기 때문이다. 히로시마에 가기 전에 거기에 놓아둔 생활. 도치기에서의 현실. 일상.

그것은 틀림없이 히카리의 것이었는데도 더 이상 '돌아오기' 위한 일상이 아니었다.

아기만 태어나면 원래대로 돌아간다.

아무 일도 없었던 것처럼 된다.

——히로시마에 가지 않겠다는 자신을 설득하기 위해 그렇게 말한 엄마와 아빠. 그들의 말은 이루어지지 않았다.

히카리는 이미 오래전에 '원래'라는 것을 잃어버렸다.

"히카리, 오랜만에 집에 오니 좋지?"

집에 도착해 엄마가 짐을 현관에 내려놓으면서 말했다. 온 식구가 비웠던 집의 공기는 썰렁해서 어쩐지 낯설었다.

"응."

"학교엔 다음 달부터 가는 걸로 연락했어. 이번 달은 집에서 푹 쉬렴."

출산 후에도 몸 여기저기가 아팠다. 걸으면 골반이 시큰거리고, 아기가 없는데도 배는 여전히 볼록했다. 출산했다고 해서 배가 쑥 꺼지는 게 아니었다. 히로시마의 의사는 서서히 회복될 테니 너무 염려 말라고 했다.

학교라는 말이 마치 별세계처럼 들렸다.

집을 나온 것이 불과 두 달 전이었다니 믿기지가 않았다. 그 전에는 매일 학교에 다녔다니 실감이 거의 나지 않았다. 마치 그런 생활을 한 사람이 자신이 아닌 것 같았다.

히카리가 대답하지 않았다는 걸 알아차렸는지 조금 늦게 현관에 들어온 아빠가 "히카리 짱, 무리할 필요 없단다" 하고 말을 걸어 왔다.

"다음 달부터 다닐 필요 없이, 아예 이번 학기를 통째로 쉬어도 아빠는 상관없다고 생각한다. 무리할 거 뭐 있어?"

"아아, 여보, 쓸데없는 소리 좀 그만해."

엄마가 발끈해서 소리쳤다. 말투에서 짜증이 느껴졌다.

"이제 5월인데 학기를 통째로 쉬다니 무슨 말도 안 되는 소리를……. 그럼 이번엔 유급될 게 뻔하잖아. 쉬엄쉬엄해도 좋으니 이런 건 일찌감치 복귀하는 게 낫다고. 다행히 아직 5월이니 부지런히 준비해서 올해 입시를 치러야지."

그 말에 아빠가 입을 꾹 다물었다. 그런 두 사람과 아무 대답도 없는 히카리를 당황한 언니가 걱정스러운 눈길로 보고 있었다.

히카리는 잠자코 방으로 들어갔다.

2층에 가려고 계단을 오르는데 엄마가 "아, 히카리" 하고 불러 세웠다. 사과하려는 건가 싶어 돌아보니 미간을 찌푸린 엄마가 "폐렴이니 그렇게 알아" 하고 말했다.

"봄방학부터 폐렴이 악화돼서 입원했다고 하면 돼. 동네 사람이든 누구든 물어보면 그렇게 대답해."

괜히 돌아봤다. 말없이 엄마한테서 고개를 돌렸더니 이번에는 못을 박듯이 "알아들었지!" 하고 고함쳤다.

"대답해. 알아들었지? 히카리, 엄마 말에 대답해."

히카리는 대꾸하지 않았다. 말없이 방으로 들어가는 히카리의 귀에 "히카리!" 하고 앙칼진 목소리가 날아들었다.

정색한 엄마가 방으로 쫓아왔다. 자물쇠 없는 방문을 막무가내로 열어 히카리의 머리를 냅다 갈겼다.

"엄마 아빠가 어떤 심정이었는지 알기나 해!"

그 말에도 히카리는 대답할 수가 없었다. 대꾸 없는 히카리를 엄마가 매섭게 노려보았다.

이 사람은──하고 생각했다.

이 사람은 히카리를 위해 뭔가를 말하고 있는 게 아니다.

그저 마음을 가라앉히기 위해 딸을 인정하게 만들려는 것이다. 자신이 바라는 원래 상태가 되었는지를 인정하게 해서 확인하고 싶은 것이다.

다음 달부터 학교에 나간 것은 히카리의 의지였는지 막상 질문을 받으면 잘 대답할 수가 없다.

그것은 '모처럼'이라고도 할 만한 기분이었던 것 같다.

모처럼 출산도 하고 아이도 보내서 '원래대로 돌아갈 수 있는' 상황이 되었는데도 그렇게 하지 않으면 아까우니까. 일부러 그렇게 했음에도 돌아가지 않으면 손해니까.

히카리는 중학생이고 미성년이며 의무교육을 받고 있는 몸이라 학교로 돌아가는 것 말고는 달리 살아갈 방법이 없다고도 생각했다.

그래도 첫날은 긴장했다. 전날 밤부터 혹시 다들 알고 있을까 봐, 소문이 돌아서 히카리를 이상한 눈으로 쳐다보거나 지나치게 배려할까 봐 두려웠다. 하지만 교실로 돌아가니 반 아이들은 정말 히카리의 임신 사실을 까맣게 모르는 것 같았다.

가장 친했던 친구에게조차 히카리는 알리지 않았다.

"폐렴이 악화되면 진짜 큰일이라던데. 우리 엄마도 걱정했어."

오랜만에 등교한 히카리를 걱정하는 친구에게 하마터면 무슨일이 있었는지 몽땅 털어놓을 뻔했다. "응" 하고 끄덕이면서도 아무것도 모르는 친구들이 신경에 거슬렸다.

그것은 전부터 언니에게 느꼈던 감정과 비슷했다.

언니는 사립여고에 다녀서 남학생에 관한 건 잘 모른다. 그런 언니를 보고 아무것도 모르는 주제에, 하고 무시하던 감정을 히카리는 지금 반 친구들에게도 느끼게 되었다.

오랫동안 학교를 쉬었다는 특별함과 위화감, 어색함과 신기함은 고작 일주일 후 싱거울 정도로 금방 사라졌다.

히카리의 눈은 학교 안에서 다쿠미의 모습만을 찾고 있었다.

모든 것을 알고 있는 사람은 다쿠미뿐이다. 어쩌면 다쿠미는 자기 친구에게 히카리가 무슨 일을 겪었는지 이야기했을지도 모른다. 그래서 그의 동아리인 농구부원들에게 수상한 낌새는 없는지 마치 뭔가를 기대하듯 촉각을 곤두세웠다.

엄마는 다쿠미에 대해 아무 말도 하지 않았다. 사귀지 말라고도 말을 섞지 말라고도 하지 않았다. 허락한 게 아니라 그 이야기를 꺼내는 것 자체가 불편해서 그러는 것 같았다.

히카리가 임신과 출산을 경험했는데도 집에서는 또다시 남학생 이야기를 금기시하는 분위기가, 히카리가 혐오하던 분위기가 되살아났다. 도저히 이해할 수 없는 그 반듯하고 결벽한 집으로 되돌아간 것이었다.

학교로 돌아올 때 히카리가 가장 두려웠던 것은 다쿠미가 이미 학교에서 없어져 버린 상황이었다.

히카리를 신경 쓰거나 혹은 소문이 돌까 두려워한 그의 부모님이 다쿠미를 전학시켰을지도 모른다는 불안감으로, 히로시마에 있는 동안 가슴이 미어질 듯 괴로웠다.

하지만 다쿠미는 전학 가지 않고 변함없이 학교에 다니고 있었다.

히카리가 돌아왔는데도 교실을 찾아오지는 않았다. 친구가 "학교 오래 쉬었잖아, 다쿠미랑은 아직 사귀는 중이야?" 하고 물었지만 뭐라고 대답해야 할지 몰랐다. 여전히 사귄다고 답할 수밖에 없었다.

반이 다른 다쿠미의 모습을 조회 시간에 발견하자 가슴이 아팠다.

휴대폰을 압수당한 지금 다쿠미와 이야기하려면 직접 말을 거는 수밖에 없다. 먼발치에서 본 다쿠미는 앞머리 모양과 교복 입는 스타일이 약간 바뀌었다. 그의 소지품이라면 모조리 알고 있는 줄 알았는데, 교복 재킷 속에 처음 보는 오렌지색 셔츠를 받쳐 입은 것을 보고 목구멍이 조이는 듯 고통스러웠다.

히로시마에서 보고 들은 것——우리 아이가 어땠는지 그 아이가 어디로 갔는지를 들어 주길 바랐다. 다쿠미는 들을 권리가 있었다.

상황이 이렇게 되어 히카리의 부모님과 다쿠미의 부모님은 험악한 관계로 치달았지만, 히카리는 이때도 장래에 다쿠미와 결혼하리라 믿어 의심치 않았다. 마음은 멀어지지 않았으며 오히려 이런 경험을 공유한 이상 다쿠미가 아닌 그 누구도 앞으로 인생에서 도저히 상상할 수 없다는 생각이 들었다.

히카리는 곧 결혼이 가능한 열여섯 살이 되더라도 동갑인 다쿠미가 열여덟 살이 되려면 2년을 더 기다려야 한다. 남자는 열여덟이 되어야 결혼이 가능하기 때문이다. 답답한 마음으로 세월이 빨리 흐르기를 바랐다.

결국 시간을 들여 서로의 부모님을 설득하거나 아니면 사랑의 도피를 하듯 이 마을에서 도망치는 수밖에 없을까. ——당장은 아니더라도 어른이 되면 아사토라는 이름의 우리 아이를 둘이서 만나러 가도 좋을 것이다. 그 무렵이면 결혼한 나와 다쿠미 사이에 아이가 또 생기겠지. 자, 형한테 인사해야지, 하고 만나게 해 주는 것이다…….

밤에 잠들기 전, 지루한 수업 시간, 등교하면서 자전거 페달을 밟을 때. 문득 망상하기만 해도 히카리의 눈에는 눈물이 맺혔다. 슬프다는 생각은 하지 않았는데 괜스레 눈물이 흘렀다.

그런 상상이 깨진 것은 학교로 돌아온 지 한 달쯤 지났을 무렵이었다.

다쿠미의 마음은 어떻게든 히카리와 대화하고 싶어 하지만 그럴 수 없는 거라 믿었다. 부모님과 선생님에게 주의를 받았을지도 모르지만 속으로는 누구보다 히카리를 걱정하고 있을 줄 알았다.

옛날에 다쿠미에게 고백을 받았을 때처럼 이번에는 히카리가 다쿠미를 체육관 뒤로 불러냈다. 농구부 여자 부원에게 부탁한 것이었다.

다쿠미가 너무 그리웠고, 꼭 껴안고 머리를 쓰다듬어 주길 바랐다. 열심히 했구나, 하고 칭찬해 주길 바랐다.

히카리, 너랑 이야기하고 싶어서 죽을 뻔했어, 하고 다정하게 속삭일 그를 애타게 기다렸다.

하지만 체육관 뒤로 나타난 다쿠미의 얼굴에는 히카리가 기대하던 표정은 찾아볼 수 없었다. 무표정한──조금도 특별할 것 없는 얼굴이었다. 히카리가 좋아한 단 한 명의 남자친구가 아닌, 반에서 흔히 볼 수 있는 보통 남자아이의 얼굴이었다.

"뭐야, 가타쿠라?"

다쿠미는 말했다. 왜 그랬는지는 모르지만 히카리의 이름이 아닌 '가타쿠라'라는 성으로 불렀다.

마치 더 이상 히카리는 다쿠미의 여자친구가 아니라는 듯.

뭐야, 라는 그 한마디에 히카리는 말로 표현할 수 없는 충격을 받았다. 뭐야, 라고 해서는 곤란하다. 오히려 다쿠미 쪽에서 히카리에게 하고 싶은 말이며 듣고 싶은 말이 한가득 있어야 하지 않은가.

경악스러워하며 그렇게 생각하는데 다쿠미의 태도가 뻔뻔할 정도로 당당해서 되레 히카리가 초조해졌다. 그만 횡설수설하고 말았다.

"그냥. 잘 지내나 궁금해서."

할 말은 따로 있는데 히카리의 입에서는 마음에도 없는 말이 튀어 나왔다.

그 말에 다쿠미가 희미하게 웃었다.

"싱겁기는."

오랜만에 가까이서 보는 다쿠미는 멀리서 봤을 때처럼 달라 보이지는 않았다. 그가 미소를 보인 것에 아무튼 안심이 되어서 "그러게" 하고 끄덕였다.

잘못한 것도 없는데 할 말을 제대로 할 수가 없었다. 오히려 다쿠미의 비위를 맞추려 하는 자신의 모습이 속상했다.

다쿠미가 마침내 히카리를 똑바로 봤다.

"다행이야, 가타쿠라. 건강해 보여서."

"실은 여러모로 힘들었어. ——우리 아기는."

"응."

히카리가 말을 끝까지 다 하기도 전에 다쿠미가 얼른 고개를 끄덕였다. 그러고는 덧붙였다.

"무사히 끝나서 다행이야."

그 무뚝뚝한 말투에 히카리는 말문이 막혔다. 말없이 다쿠미를 보니 그가 '어라?' 하는 표정으로 히카리를 봤다.

"멀리 있는 병원에 가서 태어나지 않고 끝나도록 했다고 들었거든. 미안해, 내가 결국 히카리한테 상처를 입혔어. 지켜 주지도 못하고."

눈을 깜빡이는 것도 잊었다.

휘둥그렇게 뜬 눈이 순식간에 건조해졌다. 히카리는 다쿠미를 조용히 쳐다봤다.

다쿠미가 계속했다.

"형이 그러는데 중절하면 여자가 몸은 더 힘들지 몰라도 그 대신 남자는 정신적인 고통이 엄청나대. 사실 나, 몇 번이나 나를 인간으로서 실격이라고 생각했어. 나 같은 건, 네 곁에 있을 자격도 없어."

엄청나게 좋아하지만, 하고 다쿠미가 덧붙이더니 고개를 돌렸다. 히카리는 그런 다쿠미의 옆얼굴을 바라봤다. 볼이 붉게 물들고 눈에 눈물이 맺혀 있었다.

"가타쿠라, 널 상처 입혀서 얼마나 괴로웠는지 몰라. 널 정말 좋아하지만……."

"……헤어지고 싶다는 말이야?"

히카리는 스스로도 놀랄 만큼 차갑게 말했다.

조금 전까지만 해도 가슴을 두근거리며 다쿠미를 기다렸다. 그런데 지금 이렇게 차갑게 말하다니 도저히 믿기지가 않았다.

다쿠미가 놀란 표정으로 히카리를 봤다. 히카리가 무표정에 눈물도 글썽이지 않은 것을 보고 다쿠미의 눈에서도 눈물이 쏙 들어간 모양이었다. 이내 서둘러 덧붙였다.

"헤어지고 싶다기보다는, 내가 무슨 자격으로 그걸 결정하겠어? 그런데 가타쿠라한테는 나보다 더 좋은 녀석이 있을 것 같고……."

"그래."

대답하면서 심장이 닳아 없어질 것처럼 가슴이 저렸다.

——이 아이가 정말 다쿠미일까, 하고 히카리는 생각했다.

이 아이가 자신이 히로시마에서 애타게 그리워하던 그 다쿠미일까.

놀랄 만큼 유치하다.

히카리가 헤어지고 싶냐고 물을 만한 단계의 이야기가 아니다. 자격이 없는 사람은 히카리였다. 히카리는 홀로 이 아이보다 아득히 먼 곳으로 가 버렸다. 다쿠미의 일상은 이 좁은 체육관 뒤와 학교 안에 멈춘 채 여전히 이 자리에 있다.

다쿠미의 마음속에서 히카리는 이미 헤어진 것이나 다름없었다. 완전히 끝난 사이였다.

다쿠미의 부모님과 히카리의 부모님이 무엇을 어떻게 상의했는지는 모른다. 어쩌면 자신의 부모님은 그 아이를 입양 보내는 것조차 다쿠미의 부모님에게 알리지 않았을지도 모른다.

알렸다 해도 적어도 다쿠미의 부모님은 아들에게는 전하지 않은 것이다. 히카리의 배 속에 생긴 아기를 무사히 어떻게든 했다는 정도밖에 알리지 않았을 터이다.

다쿠미도 그 소식을 듣고 안심했으리라. 그래서 더 묻지도 않은 게 틀림없다. 중절 가능한 시기가 지난 아기를 어떻게든 한다고 했을 때는 그것은 예삿일이 아니라는 것쯤은 상상할 수 있을 텐데, 다쿠미는 아마도 생각하는 행위 자체를 그쯤에서 그만둔 것이다.

자신의 아이가 어디선가 태어나 존재한다는 것이 다쿠미 입장에서는 '상처 입는' 일이기에. 그래서 그의 부모님도 아들에게 가르쳐 주지 않기로 했을지도 모른다.

가르쳐 주면 된다고 마음속에서 히카리의 일부가 비명처럼 외쳤다. 그 반면 히카리의 마음 대부분은 죽어도 못한다고 주장했다. 다쿠미한테——이런 유치한 가치관밖에 없는 사람한테 아기에 관한 것은 무엇 하나 가르쳐 주기 싫었다.

히로시마에서 본 바다와 하늘의 빛깔. 노면전차가 달리는 그 도로. 아사미와 고노미 같은 어른들에게 둘러싸여 지낸 시간. 마침내 태어난 그 조그맣고 따스한 아기. 볼을 비비고 싶었는데 차마 그러지 못한 것.

이 아이는 알 자격이 없다.

"됐어."

히카리는 말했다.

한 치의 망설임도 없었다.

히카리가 이성을 잃고 울거나 화낼 거라 예상했을지도 모른다. 상대의 냉담한 태도에 익숙지 않은 다쿠미가 당황한 듯 "내가 나빴다고, 생각해서" 하고 이어 말하는 것을 히카리는 가로막았다.

"그러니까 됐다고."

변명은 듣고 싶지 않았다. 이 아이의 마음속에서 히카리를 임신시킨 것은 누군가에게 늘어놓을 무용담에 불과하다. 이런일이 있었어, 하고 머지않아 새 여자친구에게 들려줄 추억. 자신이 그런 존재가 되리라고는 상상도 못했다. '새 여자친구'를 떠올리자 심장이 다시 히카리의 의지와는 달리 갈가리 찢기는 듯했다.

하지만 히카리에게 이 일은 추억거리도 못 된다.

이제 돌아갈 수 없는, 그곳에서 겪었던 것이야말로 일상이다.

히카리를 '가타쿠라'라고 부른 주제에 히카리가 떠나려고 하자 "미안, 히카리" 하고 붙잡으려는 듯 이름을 불렀다. 상냥한 말로 위로받아야 할 사람은 자신이라고 그가 진지하게 믿고 있는 것이 그 응석부리는 목소리에서 느껴졌다.

그 후 얼마 지나지 않아 다쿠미에게는 새 여자친구가 생겼다. 그가 새 여자친구에게 히카리에 대해 말했는지 어떤지는 모른다.

(8)

부모님과는, 특히 엄마와는 그 이후에도 자주 부딪혔다.

가장 큰 사건은 외할머니네 집에 갔을 때 일어났다. 설날이 돌아오면 외가 쪽 친척들은 으레 외할머니, 외할아버지네 집에 모인다. 외삼촌, 외숙모, 이모 할 것 없이 모두 모인다.

히카리도 언니도 같은 나이 또래인 외사촌들과 사이가 좋다고는 할 수 없었다. 지역은 같아도 서로 다른 학교에 다니는 그들과 평소 얼굴을 마주할 기회가 거의 없기 때문이다.

매년 의무처럼 모이는 그 모임에서 히카리는 어른들이 잡담을 나누고 있는 사이, 빨리 끝났으면 좋겠다는 마음으로 혼자 창가에 앉아 밖을 바라보며 시간을 보냈다.

외사촌들은 오순도순 모여 수다를 떨기도 했지만 히카리는 혼자 있었다. 언니는 근처에서 휴대폰을 만지작거리고 있었다.

화장실에 가던 외삼촌이 히카리 자매를 발견하고 시선을 멈췄다. 히카리가 멍하니 창밖을 바라보는 것을 보더니──말을 걸어 왔다.

"히카리, 많이 힘들었지?"

그것은 별 생각 없이 건넨 목소리였다. 주변 어른들이 듣지

못하도록 최소한의 배려를 담아 속삭이듯 건넨 말에——히카리
는 등줄기가 얼어붙었다.

온몸에 소름이 쫙 끼쳤다.

놀라움과 함께 고개를 들자 외삼촌은——웃고 있었다.

짐짓 어른인 척, 가식적인 상냥한 표정이었다. 가까이 있던
언니도 그 소리를 들었는지 히카리처럼 눈을 크게 뜨고 외삼촌
을 보고 있었다.

외삼촌이 말했다.

"어이없는 꼴을 당했더구나."

평소에는 한 번도 그런 적이 없으면서 히카리의 어깨에 손을
얹었다.

그 순간 주위에서 소리가 사라졌다.

히카리는 자리에서 일어나 외삼촌의 손을 뿌리쳤다. 그의 얼
굴을 때렸다.

외삼촌이 황당하다는 듯 표정을 굳히고 몸을 휘청댔다. 히카
리의 보잘것없는 힘으로는 거기까지가 한계였다. 외삼촌이 뒤로
물러나면서 다다미에 발이 쓸리는 소리가 났다.

"무슨 짓이야!"

외삼촌이 호통을 쳤다.

거기에 "히카리!" 하고 외치는 엄마의 목소리가 겹쳤다. 다른
어른들이 부랴부랴 달려왔다.

외삼촌이 싫었다.

옛날부터 어른이랍시고 조카들 앞에서 꼰대질을 하는 사람이었다. 언니의 사립학교 입시 문제로 예민해진 엄마를 "자식이 공부를 어설프게 잘하면 부모도 욕심이 나서 힘들겠구나"하고 무시하듯 웃었다. 그런가 하면 공립학교에 다니는 자기 자식들은 동아리 활동이나 시험 성적을 내세워서 툭하면 자랑하는 사람이었다.

지저분하게 웃는 것도 싫었다.

한번은 어머니의 날이 다가와서 언니와 비밀로 엄마에게 선물을 하기로 계획하고 있었는데, 그즈음 만난 외삼촌이 엄마도 있는 자리에서 무신경하게 말하는 바람에 일을 망쳤다.

"어머니의 날에 너희는 엄마한테 뭐 해 줄 거냐? 보통은 가르치지 않아도 이런 건 알아서 부모한테 고맙습니다, 해야 하는 법인데."

외삼촌은 그런 사람이다.

어른들이 외삼촌과 히카리를 뜯어말렸다. 복도에 끌려가도 히카리는 여전히 주먹을 마구 휘두르고 있었다. 외삼촌을 두들겨 패고 싶었다. 용서할 수 없었다.

"히카리, 그만두지 못해! 진정해."

쇳소리를 내는 엄마에게 팔을 붙들리면서 깨달았다.

나는 이 사람도 때리고 싶다.

하지만 엄마를 향해 들어 올린 손을 아빠가 "히카리!"하고 외치며 막았다. 이번에는 반대로 피가 거꾸로 솟은 듯한 엄마에게 "이 녀석이……" 하고 머리를 얻어맞았다. 언니가 휴대폰을 손에 쥔 채 울먹이며 소리쳤다.

"히카리는 아무 잘못 없어! 방금 그 일은 외삼촌이 잘못한 거라고."

언니가 있는 힘껏 엄마의 팔에 매달렸다.

엄마의 손이 멈추자 히카리가 소리쳤다.

"외삼촌한테 말했어?!"

임신 사실을 엄마가 외삼촌에게 말하다니.

히카리가 몸서리치도록 싫어하는 이 수다쟁이 외삼촌은 그것을 자기 자식인 외사촌들에게도 떠벌렸을 것이다. 아내인 외숙모는 말할 것도 없다. ──그들의 집에서 자신이 어떤 식으로 화제에 올라 어떤 말로 헐뜯겼을지 상상하니 견딜 수가 없었다. 자신에 대해서는 한마디도 하지 않기를 바랐다.

다른 방에 있는 외사촌들도 다 알고 있었다니.

다른 외삼촌과 외숙모는? 외할아버지와 외할머니는?

저쪽에서 외할머니가 울상을 하고 걱정스럽게 지켜보고 있었다. 그것을 보고 아아, 하고 깨달았다.

언제인지는 모른다. 하지만 엄마는 말한 것이다.

"외삼촌이니까 당연하잖아!"

엄마가 말했다. 히카리는 이해할 수 없었다. 머리를 헝클어뜨린 엄마가 격양된 목소리로 계속했다.

"잘못은 네가 했는데 왜 큰소리야?"

친척들이 일제히 자신을 쳐다보고 있었다. 모두 걱정스러운 표정을 하고 있지만 그게 진심이 아니라는 것은 금방 알 수 있었다.

히카리였다면 외사촌 중 누군가 자신과 똑같은 처지였다 할지라도 걱정 따위 하지 않을 자신이 있다.

"대체 뭐 하는 짓이야? 기껏 걱정해 줬더니."

외삼촌이 분을 삭이지 못해 식식거리며 말했다.

아까 좋은 사람인 양 가식을 떨며 말하던 것을 떠올리기만 해도 신물이 올라왔다. 아무것도, 아무것도 모르는 주제에.

히카리에 대해 아무것도 모르는 주제에.

"거짓말! 걱정 따위 안 하는 거 다 알아요!"

히카리의 가슴에 있는 커다란 위화감과 용서 못한다는 심정을 더 잘 말할 수 있다면 좋을 텐데, 어째서 이런 말밖에 하지 못하는 걸까. 분하고 답답했다.

히로시마의 기숙사에서는 소중해서 더 입 밖에 내지 않아도 되는 것들이 많았다. 그걸로 충분해, 하고 주변 사람들도 생각해 주는 분위기가 그곳에는 있었다.

그런데 왜 여기서는 무슨 말이든 숨김없이 주고받아야 하는 걸까.

어른이니까, 조카딸이니까, 고작 그 이유만으로 왜 저런 말을 들어야만 하는 걸까.

다른 방에서 나온 외삼촌의 딸들——히카리의 외사촌들이 감정 없는 목소리로 "무슨 일이야?" 하고 외삼촌에게 물었다. 그 얼굴에 질렸다는 표정이 떠올라 있던 것은 히카리의 피해망상이 아닐 거라 생각한다.

히카리는 이 외사촌들도 질색한다.

전에 집에 왔을 때 거실에 있는 컴퓨터를 보고 코웃음을 치더니, "애플이 아니네?" 하고 자매끼리 얼굴을 마주보았다.

외사촌들과 사이가 좋지 않은데도 엄마는 늘 "사이좋게 지내", "같이 놀아" 하고 참견했다. 마음이 안 맞는다고 대꾸해도 엄마들은 같은 나이 또래라는 이유로, 친척이라는 이유로 한데 몰아넣으면 어느새 친해진다고 찰떡같이 믿는다.

그런 외사촌들이 히카리의 일을 들었다. 알고 있었다.

비웃었을 게 틀림없다. 아까 외삼촌이 했던 말처럼 히카리를 '어이없는 꼴을 당했다'고 여기고 있다. 단 몇 분만 그렇게 여겼다 해도 히카리는 견딜 수 없었다.

부모님은 학교와 이웃에는 숨기는 데만 급급했으면서 왜 친척이라는 이유만으로 모두 털어놓은 걸까.

"걱정해 준 사람한테 그게 무슨 태도야!"

엄마가 말했다. 저런 외삼촌도 엄마한테는 남동생이다.

그것을 실감한 순간 다시 등줄기에 한기가 엄습했다.

가족이 뭐길래.

절망하는 심정으로 생각했다.

가족이란, 친척이란 뭘까.

나는 언제쯤 이 사람들의 가족이나 친척을 그만둘 수 있을까. 언제까지 이 엄마의 딸로 살아야 할까. 걱정된다는 단지 그 말 한마디로 모든 것이 용납된다는 걸까.

겁이 덜컥 날 만큼 그 충격은 컸다.

지쳐서 더는 날뛰지도 못하는 히카리의 팔을 부모님이 그제야 놔주었다. 어찌나 세게 움켜쥐었던지 팔에는 푸르스름하게 멍 자국이 나 있었다.

나중에 외사촌이 의외라고 했다는 이야기를 언니한테 들어서 알게 되었다. 끔찍하게 싫은 외삼촌네 딸들이 히카리의 임신 소식을 듣고 한 말이라고 했다.

"의외네. 히카리는 평범한 아이인 줄 알았는데."

평범한 아이라는 말을 어떻게 받아들여야 옳을지 몰랐다.

하지만 신기하게도 그 말 자체에 그다지 화가 끓어오르지는 않았다. 자신은 이제 '평범'하지 않구나, 하고 기가 죽기는커녕 이때 히카리는 '맞아' 하고 혼자 마음속으로 이 말에 고개를 끄덕였다.

외삼촌이나 엄마가 생각하는 '평범'한 세계를 히카리도 평생 살아갈 줄 알았다니, 외사촌이 그렇게 생각한 것이 훨씬 소름 끼쳤다. 히카리는 그 세계에서는 자유롭다.

중학교 3학년 9월에 수학여행이 있었다.

엄마는 왜 수학여행을 가을에 가느냐며 투덜거렸다.

"입시가 코앞인데, 너희 학교는 왜 굳이 가을에 가려고 하는지 원. 초봄에 다녀온 학교도 많던데."

——초봄은 딸이 출산 때문에 히로시마에 갔을 무렵이라 만약 수학여행이 초봄이었다면 히카리는 가지 못했다. 그런데도 그런 말을 태연하게 입에 올리는 엄마를 여전히 이해할 수 없었다.

여행지는 교토와 나라.

교토에서는 각 반별로 자유 시간이 주어졌다. 강가를 따라 난 번화가에서 골목 하나를 더 들어가니 분홍과 노랑의 형광으로 이루어진 눈부신 장소가 나왔다. 아직 낮이라 네온 간판은 켜지지 않았는데도 눈이 아플 만큼 화려했다.

요란하고 약간 오래된 느낌이 나는 간판에서는 선정적인 문구가 잔뜩 쓰여 있어서 발을 들인 순간 이곳이 유흥가라는 것을 알아차렸다.

학교에서 받은 교토의 거리 도보 지도에는 사원이나 기념품 가게 장소는 표시되어 있어도 이 골목에는 아무런 표시도 없었다. 사전 수업에서도 선생님들은 "다른 학교 학생과 문제 일으키지 않도록 합시다. 수상한 골목에는 접근하지 않도록 합시다" 하고 설명했을 뿐 자세히 언급하지는 않았다.

관광객이 많은 장소를 살짝 벗어났을 뿐인데 이런 곳이 펼쳐져 있다니 신기했다. 예쁜 얼굴의 여자 사진이 많이 붙여진 간판을 보는 순간 난데없이 히카리의 가슴이 꽉 죄었다.

얼굴이 닮은 것도 아닌데 화장법이며 분위기가 그 한때를 같이 보낸 고노미나 마호와 비슷했다.

"아, 길 잘못 들었다. 나가자."

반장인 여자아이가 남자아이들과 히카리 일행을 재촉했다. 최대한 태연하게 말했지만 어색함과 초조함을 감추려는 게 빤히 보였다.

남자아이들도 궁금하긴 할 테지만 "어", "그래" 하고 대꾸할 뿐 곧바로 그 골목에서 벗어났다.

화장도 하지 않는 교복 차림의 여학생들과 과묵한 남학생들의 뒷모습을 따라가며 히카리는 도대체 자기는 뭘 하는 걸까, 하고 생각했다.

이 아이들과 함께 이런 일을 해서 뭐가 된다는 걸까.

동갑인 그들을 무시하거나 얕보는 게 아니라 순수한 마음에서 생각했다. 단순한 위화감이다. 저 아이들과 자신이 지금 같은 장소에 있다는 것에 대한, 억누를 수 없는 위화감이 존재할 뿐이었다.

(9)

히카리가 다시 히로시마를 찾아간 것은 열일곱 살 때였다.

가출을 한 것이다.

부모님과 학교에서 권하는 대로 고등학교 입시를 치른 히카리는 집 근처에 있는 공립 고등학교에 진학했다. 히카리는 불만이 없었지만 엄마에게는 그 또한 '실패'였다.

엄마의 권유로 언니가 다니는 오노야고의 편입시험과 다른 사립고의 시험도 치렀지만 히카리는 떨어졌다. 합격할 리 없다고 스스로도 생각했다.

히카리가 중학교 입시에서 제비뽑기가 아닌 성적으로 떨어졌다고 말한 것은 바로 엄마가 아닌가. 낙담한 엄마는 고등학교 입시 때도 역시 "그럼 그렇지"라는 말을 썼다.

알면서 왜 굳이 낙담을 하는 걸까. 엄마는 히카리를 탓했다.

"그럼 그렇지. 어쩐지 떨어질 것 같더라니."

언니는 오사카의 대학에 합격해 히카리가 고등학교 1학년이 된 해에 집을 떠났다. 집에 수시로 전화하고 엄마도 혼자 살게 된 언니를 걱정해서 여러모로 마음을 쓰는 것 같았다. 하지만 언니가 타지 생활에 적응함에 따라 부모님과 히카리만 있는 집 안 분위기는 점점 거북스러워졌다.

"미사키가 대학에서 남자친구 같은 건 안 사귀면 좋을 텐데."

엄마가 식탁에서 그런 소리를 할 때마다 히카리는 질색을 했다. 한창 예쁠 나이에 연애 한 번 못하는 인생이라면 무슨 재미가 있단 말인가. 아직도 태연히 그런 소리를 하다니 히카리의 일이 괴로운 과거로 각인되어서일까. 덩달아 아빠까지 "괜찮아. 미사키는 그런 아이가 아니잖아"라고 말하는 것도 도대체 어떻게 생겨 먹은 뇌 구조이길래 저러는 걸까 싶었다.

이 사람들은 인생의 내용을 어떻게 생각하고 있을까.

엄마 아빠가 바라는 대로 품행이 방정하고 때 묻지 않은 청춘시대를 보내면 자신들이 원하는 행복한 인생이 무조건 열리는 줄 믿는 걸까. 연애와 무관한 재미없는 청춘을 보내는 것이야말로 '실패'가 아닐까.

그 무렵 엄마 아빠는 히카리의 뒤에서 또 다른 히카리를 보고 있었다.

그것은 '실패하지 않은' 히카리였다.

중학교 때 임신과 출산이 없었다면 이러이러했을 것이라는 '실패하지 않은' 히카리. 남학생과 사귀지도 않고 부모님이 바라는 대로 무럭무럭 자라서 오노야고에 들어갔을 히카리. 그들이 바라는 히카리는 존재하지 않는데도 불구하고 부모님의 마음속에 살아 있었다.

잃어버린 가능성이기에 비로소 그 히카리는 그들의 마음속에서 기대를 저버리지 않는 착한 아이였다. 죽은 아이의 나이를 세는 것이나 마찬가지임에도 불구하고 그들은 현실의 히카리를 뛰어넘어 그 가능성에 열중했다. 그 아이였다면 지금쯤, 하는 상상을 현실의 히카리보다 훨씬 사랑했다.

고등학교에 입학해서 바로 히카리에게는 다시 남자친구가 생겼다. 고백을 받아서 사귀기 시작한 그에게는 다쿠미와 달리 이제 운명의 남자라는 생각은 들지 않았다. 섹스도 했다. 피임도 했지만, 어느 날 그와 사귄다는 사실을 부모님에게 들켰다. 어떻게 들켰는지는 기억나지 않는다.

노골적으로 반대하는 말은 한마디도 없었다. 다만 이때도 엄마는 "엄마는 너 믿는다" 하고 너그러운 부모인 척했다. 피임을 운운할 게 아니라 섹스하는 것도 분명히 엄마의 기준에서는 있을 수 없는 일이다.

머리를 염색했더니 불량 청소년이 되었다는 둥 불만이 뭐냐는 둥 요란하게 비행을 저지른다는 식으로 엄마한테 잔소리를 들었다. 흡연을 해서 담배 냄새를 달고 집에 왔더니 한심하다며 들볶아 댔다.

"끊겠다고 말해. 아빠 엄마 앞에서 제대로 맹세해."

엄마는 여전히 히카리를 위해 혼내는 것이 아니었다.

단지 히카리에게 일어나는 일을 책임지고 싶지 않은 것이다. 자신이 바라는 대로 되지 않은 딸이 자신의 양육 방식 탓에 잘못되었다고 생각하기 싫어서 없었던 일로 하고 싶을 뿐이었다.

교제하던 남자친구와는 히카리가 히로시마에 가기 얼마 전에 헤어졌다.

살갗이 닿으면 기분이 좋았고 세상에 남자가 다쿠미 하나뿐이 아니었다는 걸 알게 되어 기뻤다. 하지만 교제한 뒤 바로 상대에게 모든 것을 바쳐도 상관없다고 여기는 순수함은 히카리에게 더는 남아 있지 않았다.

"히카리는 왠지 같이 있어도 마음이 딴 데 가 있는 것 같더라. 네가 날 정말 좋아했는지 모르겠어."

그가 헤어질 때 여자아이처럼 울면서 한 말이었다.

학교 성적도 별로 좋지 않았고, 외할머니네 집에서 외삼촌과 부딪히고 나서 히카리는 친척 모임에도 가지 않게 되었다. 부모님도 어쩔 수 없다고 여기는 듯했다.

가출은 부모님과 다퉜거나 뭔가 계기가 있어서 충동적으로 한 것이 아니라 히카리의 마음속에서 매우 냉정하게 품어 왔던 계획이었다.

언젠가 다시 히로시마에 가 보고 싶었다.

처음에는 다시 그곳에 가 보자, 그 장소를 눈으로 봐야지, 하는 사소한 그리움에서였다.

동네 패스트푸드점에서 아르바이트로 돈을 모으고 나머지는 아빠 엄마의 지갑에서 가끔 훔쳤다. 지갑이 두둑할 때를 노려서 눈치채지 않을 정도로 조금씩, 조금씩, 그렇게 자금을 마련했다. 들키지 않은 줄 알았는데 어느 날 아빠 엄마가 갑자기 가방과 지갑을 거실이나 히카리가 있는 장소에 놓지 않기 시작했다.

아마도 들켰다는 걸 알아차린 게 계기가 되었으리라. 히카리는 그날 말없이 집을 나왔다.

예전에는 혼자서 불안하고 쓸쓸해했던 히로시마로 향하는 길을, 이번에는 간신히 도망치는 기분으로 다시 더듬었다.

히로시마 역에서 신칸센을 내리고 노면전차로 갈아탔다. 도로를 누비는 전차의 모습에 가슴이 벅찼다.

맑게 갠 날, 빛나는 바다가 보인 순간 눈물이 나올 것만 같앗다. 그로부터 벌써 2년이 지나 있었다.

겨우 2년이지만 이제 히카리는 중학생이 아니다.

의무교육이 끝났으며 동갑 친구들 중에는 진학하지 않은 친구도 있다. 염색한 머리 덕분에 성숙해 보인다고들 하는 지금은 평일 낮에 전차를 타는 것도 두렵지 않았다.

겁먹어서 흠칫거리며 아사미와 함께 이 전차에 앉아 있던 그 당시의 자신이 같은 차량의 바로 가까이에 있는 듯한 기분이 들었다.

만약 그 아이를 만날 수 있다면 말을 걸고 싶었다.

두려워하지 않아도 돼, 하고 가르쳐 주고 싶었다. 아무도 널 별로 신경 쓰지 않거든, 하고 가르쳐 주고 싶었다.

사전에 아무런 연락도 하지 않은 탓에 히카리가 도착했을 때 아사미는 부재중이었다. 하지만 자신이 살았던 단지 같은 기숙사는 변함없이 그곳에 있었다. 베이비 배턴의 사무국인 아사미의 집도 그대로였다.

배가 불룩 나온 임신부들이 "아사미 씨는 저녁에 돌아오는데요" 하고 의아한 눈빛으로 히카리를 봤다.

그녀들이 사는 창가에 빨래가 나부끼고 있었다. 낙낙한 원피스와 캐릭터 티셔츠. 베개 커버.

간장을 졸인 듯한 냄새가 났다.

히카리는 "그래요?" 하고 대답하고, 저녁까지 근처를 산책하면서 아사미의 귀가를 기다리기로 했다.

높직한 언덕 위에 있는 단지는 자세히 보니 그때보다 벽에 금이 더 많이 갔으며 창문 유리는 뿌옇게 보였다. 하지만 그것이 세월 탓인지 아니면 히카리가 2년이 지나 그렇게 느끼게 되었을 뿐인지는 알 수 없었다.

당연한 이야기지만 히카리가 머물렀을 때 있던 임신부는 아무도 없다. 이곳은 이제 히카리를 위한 장소가 아니었다. 이곳을 필요로 하는, 누군가 다른 사람들을 위한 집이다. 모르는 임신부들의 수상쩍은 눈초리에 히카리는 당연히 불편하고 눈치가 보였다.

그럼에도 정겨워서 견딜 수가 없었다.

저녁이 되어 돌아온 아사미는 히카리를 보고 소스라치게 놀랐다. 그동안 수많은 임신부를 돌봤을 터인 아사미는 곧바로 히카리를 알아봐 주었다. 이름을 기억하지 못하더라도 섭섭해 하지 않기로 마음먹었건만, 그녀가 자신의 얼굴을 보고 "히카리" 하고 부르는 소리를 듣고 눈물이 그렁그렁 맺혔다.

"여기서 일하게 해 주세요."

히카리가 부탁했다. 아사미의 얼굴을 보기 전까지는 그저 이곳을 한번 보고 싶다고 생각했을 뿐, 곧바로 도치기로 돌아갈 작정이었다. 그런데 얼굴을 봤더니 한순간에 무너졌다.

"뭐든지 할게요. 청소든 빨래든 요리든, 정말 뭐든지 다 할게요. 가르쳐만 주시면 전부 익힐게요. 제발 여기서 일하게 해 주세요."

아사미는 할 말을 잃었다.

"부탁합니다."

히카리는 머리를 숙여 되풀이했다. 감은 눈언저리가 아팠다. 이마에 땀이 뱄다.

돌아가고 싶지 않았다.

그 부모님이 있는 집에도, 학교에도.

"히카리."

아사미가 말했다. 히카리의 손에 그녀의 차갑고 주름투성이인 손이 닿았다. 메마르고 까슬까슬한 손이다.

"히카리, 무슨 일 있어? 갑자기 그러니 나도 당황스럽구나. 그런데 여기도 일거리는 별로 없잖니. 미안하지만, 너 하나 고용할 여유도 없단다."

"그럼 돈은 안 받을게요."

말하고 말았다. 알고 있다. 여기 들어온 사람들은 모두 자기 일은 제 손으로 한다. 히카리가 도울 만한 일은 없을지도 모른다. 그래도 여기 머물고 싶었다.

"히카리."

고개를 들지 않는 히카리의 머리를 아사미가 쓰다듬었다. 한숨을 내쉬더니 이윽고 말했다.

"——그렇지 않아도, 네가 늘 마음에 걸렸어."

그 말에 이를 악물었다. 눈물이 나오려는 것을 간신히 참았다. 히카리의 이야기를 들은 아사미는 우선 집에 연락을 하라고 했다.

분명히 걱정하고 계시며 며칠씩 집에 돌아오지 않으면 경찰에 신고할지도 모른다는 것이었다. 무단으로 이곳에 머물게 하면 아사미가 히카리를 유괴했다는 의심을 받고 만다며.

집에 연락하는 것은 마음이 내키지 않았지만 아사미가 "내가 대신 할까?" 하고 물어봐 주었다.

히카리는 일은 무리더라도 단 며칠만이라도 좋으니 이곳에 있게 해 달라고 부탁했다. 어쨌든 바로 집에 가기는 죽기보다 싫었다.

집에는 아사미가 전화해 주었다. 통화하는 사이 히카리는 고개를 푹 숙이고 곁에 앉아 있었다. 아사미와 통화한 뒤 분명히 엄마는 딸을 바꿔 달라고 말할 게 뻔했다. 히카리가 전화를 바꾸면 돌아오라고 설득하리란 걸 알고 있었다. 그렇더라도 절대로 양보하지 않겠다는 각오로 있었는데 의외로 아사미와 엄마의 전화는 서로 언성을 높이는 일 없이 싱겁게 끝났다.

아사미가 수화기를 놓은 순간, 믿기지 않는 심정으로 그녀를 쳐다보자 아사미가 "어머니가 이해해 주셨어" 하고 말했다.

"연락만큼은 꼭 하라고 하셨어. 나한테도 잘 부탁한다고 말씀해 주셨고."

"……그렇군요."

우리 부모님에게는 있을 수 없는 일이다.

하지만 그렇구나, 하고 납득이 갔다.

히카리는 그 집에서 쫓겨난 것이다. 아빠도 엄마도 이제 자신 때문에 지쳤을지도 모른다.

중학생이던 2년 전이었다면 도저히 받아들이지 않았을 사고방식을 완만하게 조금씩 부모님은 '포기'하는 형태로 히카리에게 허락한 것이다.

정식으로 고용된 것은 아니었지만, 그로부터 얼마간 히카리는 머물게 허락해 준 대신 기숙사 일을 도왔다.

임신부 가운데 몸 상태가 나쁜 사람이 있어서 우선 그 사람을 도와주는 일을 했다. 아사미는 히카리를 지인의 아이라고 소개했다. 한때 여기서 지냈는데 돌아왔다는 설명은 하지 않았다. 그런 사람이 또 나오면 곤란해서일지도 모른다. 히카리가 여기로 돌아온 것은 아마도 정말 특별한 경우인 것이다.

2년 전 같은 방에 있던 고노미는 이곳을 나갈 때 "다시는 여기 오지 않는 삶을 살 거야" 하고 말했다. 히카리는 자신이 이런 식으로 여기에 돌아올 줄은 꿈에도 몰랐다.

한창 기숙사 일을 돕고 있는데 아사미가 말했다.

"앞으로 어떻게 살지도 잘 생각해야지. 언제까지고 여기서 지낼 순 없잖니. 집에 돌아가든 독립해서 일하든 잘 생각해서 결정해야 한다."

"……응."

사실 언제까지나 여기서 지내고 싶은데 안 되는 걸까. 아사미가 사용한 '독립'이라는 말에 몸이 움츠러들었다. 아사미가 말을 이었다.

"실은 베이비 배턴이 올해로 문을 닫게 되었어."

놀라움에 눈이 휘둥그레졌다. 아사미가 쓸쓸한 눈빛으로 계속했다.

"이 아파트가 너무 낡아서 철거 결정이 났거든. 그동안 집주인한테 싼값에 건물을 빌렸었는데 이제 불가능해졌어. ……비슷한 장소를 찾기도 어렵고 나도 한창때가 지났고, 또 부모님을 돌봐 드려야 하거든. 그래서 사업 자체를 다른 단체로 넘길 생각이야."

아사미는 몹시 안타까워했다. 그 무거운 말투에서 이것이 얼마나 괴로운 결단인지가 고스란히 전해졌다.

"정말 안타깝지만 어쩔 수 없어. 그래서 히카리도 여기 계속 머물게 할 수가 없구나."

"알겠어요."

대답은 했지만 마음이 어지러웠다.

이곳이 없어지다니 절대로 싫었지만 아사미에 비할 바는 아니리라.

앞으로 어쩌면 좋지——하고 생각하는 한편 기숙사에 있는 임신부들과 조금씩 마음을 텄다. 그녀들이 부탁하는 자질구레한 심부름도 재미있었다.

"아사미 씨가 알면 혼나겠지만, 역 앞에서 초코케이크 좀 사다 줄래?"

의사로부터 체중이 늘지 않도록 주의를 받았다는 통통한 임신부가 천 엔을 쥐어 주길래 웃으면서 나쁜 일에 가담한 적도 있다.

그녀의 방에서 몰래 먹는 초코케이크는 맛있었다. 먹는 도중 태동이 있었는지 만져 보라는 그녀의 제안에 히카리는 괜찮다고 거절했다.

한때 자신도 임신부였기에 알고 있었다.

누군가 배를 만져 줬으면 한다는 것을. 그렇다고 함부로 만지는 것은 또 싫은 마음을. 또렷이 기억하고 있었다.

아사미는 기숙사 일뿐만 아니라 아이를 입양할 부모를 만나거나 병원에도 들르고 여기저기 다니느라 몹시 바빴다. 기숙사를 며칠씩 비우는 날도 자주 있었다. 아사미에게 보호를 받기만 하던 과거와 달리 지금 히카리의 입장에서 보니 이 일이 얼마나 힘든지 새삼 깨닫게 되었다.

어느 날 부재중이던 아사미 앞으로 택배가 도착해 옆방에서 묵던 히카리가 대신 받았다. 택배 기사도 이 아파트 전체가 하나의 큰 집이라는 것을 이해하고 있는 모양이었다.

아사미의 방은 잠겨 있지 않았다. 임신부들이 부족한 조미료나 세제 같은 것을 아사미의 방에서 편하게 가져다 쓰고 있기 때문이다.

히카리가 택배를 가져갔을 때 아사미의 방은 평소와는 조금 달라져 있었다. 새 종이 상자가 열린 채로 여기저기 널려 있었는데, 파일이나 서류, 책 같은 것이 한가득 담겨 있었다. 상자 옆에는 미처 상자에 넣지 못한 서류 다발도 많았다.

베이비 배턴이 끝난다는 말은 사실이었다.

다른 단체로 넘긴다고 하더니 벌써 정리를 시작한 것이다. 가슴이 짓눌리듯 갑갑했다.

──그때 서류 선반 쪽으로 한 걸음 내디딘 것은 히카리의 마음속에 마가 끼었다고밖에 달리 설명할 방법이 없다.

단순한 충동일 뿐 깊은 의미는 없었다.

히카리는 혹시 있다면 자신에 관한 서류가 보고 싶었다.

자신이 이곳에 놓아둔 시간. 그것이 머지않아 이 장소와 통째로 사라져 없어진다고 생각하니 그 흔적을 볼 수 있을 때 봐 둬야겠다고 생각했다. 그 정도의 마음이었다.

뭔가 알고 싶어서가 아니라 다만 자신이 이곳에 있었다는 흔적을 발견하고 싶었다. 서류에서 '가타쿠라 히카리'라고 쓰인 자신의 이름을 발견한다면 그걸로 충분했다.

히카리가 이곳에 온 해가 적힌 파일은 바로 찾아낼 수 있었다.

종이 상자 깊숙이 담겨 있었다.

두근두근 기대하며 파일을 열었다. 자신의 이름을 찾기도 전에 그 이름이 눈에 들어왔다.

구리하라 아사토.

들은 기억이 있었다.

눈으로 이름을 확인한 순간, 온몸을 쿵 하고 심장 소리가 관통했다.

옆에 히카리의 이름이 있었다.

모르는 부부의——이름이 있었다.

구리하라 사토코.

가나가와 현 가와사키 시 나카하라 구.

컬처파크스 무사시코스기 3411.

주소와 전화번호가 나와 있었다.

3411. 이것이 호수라는 것은 금방 알아차렸지만 그 숫자에 현기증이 날 것 같았다.

3411. 아마도 고층에 있는 집이라는 것을 의미한다. 아마도 34층. 히카리는 상상도 못할 높이였다.

이 집에 그 아이가 있다.

깊은 의미도 악의도 없었다. 없었을 터였다. 하지만 히카리의 머리는 그 숫자를 외웠다. 무사시코스기의 번지, 아파트 이름, 3411이라는 숫자. 전화번호.

잊어버리지 않도록 열심히 되뇌어 방으로 돌아와 종이에 메모했다.

어디에 쓰려는 게 아니다. 알았다고 해서 바뀌는 것은 아무것도 없다. 그럼에도 메모를 손에 들고 다시 아사미의 방으로 되돌아가 메모의 숫자가 틀리지 않았는지 확인했다. 주의 깊게 파일을 원래 자리로 되돌려 놓고 도망치듯 자기 방으로 왔다.

심장이 터질 것 같았다.

머리 한가운데가 지끈지끈 저렸다.

손바닥에 쥔 땀에 젖은 메모를 펼쳤다. 펼쳐서 바라봤다.

이곳에 그 아이가 있다.

아사토가 있다.

(10)

히카리가 베이비 배턴의 기숙사를 나온 것은 단체가 활동을 끝내기 얼마 전이었다.

기숙사에 머무른 지 열 달쯤 지나서였다.

히카리가 왔을 무렵에는 나가는 임신부가 있으면 새로 들어오는 임신부도 있었지만, 더 이상 들어오는 사람은 없고 출산을 마친 임신부들이 하나둘 기숙사를 떠나게 되면서 기숙사에 머무는 인원은 갈수록 줄어들었다. 아사미는 새로 문의해 오는 임신부들에게 다른 단체를 소개하는 것 같았다.

그래도 최소한 자신이 돕고 있는 임신부들이 모두 나갈 때까지는 지켜보고 싶었지만, 그것은 허락되지 않았다.

"히카리는 집으로 돌아갈래? 아니면 독립할래?"

아사미가 질문했을 때 그녀는 히카리가 일할 곳을 이미 알아본 상태였다.

일자리는 히로시마 시에 있는 신문 배급소의 배달원 일이었다. 아사미의 지인이 운영하는 곳인데, 이번 달부터 당장 와 달라고 했다고 한다.

"다른 일자리도 찾아 주었으면 좋았을 텐데, 숙식 가능한 일자리는 찾기가 영 쉽지 않더구나."

아사미는 정말 히카리를 걱정해서 자신의 지인들에게 연락해 보고 일자리를 찾아 주었을 것이다. 그 과정에서 겨우 찾아낸 것이 바로 신문 배달 일이다.

──실은 베이비 배턴의 사무를 넘겨받는다는 다른 단체나 그 비슷한 곳에 소개해 주었으면 하고 은근히 기대했다. 모르는 지역에서 아사미와 베이비 배턴과 전혀 관계없는 일을 한다고 생각하니 갑자기 불안해졌다.

내가 고등학교를 제대로 졸업하지 않아서 소개해 줄 일자리가 마땅치 않은가요──하는 말이 목구멍까지 올라왔다. 하지만 아사미의 잘못이 아니다. 자신이 선택해서 이곳에 왔고 여러모로 도와준 그녀를 원망하는 것은 도리에 어긋난다.

알면서도 이번에는 아사미한테까지 버림받는 기분이 들어서 마음이 아팠다.

"히카리, 어떻게 할래? ──내 생각엔 일단 집으로 돌아갔으면 좋겠어. 부모님과 함께 앞으로 어떻게 할지, 어떻게 하고 싶은지 잘 생각해 보렴."

아사미가 말했다. 걱정스러워하지만, 건물이 없어지기 직전까지는 이 기숙사에 살아도 좋다는 물렁한 말은 절대로 하지 않았다. 선 긋기가 확실한 그녀의 태도에 히카리는 괜히 고집스러운 말이 튀어 나왔다.

"──일할래요. 히로시마에 남아서."

부모님 곁으로 돌아갈 생각은 전혀 없었다.

'앞으로 어떻게 할지, 어떻게 하고 싶은지'는 히카리도 알지 못한다. 하지만 그 사람들을 만나면 무슨 말을 듣든 닥치는 대로 반항할 것만 같았다. 시키는 대로 하는 것과 무조건 반항해서 그 길을 택하지 않는 것은 둘 다 그들의 영향을 받는다는 점에서는 다르지 않다.

떨어져 살기 때문에 지금은 냉정히 생각할 수 있다. 만약 도치기로 돌아가서 부모님과 살면 지금의 냉정함마저 잃을 만큼 그 사람들을 몸서리치도록 증오하고 충돌하리란 것은 쉽게 상상이 갔다.

히카리가 그렇게 대답할 줄은 몰랐는지 순간 입을 다문 아사미가 곧바로 알겠다고 끄덕였다.

"그래도 부모님께는 반드시 연락해야 해. 직접 제대로 말씀드릴 것. 필요하면 나도 같이 전화할 테니까 아무튼 그것만은 약속해 줘. 알겠지?"

"네."

히카리는 주저 없이 대답했다.

부모님에게 전화는 당연히 하지 않았다.

신문 배달 일은 몹시 고됐다.

아침 일찍 해 뜨기 전에 일어나 끈에 묶인 신문 다발을 풀어서 두툼한 광고지를 하나하나 끼워 넣었다. 매주 토요일은 유독 광고지가 많아서 배달 바구니에 들어간 신문의 무게가 다른 날보다 훨씬 더 나갔다.

도치기에서 살았을 무렵 가만히 있어도 신문이 집으로 배달되어 왔다. 그 신문은 알고 보면 누군가가 매일 아침 고생해서 당연한 것처럼 배달해 준 것이었다. 첫날에는 정신이 번쩍 들었다. 새벽일이란 것은 알고 있었지만 혼자 이렇게 많은 집에 배달해야 한다는 것은 몰랐다.

엘리베이터도 집합 우편함도 없는 오래된 아파트의 꼭대기 층에 배달하는 일도 흔했다.

아무리 주의해도 깜빡 잊고 배달을 하지 못한 집이나 신문의 종류를 잘못 배달하는 집이 매일같이 생겼다. 그때마다 클레임이 들어와서 소장 부부한테 못마땅한 눈초리로 혼이 났다. 일을 가르쳐 주지 않거나 하지는 않았다. 그러나 한 번 배운 일을 잊어버려서 난감해 하고 있으면 히카리가 질문하기도 전에 "어떻게 하라고 했지?" 하고 불퉁거리면서 물었다.

비라도 오면 아주 고역이었다.

신문은 어쩌다 한번 있는 휴간일 외에는 매일 나온다. 배달도 당연히 매일이다. 순식간에 돌아오는 조간과 석간까지. 일주일에 한 번 있는 휴일과 휴간일을 합해서 한 달에 닷새 정도

쉬었다.

히카리는 산전수전 다 겪은 몸이니 자신은 부지런한 일꾼이 될 수 있다고 찰떡같이 믿었다. 적어도 베이비 배턴에 머물렀던 날들은 그랬다. 드라마나 책 속 세계에서 접한 성실한 일꾼이 될 줄 알았는데, 현실은 그리 호락호락하지 않았다. 누구나 다 게으르고 싶어서 게으름을 피우는 게 아니라는 것을 뼈저리게 느꼈다. 일이란 가혹한 법이다. 마음은 누구보다 성실해도 감당할 수 없는 일이 숱하게 많았다. 그래서 일을 못하는 거구나, 하고 그제야 깨달았다. 일꾼과 게으름뱅이는 단순히 두 가지로 나뉠 만한 것이 아니었다.

신문 배급소에는 동료들도 많았다. 할아버지에 가까운 나이 지긋한 사람이 한참 어린 소장으로부터 "너는 영 글러 먹었어" 하고 덮어놓고 욕먹는 모습을 보면 견디기가 너무 힘들었다.

동료 중에는 신문 장학생이라고 해서 히카리와 같은 또래 아이들도 있었다. 신문사에서 장학금을 내주는 대신 히카리처럼 숙식을 하며 신문 배달을 하는 학생들이다. 신문 배급소의 기숙사에서 히카리와 한방을 쓰는 아이들 여럿도 장학생이었다. 특히 여자 종업원은 대부분 그랬다. 4년제 대학에 다니는 대학생도, 패션 공부를 하는 전문학교 학생도 있었다. 집안 형편이 어려워 부모를 돕기 위해서 신문 배달을 하는 거라고 했다.

그런 이야기를 들으면 히카리도 애매하게 웃으며 자신도 똑같은 입장이라는 표정을 지었다.

그 자리를 모면하려고 적당히 둘러댄 것이지만 다행히 들키지는 않았다. 들켰다 한들 그 흐릿한 거짓말이 문제될 일도 없다. 왜냐하면 장학생들은 대부분 이 배급소에서 오래 일하지 않기 때문이다.

조간과 석간을 배달하기에도 바쁜데 짬짬이 공부하고 학교까지 다니는 것은 웬만한 의지가 아니고서는 어려운 일이다.

진학을 도중에 포기하는 학생도 있는 듯했고, 또 신문 배달은 올해까지만 하고 나머지 학비는 부모님에게 손을 벌리겠다는 학생도 있었다. 각양각색이었다.

신문 배달을 하면서 힘든 점은 그렇게 열심히 일해서 동료라고 생각했던 사람이 어느 날 무단결근을 하거나 갑자기 그만둬서 모습을 감추는 일이 적지 않다는 것이었다.

여자 중에서 장학생이 아닌데 신문 배달을 하는 사람은 이 배급소에서는 히카리 혼자였다.

어떨 때는 히카리에게 고백한 연상의 남자가 히카리가 마음을 받아 주었음에도 불구하고 일주일도 못 가서 말없이 신문 배급소를 그만두기도 했다.

남의 눈을 피해 히카리의 방에서 잠자리를 한 직후였다. 마치 잠자리를 노리고 접근했다가 목적을 달성한 뒤 버리고 도망가는 짓이나 다름없었다. 미성년도 장학생도 아니었던 그는 소장에게 인사도 하는 둥 마는 둥 하고 떠났다. 어디로 갔는지 아는 사람은 아무도 없었다.

한심했다.

누구보다 자신이.

"예뻐, 히카리", "여기 남자들 대부분이 너 좋아하는 거 알아?", "아아, 나만 히카리하고 할 수 있다니, 선배들이 알면 날 죽이려 들 텐데."

달콤한 말에 속아서 마음을 허락한 것이 후회됐다. 시간을 들이면 그에게 자신이 왜 히로시마에 왔는지, 무슨 일이 있었는지를 몽땅 털어놓을 수 있을 것만 같았다. 들어 줄 것만 같았다. 남자친구가 생긴 것보다는 그런 예감이 들었다는 게 기뻐서 한순간이라도 가슴이 설렜다는 사실이 한심스러웠다.

신문 배달 일은 조간과 석간을 배달하면서 중간중간 수금과 구독 권유도 해야 한다.

그중에서도 구독 권유는 신규 계약을 따내면 자신의 수당으로 직결된다. 한번 계약을 따내면 그 임시 수입이 더없이 감미롭게 느껴져서 어떻게든 다시 계약을 따내야겠다는 생각이 절로 든다. ──실제로는 쉽지 않은데, 가정집을 방문해서 수금과 구독 권유를 하다가 아찔한 일을 당한 적도 많다.

팬티 바람으로 나온 아저씨가 "호오, 여자가 오는 일이 다 있네" 하고 빤히 쳐다본 일. 또 어떤 남자는 신문값을 줄 때 가슴이나 허리를 쳐다보면서 "혹시" 하고 의미심장한 말을 걸어 왔다. 그러고는 축축한 손으로 히카리의 손바닥을 핥듯이 돈을 쥐여 주었다. 대놓고 전화번호를 묻는가 하면 집 안으로 들어오라는 사람도 있었다.

다들 어디까지가 진심이었는지는 몰라도 동료가 일을 그만두거나 마음이 허전해지면 자신에게 접근하는 사람들 중 한 명쯤은 자신을 진지하게 생각하는 게 아닐까, 운명 같은 상대가 섞여 있는 건 아닐까, 하고 기대하곤 했다. 그것이 싫었다.

부모님에게 연락하지 않은 것은 석 달 만에 아사미에게 들켰다. 히카리의 부모님으로부터 연락이 왔다고 한다.

"히카리, 그렇게 당부했건만."

배급소로 찾아온 아사미가 얼굴을 붉히며 말했다. 히카리를 생각해서 하는 말인 만큼 기뻤지만 성가시기도 했다. 그 자리에서 집에 전화를 걸었다. 히카리의 엄마는 아무 말도 없었다. 그저 우는 듯한 소리만 들렸다.

이 사람은 아직도 '실패했다', '잘못되었다' 하고 생각하고 있을까.

자신의 딸인데도.

엄마가 잠시 호흡을 가다듬는 것 같았다. 이번에는 또 무슨 소리를 할까 싶어 마음의 준비를 했다. 그런데 엄마는 이렇게 말했다.

"잘, 지내고 있니?"

목소리가 울어서 쉬어 버렸다.

그 목소리를 들었더니 조건반사처럼 코끝이 찡했다. 가슴이 무너져 내리는 것 같았다.

"잘 지내."

그렇게만 대답하고 전화를 끊었다.

아사미가 아직 곁에 있었다. 말없이 휴대폰을 휙 돌려주고 고개를 숙였다. 우는 모습을 보이고 싶지 않았다.

그 일이 있은 직후 언니가 찾아왔다.

마침 석간 배달을 준비하고 있을 때였다.

자전거에 신문을 동여매고 있는데 갑자기 "히카리" 하고 부르는 소리가 났다.

신문 배급소 앞쪽 거리에 서서 이쪽을 보는 언니는 캐러멜색의 체크 미니스커트를 입고 있었다. 위에는 몸매가 우아하게 돋보이는 타이트한 니트를 입고 있었다. 고등학교 때까지 늘 길었던 머리를 가벼운 쇼트 보브로 쳐서 그동안 몰랐던 작은 얼굴과 예쁜 두상이 한눈에 들어왔다.

보자마자 놀랐다. 자신이 알고 있는 언니보다 몇 배는 더 세련된 모습이었기 때문이다. 한눈에 언니라는 것을 알았지만, 아는 얼굴이 화장도 하고 성숙해 보이는 것은 모르는 얼굴이 그렇게 된 것보다 훨씬 위화감이 강했다.

부모님 곁을 떠나 오사카에서 지낸 대학 생활이 언니를 변화시킨 걸까. 저기 서 있는 사람은 자신이 알고 있던 순진하고 촌스럽던 언니가 아니었다. 언니는 지금 대학교 3학년일 터.

히카리는 신문 배급소 로고가 들어간 붉은 후드티를 입고 있었다. 바람이 통하지 않는 팔랑팔랑한 소재의 후드티는 배달할 때는 편리하지만 멋스러움과는 정반대되는 옷이었다. 입지 않는 날도 많은데 왜 하필 오늘 입고 왔을까 하고 후회가 들었다.

"아아⋯⋯."

자신을 보고도 무디게 반응하는 동생에게 언니는 화내거나 안타까워하는 기색이 없었다.

"잠깐 이야기할 시간 있어?"

"지금 배달 가야 하는데."

"그럼 기다릴게. 그런데 몇 시쯤 다시 오면 될까? 미안해, 일하는데."

히카리는 고개를 푹 숙였다. 학생인 언니의 입에서 나온 '일'이라는 말이 지독하게 겉치레 말처럼 들렸다.

결국 언니와는 저녁 약속을 잡아서 근처 패밀리 레스토랑에서 밥을 먹었다. 오늘 여기 온 것은 아빠 엄마한테도 말하지 않은 모양이다. 생각해 보니 언니가 사는 오사카와 히로시마는 고향인 도치기에 비하면 훨씬 가깝다.

"실은 더 빨리 오고 싶었어."

언니의 그 말에 히카리는 "응" 하고 끄덕였다. 달리 뭐라고 대답해야 좋을지 몰랐다. 히카리가 여기서 일한다는 것은 엄마한테 들었다고 한다.

부모님이 없는 먼 곳에서 언니와 둘이 만나다니 기분이 묘했다. 하지만 결코 싫지 않았다.

288

히카리는 딱히 할 이야기가 없었다.

언니도 히카리 앞에서 자기 이야기를 거의 하지 않았다. 그래도 틀림없이 알차고 유익하게 지낼 터였다. 남자친구도 분명히 있다. 언니는 예뻤다. 대학을 졸업하면 도치기의 집으로 돌아가 취직할 거라고 했다.

드링크 바에서 가져온 연한 아세로라 음료를 마시면서 히카리는 생각했다.

촌스럽고 아무것도 모르던 언니. 앞질러서 재미있는 것을 잔뜩 알고 있던 나.

——기다릴걸 그랬나, 하고 마음속에서 목소리가 떠올랐다. 촌티를 벗은 언니 앞에서 그 목소리가 허무하게 겹친다.

——나도 어른이 되고 나서 즐거움을 찾을걸 그랬나. 그 무렵 누군가 멋있는 사람의 눈에 띄고 싶어서 안달하지 말걸 그랬나.

"언니는 히카리, 네 편이야."

떠날 때 언니가 말했다. 부자연스러울 만큼 다정하고 스스럼없고 정갈한 목소리였다. 그렇게 말하는 언니에게 망설임은 없어 보였다.

"무슨 일 생기면 언제든지 연락해."

언니는 주소와 휴대폰 번호가 적힌 종이를 놔두고 갔다.

휴대폰이 없는 자신을 약 올리려는 것 같았다. 그런 식으로 생각하는 자신도 형편없다고 생각했다.

언니의 휴대폰은 친구나 남자친구한테서 문자가 들어오는지, 패밀리 레스토랑에 있는 동안에도 자주 진동했다. 그것을 보고 히카리는 그러고 보니 나는 지금 친구가 없구나, 하고 비로소 깨달았다.

도모카와 만난 것은 그런 날들 속에서였다.

히카리와 한방을 쓰던 장학생이 떠난 뒤 들어온 사람이 도모카였다. 마른 체형의 그녀는 갈색 머리에 눈썹이 없고 인형 같은 외모를 지녔다. 도모카를 보고 첫눈에 아, 하고 떠오른 것이 있었다.

베이비 배턴 기숙사에서 함께 지낸 고노미를 닮았다.

"잘 부탁해, 히카리."

방금 소개한 히카리를 성 대신 이름으로 부르는 것도 완전히 똑같았다. 순간 고노미가 나타난 게 아닐까 하고 착각할 정도였다. 잠시 생각했을 뿐인데 몹시 그리워졌다.

도모카는 장학생도 아니고 나이도 히카리보다 많았다. 처음 고노미를 만났을 때와 비슷한 나이일까. "전에 '가게'에서 일했어" 하고 말하기에 남자 동료들이 "어떤 종류의 가게일까?" 하고 흥분하며 물었다. 거기에 대고 장난스럽게 윙크를 하면서 "비밀" 하고 대답하는 도모카는 세상 물정에 환하고 매우 멋있어 보였다. 그녀가 나타난 것으로 히카리가 남자 동료들에게 받았던 시선이 분산되었다. 그래서 약간 못마땅하기도 했지만 그 이상으로 마음이 편했다.

도모카의 등장은 히카리의 세계를 환하게 밝혔다.

"히카리는 나랑은 다르게 고생을 많이 한 것 같아. 엄청나게 깨끗한 느낌이야."

도모카의 말에 히카리는 놀랐다.

"그렇지 않아요. 도모카 씨가 더 경험이 풍부할 것 같은데요."

"아니야. 히카리는 뭔가 어른스럽고. 그 나이에 부모 품에서 나왔다는 것도 존경스러운걸. ——아, 그리고 날 그냥 도모카라고 불러."

단둘이 있는 방에서 도모카와 다양한 이야기를 나누었다.

그녀가 히카리의 소중한 친구를 닮았다는 것. 그 사람은 지금 어디서 무얼 하는지 모르지만 행복했으면 좋겠다는 것.

——히카리 자신이 아이를 낳은 경험이 있다는 것도 처음으로 밝혔다.

사정을 모르는 타인에게 말하는 것은 처음이었다.

도모카는 얌전하게 이야기를 들은 후 "힘들었겠다" 하고 말했을 뿐이었다. 그것은 말 그대로 위로하는 느낌도 있는 반면 별로 관심이 없다는 무정함도 느껴져서 히카리는 기분이 좋았다.

그런 점도 고노미와 닮았네——하고 히카리는 생각했다.

물론 닮지 않은 구석도 많았다.

그런데 닮았다는 것 자체가 히카리가 도모카를 처음 봤을 때 그렇게 느꼈기 때문에 그 이후에도 계속 닮았다고 믿게 된 것일지도 몰랐다.

고등학교 때 히카리는 동급생들과 전혀 어울리지 못했다. 수학여행에서 교토 뒷골목의 유흥가로 우연히 들어가 윤락업소 간판을 보게 되었는데 그 간판의 여자들은 어쩐지 고노미나 마호와 닮은 느낌이었다. 그것과 비슷한 그리움을 도모카에게서 느끼고 싶었는지도 모른다. 세상 물정에 어두운 동급생들. 그들은 모르는 히카리의 친구 냄새를.

고노미와 마호 두 사람도 분위기 말고는 떠오르는 게 없었다. 얼굴은 어디가 닮았는지 기억나지도 않는다.

그녀들과 닮은 동시에 닮지 않은 도모카.

예를 들어 도모카는 돈 이야기를 자주 꺼냈다. 같은 방에 들어온 지 일주일이 지나자 이렇게 말했다.

"히카리, 나 만 엔만 빌려줄래? 휴대폰 요금 내야 하거든. 바로 갚을 테니까 좀 빌려줘."

"알았어."

어째서 빌려주었을까.

그런데 그 돈은 도모카의 말대로 월급날에 바로 되돌아왔다. 하지만 그다음에는 2만 엔, 그다음에 또 빌려 간 5천 엔은 되돌아오지 않았다.

그녀가 요금을 냈다는 휴대폰으로 누군가와 욕설하듯 통화하는 소리를 여러 차례 들었다.

"알겠다니까. 시끄러워. 진짜 어떻게든 한다니까. 아— 콱 죽어 버려."

히카리를 대할 때와는 백팔십도 다른 말투로 욕설을 폭풍처럼 내뱉은 뒤 이번에는 다른 사람과 통화를 하며 훌쩍훌쩍 울었다. 밤에 그런 전화가 시작되면 시끄러워서 잠들지 못하는 날도 많았다. 새벽 3시에는 일어나서 집배 트럭에서 신문을 내리는 작업을 해야 하는데도.

그럼에도 그 무렵에는 그나마 나았다.

"히카리."

어느 날 석간 준비를 하고 있을 때였다. 도모카의 목소리였다.

하늘은 언제 비가 내려도 이상하지 않을 날씨였다. 비에 맞지 않게 신문을 비닐로 싸는 작업을 하고 있는데 그날은 낮부터 도모카의 모습이 보이지 않았다. 찾아오라는 소장의 말에 밖에 나갔더니 도모카는 근처 아파트 비상계단에 앉아 멍하니 허공을 바라보고 있었다.

마침 지나가던 히카리를 도모카가 불러 세운 것이다. 목소리에는 생기가 없었다.

히카리는 놀란 토끼 눈을 떴다.

도모카는 입을 힘없이 벌리고 담배를 피우고 있었다. 윗도리 어깨 부분이 심하게 흘러내려 속옷 끈이 보였고 핫팬츠 밑으로 훤히 드러난 다리를 적나라하게 꼬고 있었다. 도모카의 오른쪽 눈에 시퍼런 멍이 들어 있고 눈꺼풀은 축 늘어져 있다.

도모카 짱, 하고 부르려 했다. 그때는 어쩐지 이름만 부르기가 두려웠다. 그러자 히카리가 부르기 전에 그녀가 먼저 입을 열었다.

"저기, 나 보증 좀 서 줄래?"

등줄기에 작은 벌레가 오글오글 기어가는 징그러운 느낌이 스쳤다. 보증이라는 말이 지닌 울림이 귀에 들어옴과 동시에 히카리의 머리에 경적을 울렸다. 자신의 생활 속에서 한 번도 들어 본 적 없는 말이다. 관계없다고 생각해 온 말이다.

"어?"

"보증—. 아이 씨, 못 들은 척 좀 하지 마. 무슨 뜻인지 알잖아."

어째서, 하고 생각했다.

어째서, 어째서.

어째서 이 사람과 한방을 쓰게 되었을까. 이런 사람과 엮이는 인생에 발을 들여놓은 걸까.

남자친구한테도 하지 않은 소중한 이야기를 왜 이 사람한테 해 버린 걸까.

아니면 내 인생이나 생활 역시 제삼자가 보면 이 사람과 똑같은 것으로 보이는 걸까.

거친 말로 위협해 와도 히카리는 대답할 수가 없었다. 그것만은 무슨 일이 있어도 안 된다는 것을 알았다.

"안 돼."

히카리는 대답했다. 한심하게도 목소리가 뒤집어졌다.

도모카의 눈이 히카리를 노려봤다.

당장 도망가고 싶을 만큼 죽일 듯한 눈빛이었다. 갑자기 도모카가 눈을 피했다. 피우던 담배를 입에 물고 연기를 내뿜으면서 "그치?" 하고 선뜻 물러났다.

"그럼, 그럼. 안 되지."

도모카는 그날부터 툭하면 일을 빼먹었다.

신문 배달 일이 무척 고돼서 히카리는 그만두고 싶을 때가 한두 번이 아니었다. 그럼에도 계속했다. 아사미의 소개인 데다 여기서 도망가면 갈 곳이 없기 때문이다. 엄마한테도 지금 이 상태로는 돌아가지 못할 것 같았다. 낭떠러지에 떨어지려는 것을 온힘을 다해 매달리며 일꾼이 되고 싶다는 마음으로 버텼다.

도모카가 일을 그만두기를 바랐다.

그리고 그 바람대로 어느 날 도모카의 짐이 방에서 없어지더니 소장이 그녀가 그만두었다고 알려 주었다. 말도 없이 멋대로 나갔는지 야반도주나 다름없다며 소장 부부는 식식댔다.

히카리는 가슴을 쓸어내렸다. 나쁜 사람은 아니겠지만, 그녀가 변덕을 부릴 때마다 계속 휘말릴까 봐 걱정되었기 때문이다.

하지만——그런 안도감은 도모카가 없어진 뒤 며칠 만에 산산조각이 났다.

그날도 석간 배달 준비를 하고 있었다.

남자 두 명이 돌연히 히카리를 찾아왔다.

광택 나는 원단의 눈에 띄는 양복을 입은 남자와 그보다 젊고 낡아 빠진 재킷을 입은 남자였다. 젊은 남자가 "가타쿠라 히카리?" 하고 히카리의 이름을 불렀다. 처음 보는 사람이 갑자기 친한 척하며 부르기에 히카리는 얼굴이 굳어졌다

그 두 사람이 내보인 서류에 히카리의 이름이 있었다.

보증인 칸에 자신의 이름이 농담처럼 적혀 있다. 옆에 막도장으로 '가타쿠라'라고 찍혀 있었다.

"나 아닌데——."

뒤집어진 목소리로 필사적으로 말했다.

"이거, 내 글씨 아니에요. 내가 쓴 거——."

"야나기하라 씨하고 너 친구 사이였잖아. 잘 봐, 도장도 찍혔고."

야나기하라라는 이름은 처음 듣는 이름이었다. 차용증서 같은 그 서류 윗부분에 쓰인 이름을 보고 정신이 아찔해졌다.

도모카를 나쁜 사람이 아닐 거라고 억지로 믿으려 한 자신의 순진함이 원망스러웠다. '야나기하라 요시코'라는 생판 모르는 이름이 거기에 적혀 있었다. 도모카라는 이름이 가명이었을지도 모르고, 어쩌면 히카리는 만난 적도 없는 누군가의 보증을 서게 된 건지도 모른다.

얼굴에서 핏기가 싹 가셨다. 빌린 금액 칸에는 50만 엔이라고 적혀 있었다. 꼬박꼬박 저금하면 조금씩 갚을 수 있을지도 모르지만 당장은 마련할 수 없는 금액이다. 무엇보다 자신이 빌

린 것도 아니며 남을 위해 대신 낼 수도 없는 금액이다.

"도장도 내 것이 아니에요. 이런 건 어디서든 살 수 있잖아요. 필적도 감정하면."

"히카리 짱. 그런데 말이다, 이건 네 이름이야."

"그래도."

그때.

양복 차림의 나이 많은 남자가 슬그머니 오더니 테이블을 걸어찼다. 쾅 하는 엄청난 소리와 함께 히카리의 눈앞에서 테이블이 솟구쳐 올랐다. 남자는 언성을 높이지 않았다. 그럼에도 어깨가 흠칫거려서 입도 뻥긋할 수가 없었다. 남자가 조용히 히카리를 내려다보았다. 눈빛이 싸늘했다.

"······돈 갚을 만한 일자리를 찾아 줄 테니 언제든지 연락해."

히카리는 떨고 있었다.

이건 분명히 이상하다, 잘못되었다고 생각하는데도 마치 가위눌린 것처럼 말이 나오지 않았다. 그동안 수금이나 구독 권유로 남자들의 노골적인 시선을 받아 왔다. 그것은 상당히 여유로운 축에 속하며 상냥한 시선이었다는 것을 실감했다. 여자로서의 자신에게도 관심이 없고 단순한 폭력과 무자비함밖에 없는 이런 눈빛을 받은 것은 처음이었다.

여자로서 관심이 없을 텐데도 그 싸늘한 눈빛은 마치 히카리를 상품처럼 보고 있었다. 남자가 말한 '돈 갚을 만한 일자리'에 짚이는 것은 하나밖에 없다.

다정하고 정말 좋아했던 고노미의 얼굴을 순간 머릿속에 떠올렸다. 원치 않는 임신을 해서 한때나마 같은 입장에서 짧은 시간을 보낸 연상의 친구. 떠올리자 눈물이 나올 것 같았다.

히카리는 절대로 서명하지 않았다.

보증 같은 거 서지 않았다.

이것은 자신의 글씨도 아니고 도장도 자신의 것이 아니다. 조사하면 나올 것이다. ——하지만 그것을 도대체 누가 조사해 준단 말인가. 도모카라고 밝힌 그녀를 상대로 분명하게 거절했는데도 어느새 이런 상황이 되고 말았다.

히카리가 주장한 필적감정이라는 '상식'이 통하지 않는 세계에 어느덧 발을 들여놓게 된 것이다.

"또 오지" 하고 남자가 말했다.

"이왕이면 빨리 갚는 게 좋아. 이자가 붙으니까."

남자들이 와 있는 동안 신문 배급소 소장은 상황을 걱정하면서도 절대로 이쪽을 쳐다보지 않으려 했다. 그들이 가고 난 후에야 히카리에게 다가와서 말했다.

"여기서 이러면 곤란하다고."

이야기의 내용은 다 들렸을 것이다. 무엇보다 도모카를 고용한 당사자이니 그 아이의 무책임한 일솜씨와 성격을 알고 있을 터이다. ——내가 보증을 서지 않았다는 이야기도 다 들었으면서.

"저는."

"저런 사람들은 매일 올 게 뻔한데. 우리가 장사를 하든 신경도 안 쓴다고. 전에도 이런 일을 저지른 녀석이 있어서 얼마나 힘들었는데, 나 원 참."

소장은 '트러블은 곤란하다'고 분명하게 못을 박았다.

그 말에는 지금껏 히카리가 매달려 온 일에 대한 고마움도 인정도 아무것도 없었다. 남자들이 떠나자 가라앉기 시작했던 마음이 그날 가장 격렬하게 휘몰아쳤다.

오래 일하든 어쨌든 이 사람에게 자신은 어디까지나 그만두는 종업원 중 하나에 불과하다──.

"자, 어서 석간 배달 가야지. 네 몫도 정리해 뒀어."

맥이 빠져 몸에 힘이 들어가지 않는 히카리의 등을 소장이 툭 쳤다. 평소에는 히카리에게 거의 성희롱에 가까운 발언을 하던 동료들도 누구 하나 자신을 보려 하지 않았다.

그날 배달을 마치고 자전거를 끌며 배급소로 돌아오니 아까 그 남자들이 다시 와 있었다.

두 번으로 나눠서 찾아오는 일에 무슨 의미가 있는 걸까.

"야나기하라 요시코가 어디 있는지 정말 몰라? 연락해 봤어?"

"몰라요."

히카리는 대답하면서 눈물이 핑 돌았다. 말꼬리를 잡듯 남자가 다시 물었다.

"야나기하라 요시코를 안다는 건가? 그런 말투인데?"

"몰라요. 그 이름은 오늘 정말 처음 들었어요."

"흐음."

젊은 남자의 발이 히카리의 자전거에 닿을 듯이 슉 하고 스쳤다. 빠른 발차기였다. 오금이 저렸다. 남자가 "어이쿠, 위험할 뻔했네" 하고 히죽거렸다.

──저런 놈들은 매일 올 게 뻔한데, 하고 소장이 했던 말이 되살아났다. 아아, 정말 그렇구나. 이제 평온한 나날은 사라졌다. 그리고 도모카라는 이름의 여자는 어디론가 가 버렸다. 전에 아주 잠깐 사귀었던 남자가 홀연히 사라진 것처럼 이제 돌아오지 않는다. ──잠깐이나마 정을 주었던 남자한테 속은 것보다 같은 여자한테 뒤통수를 맞은 것이 훨씬 화가 나고 불합리하다고 여겨졌다.

지쳐서 방으로 돌아와 베개에 얼굴을 묻고 소리 질렀다. 그러다 숨죽여 울었다. 혼자 있을 때는 소리가 잘 나오는데 그 남자들 앞에만 서면 겁이 나서 목구멍이 조여 온다. 아무 소리도 하지 못하게 된다. 한심했다.

아사미에게 상의하고 싶다는 생각이 제일 먼저 들었지만 그녀에게 상의한들 해결되지는 않을 것이다. 보호받을 수 있는 입장이었던 몇 년 전과 달리 지금 히카리는 아사미와도 아무 관계가 없다. 그녀는 히카리를 기숙사에 계속 머물게 해 주지도 않았다.

모습을 감춘 도모카는 쫓지 못하면서 왜 자기만 거주지를 안다는 이유로 이런 일을 당해야 할까. 아무도 지켜 주지 않는 이런 곳에서.

──히로시마에는 출산하기 위해 왔을 뿐 실은 아무런 연고도 없는데. 울다 지쳐 고개를 들었다.

지금까지 이 방에서 수없이 많은 동료들이 도망갔다. 무단으로 일을 그만두고 쥐도 새도 모르게 이곳을 떠났다.

──히카리가 그래서는 안 되는 이유가 대체 어디 있단 말인가.

내일 아침 일찍 일어나지 않아도 된다. 조간 작업을 하지 않아도 되며 그다음 날 아침도 또 그다음 날 아침도 안 해도 된다고 상상했더니, 전부터 내내 힘들고 괴로웠던 것이 뼛속 깊이 사무쳤다. 내일 일하러 가지 않아도 된다는 충동이 엄청난 기세로, 강렬하고 달콤하게 가슴을 뒤흔들었다.

다행히 월급날은 엊그저께였다. 그리고 그 남자들이 그것까지 알고 있다는 생각이 들었다. 내일이 되면 이 서랍 속 봉투에 담긴 만 엔짜리 지폐를 전부 그 사람들에게 빼앗길 것 같았다. 그것만큼은 절대로 용납하지 않겠다고 다짐했다.

짐을 정리했다.

자전거를 훔치고 말없이 사라지는데도 양심의 가책은 느껴지지 않았다. 잠깐 요 앞에 나간다는 얼굴로 얇은 상의를 껴입고 나왔다. 주위의 눈을 의식하면서 땅을 박차고 달려 가장 가까운 역으로, 한 번도 이용한 적이 없는 역으로 향했다.

역 앞에 자전거를 세우고 막 도착한 전철에 올라탔다. 다행히 누군가 미행하는 느낌은 없었다.

아사미가 소개해 준 일자리였다.

이런 식으로 도망치듯 그만두다니 믿을 수가 없다.

히로시마에는 기숙사의 기억밖에 없다. 신문 배달 일을 하며 지낸 기간이 훨씬 긴데도 가슴속에 있는 것은 아사미의 기숙사와 바다였다. 하지만 그 모든 것이 거짓말 같았다. 감상에 젖어 이 지역에 와 버리다니, 지금 생각하면 제정신이 아니었다.

산부인과에 다닌 것도, 배 속에 아이가 있던 것도, 자신이 누군가에게 보살핌을 받았던 것도 먼 기억 저편으로 흐릿해졌다. 어느덧 자신의 일처럼 느껴지지도 않았다.

이제 아무도 히카리를 걱정하지는 않을 것이다.

히카리가 스무 살이 되었기 때문이다.

더 이상 미성년도 아니고 어린아이도 아니다. 그토록 바라던 어른의 입장을 손에 넣었다. 자기 이름으로 빚보증도 가능한 나이가 된 것이다.

전철이 모르는 역을 나간다. 노면전차가 아닌 보통 전철이다.

이로써 아사미에게도 연락할 수 없겠구나 싶어 기운이 빠졌다. 자신이 어디로 가고 싶은지도 모르면서 그것만은 확실히 알았다.

아사미나 기숙사와의 인연을 끊게 되었다는 데에 분노가 치밀어 오르자 히카리는 얼굴에 가방을 바짝 대고 잠시 동안 도모카며 그 남자들이며 신문 배급소 소장이며 동료들이며——여기서 자신과 관계된 모든 사람들을 저주했다. 자신에게서 멀어진 아사미마저 원망했다.

방에서 긁어모으듯 가져온 짐을 전철이 움직이고 나서야 확인했다. 현금, 옷가지, 화장품――. 그 순간 아차 싶었다. 책상속에 있는 언니의 연락처가 적힌 메모를 챙기지 못했다. 짐을정리할 때는 아예 존재조차 잊고 있었다.

핏기가 가셨다.

속상했다.

의지할 생각은 처음부터 없었다. 하지만 이제 정말 언니와도연락하지 못하게 되었다고 생각하니 자신이 왜 이런 꼴을 당해야 하는지 서러움이 울컥 복받쳐 올랐다. 그리고 울었다. 메모를 깜빡 잊어서 슬픈 것이 아니라 온갖 일들이 슬프고 안타까워서 울기에도 지친 뺨에 다시 눈물이 하염없이 흘러내렸다.

어디를 지나가는 전철인지 모르지만 마지막에 한 번은 보고싶었던 바다는 보이지 않았다. 차창에는 어느 마을이든 별다를것 없는 주택가와 전원 풍경이 이어질 뿐이었다.

(11)

어디로 갈지 정하지도 않은 채 전철을 올라탔다. 전철 안에서 히카리는 자신이 무의식적으로 도치기의 집으로 향하고 있다는 것을 깨달았다.

상황이 이런데도 결국 집을 떠올리는 자신에게 실망했다. 남자들이 쫓아올까 봐 아직 겁이 났다. 누군가 지켜 주길 바랐다.

하지만 장시간 전철 안에서 멍하니 차창을 바라보는 사이 지금 돌아가면 안 된다는 느낌이 들기 시작했다.

마지막으로 엄마와 전화했을 때 "잘, 지내고 있니?" 하고 묻는 가냘픈 목소리가 아직 귀에 남아 있었다.

집에서는 이제 완전히 히카리를 포기했을 것이다. 부모님이 히카리에게 절망하고 포기하는 것에 히카리는 여전히 익숙해지지가 않는다. 새로운 절망과 포기가 더 심하게 일어날 때마다 일일이 상처가 생겨서 아프다.

지금 이 상태로 집으로 돌아가도 소용없다.

다행히 신문 배달을 해서 모은 돈은 거의 손대지 않고 남아 있었다. 새로운 장소에서 작은 집을 빌리고 일자리도 찾을 수 있을지도 모른다.

전철 창문에 비치는 안색이 나쁜 자신을 바라봤다.

몇 년간 거의 화장을 하지 않았는데도 직장에 젊은 여자가 적다는 이유로 여자 대접을 받았다. '젊음'은 일자리나 돈으로 연결되는 법. 세상에는 아름답고 예쁜 사람이 많지만, 자신이 아직 젊다는 이유만으로 이득을 본다는 자각은 하고 있었다.

그것을 이용하지 않으면 손해이지 않은가.

신문 배급소 일이 고달플 때도 몇 번이나 고민했던 것이다. 물장사나 윤락업소에서는 수입이 훨씬 많지 않을까. 실제로 신문에 끼우는 광고지에 소개된 접대부 일은 시급이 높았다. 하물며 윤락업소는 어떻겠는가.

하지만 기숙사에서 만난 고노미와 마호의 존재가 그 마음에 제동을 걸었다. 고노미는 기숙사를 떠날 때 취직해서 열심히 살겠다고 했다. 그것이 원래 하던 일로 돌아가지 않겠다는 뜻인지는 모르지만 그럼에도 구태여 입 밖에 냈다. 그녀는 만난 직후 "넌 윤락업소 종류 같은 건 모르지?" 하고 물었다.

그런 질문을 받을 만큼 고노미의 눈에 무구하게 비쳤을 자신을 떠올리니 한때는 자신도 가엾고 소중한 존재였구나 싶어 도저히 윤락업소에서는 일할 수가 없었다. 부모님이 슬퍼한다는 생각은 전혀 하지 않았지만 왠지 고노미가 슬퍼할 것 같았다. 그녀들과 만나지 않았더라면 분명히 일찌감치 그런 곳에서 일했을 것이다.

사람이 많은 곳에서 내려 그곳에서 살아야겠다고 결심했다.

도시로 나가면 히카리 한 명쯤은 존재를 숨겨 줄 것 같았다. 자신의 존재를 없애 줄 만한 곳에서 살고 싶었다.

신칸센을 탈 돈이 아까워서 완행열차로 도쿄에 가기로 했다.

도중에 오사카나 나고야 같은 큰 도시의 이름이 나올 때마다 '여기도 괜찮을 것 같은데' 하고 마음이 흔들렸지만 결심이 서지 않아 그냥 좌석에 앉아 있었다. 도쿄로 향하는 도중에 요코하마의 이름이 나왔다.

그 남자들도 아사미도 여기까지 쫓아오지는 않을 것이다. 그래도 일단 목적지였던 곳에 가지 않음으로써 눈속임을 할 수 있을 것 같았다. 인파에 묻힐 수 있겠다 싶어 도쿄에 도착하기 전에——요코하마 역 근처에서 히카리는 하차했다.

전철에서 내려 길을 걷다가 우선 집을 찾아보기로 했다. 큰 길가에 있는 부동산 앞에서 벽에 붙여진 물건 소개를 봤다. 월세를 낼 수 있을 만한 아파트가 있어서 큰마음 먹고 부동산 안으로 들어갔다.

처음에 응대해 준 사람은 이십 대로 보이는 남자 직원이었다. 히카리는 부동산 앞에 소개된 물건을 봤으며 혼자 살 방을 구한다고 전했다.

젊은 남자 직원이 처음에는 생글거리며 대해 주기에 마음이 놓였지만, 그것도 잠시 "학생이니?" 하는 질문에 히카리가 고개를 젓자 이야기의 분위기가 점점 달라졌다.

일은 무슨 일을 하는지, 나이는 몇인지, 보증 서 줄 사람은 있는지.

그 질문에 마음 한복판이 쓱 차가워졌다. 아파트를 빌리려면 보증인이 필요하다는 사실을 히카리는 모르고 있었다.

도중에 젊은 남자가 자리에서 일어나 안쪽에 앉아 있는 중년 남자 직원에게 뭔가를 말했다. 잠시 후 이번에는 두 남자가 같이 돌아와 히카리 앞에 앉더니 "부모님께 전화해 볼래요?" 하고 물었다. 중년 남자가 히카리를 힐끔거리며 불쾌하게 쳐다봤다.

그 눈빛을 보고 도망쳐 나왔다.

"아, 괜찮습니다."

큰 소리로 내뱉으려 했지만 실제로는 가는 목소리가 간신히 나왔을 뿐이었다.

짐을 껴안고 부동산을 나왔다. 큰 짐을 안은 채 방을 구하고 있으면 가출이나 혹은 무슨 사정이 있어 보이건만. 코인 로커에 보관하고 올걸 그랬다고 뒤늦게 생각했지만 이미 늦었다.

땀을 뻘뻘 흘리며 부동산을 뛰쳐나왔다. 심장이 쿵쾅거렸다.

다른 부동산을 찾아갈 기력이 없었다. 직업도 없고 보증인을 해 줄 만한 사람도 없다. 집에 전화를 하라니 당연히 못한다.

숙식이 제공되는 비즈니스호텔 청소부 일을 찾아낸 것은 기적적이었다.

편의점에서 신문이나 생활 정보지를 넘기며 숙식 가능한 일자리를 찾아봤지만 윤락업소 관련을 제외하면 구인은 거의 남은 것이 없었다. 어쩌다 보이는 '주거 상담도 해 드립니다'라는 글자에 의지하여 몇 군데 면접을 봤지만 결과가 좋지 않았다.

히카리는 휴대폰이 없었다. 1박에 4천 엔 하는 호텔에 머물며 호텔 전화번호를 댔지만 일단 거기서부터 수상하다는 눈빛을 받았다. 가출을 의심하며 면접에서 "부모님이 찾고 계시지 않을까요?" 하고 묻는 사람도 있었다.

숙식이 제공되는 일자리는 러브호텔 청소부나 파친코 가게의 종업원 정도이고, 그 밖에는 광고에 나온 내용만 가지고는 무슨 일을 하는지 알 수 없는 일자리였다. ——그런 곳은 실제로 면접하러 갔더니 마사지업소와 출장마사지인 경우가 많았다. 공교롭게도 히카리는 고노미가 말했던 '윤락업소 종류'를 면접관 남자들의 설명으로 처음 알게 되었다.

그동안 일해서 모은 저금이 있으니 당분간은 비즈니스호텔에 묵을 수 있지만, 그렇다 해도 일주일, 많이 잡아 봐야 2주일이 한계였다. 그 안에 무조건 일자리를 찾아야 한다. 그때 아마도 손을 내밀어 줄 윤락업소의 존재는 몹시 달콤하게 히카리의 마음을 흔들 것이다.

——숙박 중인 호텔 엘리베이터에 청소부 모집 광고가 나오지 않았더라면 히카리는 아마도 굳은 결의를 깨고 윤락업소에서 일했을 것이다.

며칠 호텔에 묵는 동안 히카리는 청소부 아주머니와 안면을 텄다. 참견을 좋아하는 아주머니는 "혼자 묵는 거야? 꽤 오래 있네? 대체 무슨 사정이 있어서?" 하고 대놓고 물었다. 아주머니의 거리낌 없는 행동이 성가신 반면 안심이 됐다. 오랫동안 사람들로부터 관심을 받지 못한 히카리는 그것이 쓸데없는 참견이라도 기뻤다.

"요코하마에서 일하려고 집을 나왔어요."

"스무 살은 넘었지? 미성년 가출은 아니지?"

"그렇게 어리지 않아요."

"그렇구나. 내가 질문이 너무 많았네, 미안."

아주머니의 질문에 히카리가 웃으며 대답하자 아주머니가 사과했다.

아주머니는 순박한 사람이었다.

"숙박 손님 좀 귀찮게 하지 말라고 사무실 사람한테 한소리 들었지 뭐야. 어휴, 이러니까 도시가 무관심하고 차갑다는 소리나 듣지."

그런 것까지 히카리에게 그대로 일렀다.

호텔 측에서도 젊은 여자 혼자 며칠씩 묵고 있으니 수상하게 여기는 모양이다. 의심을 받는다고 생각하니 당연하다고 여겨지면서도 괴로웠지만 아주머니처럼 화끈하게 말하는 사람을 만나니 숨이 트이는 것 같았다. 호텔을 오가다 청소하고 있는 아주머니와 마주치곤 했다. 난간을 걸레질을 하거나 카펫에 청소기를 돌리는 아주머니에게 히카리는 "수고 많으시네요" 하고 인사를 건넸다. 면접 갔다 돌아오면 아주머니가 호텔 방에 도라야키 빵(둥글납작하게 구운 반죽 사이에 팥소를 넣어 만든 단팥빵)을 놔둔 적도 있었다.

이번에 청소부를 다시 뽑는 것은 아주머니가 호텔을 그만두기 때문이었다. 호텔에 숙식하며 오랫동안 일하던 아주머니는 아들 부부가 사는 도시로 이사를 한다고 했다. 따라서 아주머니가 사용하던 방도 비게 된다.

청소부 면접에는 많은 사람들이 몰렸다. 놀랍게도 히카리처럼 젊은 여자도 많았다. 숙식 제공의 일자리 찾기는 나이에 상관없이 모두 힘들다는 뜻이다. 젊은 여자들은 면접인데도 지저분한 셔츠를 입거나 고개도 제대로 들지 않는 사람, 나이에 비해 이상하게 지쳐 보이는 사람도 많았다. ——히카리도 남 이야기를 할 때가 아니지만 그녀들은 길거리의 다른 여자들에 비해서도 청결한 느낌이 한참 부족했다.

호텔에 계속 머물던 히카리는 옷도 새 옷이고 샤워도 깨끗이 했다. 최대한 면접관의 눈을 보고 이야기하기로 마음먹었다.

면접관은 히카리가 이 호텔의 손님이라는 것을 알고 있었다. 장기 숙박의 이유를 묻는 질문에는 아주머니에게 이야기했듯이 요코하마에서 일하기 위해서라고 대답했다. ——집안 형편이 어려워 취직해서 생활비를 보내야 한다는 이야기도 덧붙였다.

히카리는 아주머니의 강력한 추천 덕분에 채용이 되었다. 기분 좋은 아가씨라고 말해 주었다는 것을 나중에 듣고 가슴이 벅찼다.

이번에도 히카리는 마음을 비우고 부지런히 일하려고 애썼다. 해가 들지 않는 골목길에 위치한 호텔은 평범한 조명을 쓰는데도 낡은 카펫에 비치는 빛이 어두웠다. 원인은 모르지만 그 빛 아래서 정기적으로 갈고 있는 깔개와 침구의 색까지 바래 보였다.

길 하나만 건너면 세련된 호텔이 많은데도 손님은 끊이지 않았다. 인기가 많은 것은 아니지만 늘 이곳을 이용하는 비즈니스

맨이나 지방에서 관광차 올라온 듯한 가족들이 숙박했다.

요코하마라고 했을 때 떠올릴 만한 근사한 멋과 분위기는 없지만 숙박료가 저렴하다는 것은 이점이 되는 모양이다. 삼대가 같이 온 한 가족은 덕분에 여행을 잘했다며 노인이 가족에게 고마워하기도 했다.

일하기 시작한 지 얼마 후 히카리는 히로시마의 신문 배급소에 편지를 썼다.

급하게 나와서 미안한 마음도 있지만 가장 마음에 걸린 것은 자전거였다. 그 당시에는 죄책감이 없었지만 자전거를 훔쳐 달아난 것 때문에 마음이 점점 무거워졌기 때문이다.

신문 배급소에서 사용하던 배달용 자전거는 신문을 많이 담아도 끄떡없도록 크고 튼튼한 바구니로 바꾸어 단 것이다. 남이 보면 신문 배급소 로고가 찍힌 볼품없는 자전거에 불과하겠지만 그 배급소의 소중한 비품이다. 배달할 때 잠시라도 자리를 비울 때면 반드시 자물쇠를 걸도록 엄격하게 주의를 받았다.

훔친 자전거는 역 주차장에 있습니다, 하고 자신이 뛰어오른 전철역 이름을 적었다. 그것만은 알리고 싶었다. 하지만 찾아올까 두려워 지금 어디에 있는지는 한마디도 적지 않았다.

신문 배급소에 들어갈 때는 아사미의 소개였고 이력서에도 도치기에 있는 본적지를 비롯해 사실을 적었지만, 요코하마의 호텔에서 일할 때는 성인이었기에 이름만 본명으로 하고 나머지 주소 같은 것은 엉터리로 써 넣었다. 신분증도 첨부하지 못했지만 그것으로 책잡히지는 않았다.

일은 고됐다.

객실 수가 80개에 달하는데 청소 인원은 히카리와 다른 한 명뿐이었다. 그 한 명도 오래 일하지 못하고 그만두더니 다른 사람이 들어오는 형편이었다. 좀처럼 사람이 버티지 못하기에 히카리를 고용해 주었는지도 모른다. 숙식이 제공되는 일자리였 지만 호텔 바로 뒤편에 있는 좁은 직원 숙소는 무료가 아니었 다. 월세와 관리비를 다달이 월급에서 떼이는 바람에 히카리의 손에는 자유롭게 쓸 돈이 얼마 남지 않았다. 살 곳이 마련된 것 만 해도 다행이었지만 일하면서 다른 일을 찾아보는 편이 좋을 것 같았다. 그러려면 방도 새로 구해야 하는데 전에 부동산에서 상처받은 것을 떠올리면 그것도 만만치 않다는 것을 다시금 깨 달았다.

여느 때처럼 세탁용 침구를 모으고 쓰레기를 정리해서 밖으 로 나왔을 때였다.

"히카리 짱" 하고 끈적하게 부르는 소리가 났다.

히카리는 조건반사처럼 상대의 얼굴을 보고 말았다. 그리고 후회했다. 대답하지 않고 죽기 살기로 달려서 도망쳐야 했다.

히로시마에서 만났던 남자가 서 있었다.

전에는 둘씩 다녔지만 지금은 혼자다. 광택 나는 양복을 입 고 히카리 앞에서 테이블을 걷어찼던 남자. 히카리가 도망쳐 나 온 남자.

목소리가 나오지 않았다. 왜냐고 묻고 싶었다.

히로시마를 나와 여기서 일하기 시작한 지 아홉 달 가까이 흘렀다.

남자가 히죽히죽 웃었다. 그사이 머리가 더 길어지고 액세서리가 치렁치렁해졌으며 얼굴에 패인 주름도 깊어졌다. 그에게서 풍기는 막 나가는 분위기는 한층 다듬어져 보였다.

"도망가면 안 되지. 얼마나 찾았다고."

남자의 손이 뭔가를 팔랑팔랑 흔들었다. 그것을 알아보고 히카리의 온몸에 소름이 쫙 돋았다.

히카리가 히로시마의 신문 배급소에 보낸 엽서다. 자전거의 위치와 사과의 말을 써서 보낸 엽서.

이쪽 주소는 쓰지 않았는데 어떻게 알았을까 하고 생각하고 있자 남자가 우표 부분을 손가락으로 톡톡 두드렸다. 히카리는 숨을 멈췄다. 이곳의 소인이 찍혀 있었다.

시커먼 절망이 가슴을 뚫었다.

어떻게 했는지는 몰라도 남자는 그 소인 하나로 히카리의 거처를 알아냈다. 숙식이 제공되는 일자리는 적다. 히카리도 일을 찾느라 고생한 탓에 지겹도록 잘 안다. 소인에 찍힌 이 근처의 숙식 제공 일자리를 찾다 보니 그리 어렵지 않게 히카리가 있는 곳에 당도했을지도 모른다.

그리고 다른 사실도 깨달았다.

히카리가 나온 후에도 이 남자는 신문 배급소에 드나들었던 것이다.

그곳에서 무얼 했는지는 모른다. 어쩌면 도모카와 히카리가 한때 일했다는 이유로 배급소에 행패를 부렸을지도 모른다. 어쨌든 그곳에서 이 엽서를 손에 넣은 것이다. 신문 배달을 했을 때 히카리는 소장 부부에게는 그런대로 은혜를 느끼고 있었다. 엄하고 모진 소리도 많이 듣고 괴로운 일도 많았다. 그럼에도 인연이라 믿었던 그 사람들이 히카리의 엽서를 이 남자에게 넘긴 것이다.

히카리를 버렸다.

먼저 그곳을 뛰쳐나온 사람은 자신이지만 그럼에도 배신당했다고 느꼈다.

남자는 여전히 우뚝 서서 예전의 그 서류를 내보였다. 구겨져서 그런지 누렇게 보이는 종이는 제대로 보관되지 않았다는 것을 알 수 있었다. 거기에 적힌 야나기하라 요시코의 이름도, 그것과는 다른 필적인 히카리의 이름도 꽤 오래전에 봤기에 이런 글씨였던가 하는 생각마저 들었다. 그때 그 서류가 아니라 다른 서류를 다시 꾸며 왔더라도 히카리는 알 수 없었다. 원래 히카리는 어느 서류에도 사인한 적이 없다.

자신이 사인하지도 않은 차용증서는 어디엔가 고소하면 무효가 되지 않을까. 효력이 없어지지 않을까 하고 그 이후 줄곧 생각해 왔다. 도망갈 필요는 처음부터 없었던 게 아닐까, 하고 남자가 곁에 없을 때는 하나하나 따져 보던 것이 막상 눈앞에 남자가 나타나고 보니 마비가 되었다. 머릿속이 새하얗게 됐다.

그것이 거짓 사인과 도장이라도 이 사람들은 포기하지 않았다. 어쩔 수 없다고 여기지 않았다. 히카리를 끈질기게 찾아다녔다. 결코 놔주지 않을 것이다.

발각되어 추궁당하고 있다는 사실에 충격을 받아 꼼짝도 할 수 없었다.

어째서, 하고 생각했다. 자신이 갚을 수 있을 리가 없는데 그런데 왜 집요하게 쫓는 걸까. 왜 멀리 떨어진 이런 곳까지 쫓아올까. 왜 놔주지 않을까.

정답은 남자가 알려 주었다.

"히카리 짱만 마음먹으면 당장 갚을 수 있는데. 전에도 일자리를 소개하겠다고 했는데 왜 도망간 거야?"

"일자리……"

남자가 "일자리……는 무슨 얼어 죽을!" 하고 히카리의 말투를 흉내 내더니 벽을 걷어찼다. 히카리의 목구멍에서 히익, 하고 짧은 숨이 새어 나왔지만 소리조차 나지 않았다. 그 탓에 뻔뻔스럽게 대꾸도 없이 우두커니 서 있는 것처럼 보였을지도 모른다. 남자가 침을 탁 뱉었다.

빚을 갚지 못하는 여자를 윤락업소에 팔아넘긴다는 것은 TV나 잡지를 통해 알고 있었다. 설마 자신에게 그런 일이 일어날 줄은 몰랐다. 아무리 갚아도 돈을 빼앗겨 엉망진창이 되어 가는 여자들의 이야기. 드라마에서 자주 보는 '그렇고 그런 일'의 이면에 이런 아픔이 알알이 박혀 있을지도 모른다. 그 입장이 되지 않고서는 알 수 없다.

"히카리 쨩도 이제 스무 살이잖아. 자신의 의지로 결정할 수 있지?"

여기서도 자신이 미성년이 아닌 것은 도움이 못 되었다. 이제 어떻게 되든 그것은 모두 히카리가 선택한 것. 히카리의 책임이다. 미성년에게 일을 시키는 것과는 사정이 다르다. 아무도 지켜 주지 않는다.

이자를 갚으면 일단 오늘은 돌아가겠다고 했다.

하지만 서류를 충분히 읽지 않은 히카리는 이자가 몇 퍼센트이며 얼마나 늘어났는지 파악하지 못했다. 이해하지 못했다는 것을 남자는 분명히 꿰뚫어 보고 있을 것이다. 금액과 기한을 거짓으로 알려 줄 것이다. 히카리는 남자가 말한 금액을 갚아야 할 것이다.

히카리는 떨면서도 전액을 한 번에 갚지 않으면, 하고 생각했다.

무릎을 오들오들 떨면서 간신히 서 있는 히카리를 움직인 것은 남자의 다음 말이었다.

"히카리 쨩이 안 갚으면 내키진 않지만 가누마에 있는 어머니한테 가야겠네."

가누마라는 구체적인 도시명이 나와 목이 순간 바싹 말랐다. 고개를 들어 남자를 쳐다본 히카리는 아마도 참혹한 표정이었으리라.

고향 집을 알고 있었던 것이다.

신문 배급소에 제출한 이력서에 히카리는 바보같이 본적지를 적고 말았다.

잘 지내느냐며 히카리를 걱정하던 엄마였다. 딸이 빚 문제에 휘말렸다는 것을 알면 어떻게 생각할까. 어떻게 생각하든 상관없다고 생각하면서도 가슴이 에이는 듯 아팠다. 앞으로 도치기로 돌아갈지, 부모님을 만날지 여부도 모르면서 온몸에 거부감이 일었다. 남자가 집으로 찾아가는 것만큼은 절대 안 된다고 생각했다.

게다가 괜찮을 거라 생각하지만, 언니의 연락처가 적힌 메모가 머리를 스쳤다. 캐러멜색의 체크 미니스커트를 입고 건전한 청춘을 구가하고 있는 언니는 이런 남자들이 앞에 나타나면 히카리보다 더 충격을 받을 것이다. 생판 남의 빚을 변제하라고 강요하는 사람들이다. 동생 핑계를 대며 언니에게 무슨 짓을 할지 모른다.

언니가 상처받을까 봐 두려운 게 아니다. 그렇게 되면 이번에는 정말 언니가 자신을 미워할까 봐 그것이 두려웠다. 고생을 모르는 언니가 "언니는 히카리, 네 편이야" 하고 가볍게 말할 때는 싫었는데, 지금 생각해 보니 그 말이 기뻤다. 이제야 실감하다니 아이러니하다.

"……전부 다 해서 지금, 얼마를, 갚아야 하나요?"

겨우 말문을 열었다.

남자가 대답한 금액은 처음 50만 엔에서 두 배 가까이 불어나 있었다. 그대로 50만 엔이라면, 하고 그동안 저금한 금액을 떠올렸지만 그래도 한참 부족하다.

급여 가불은 허락되지 않는다. 전에 일하던 사람이 사정이 생겨서 상부에 끈질기게 요청했지만 결국 허락되지 않았다.

지금 당장 전액을 갚고 이 남자와의 관계를 끊고 싶다는 충동이 히카리를 사로잡았다. 목돈을 건네 봤자 전액이 아니면 히카리가 어디로 가든 쫓아올 것이다. 그 그림자에 쫓기면서 사는 것은 죽기보다 싫었다.

재회한 그날부터 남자는 매일 히카리가 사는 호텔 뒤편의 직원 숙소까지 찾아왔다. 갚겠다고 했는데도 하루도 빠트리지 않았다.

직원 숙소에는 히카리 말고도 호텔 종업원들이 살고 있다. 그들에게 보이기 싫었고 알려지고 싶지 않았다. 매일 불안한 마음은 진정될 줄을 몰랐다.

숙소로 돌아가면 그 남자가 기다리고 있겠지 싶은 생각에 돌아가지 않은 날도 있었다.

그길로 역 앞 인터넷 카페로 가서 하룻밤을 새웠다. 샤워 시설도 갖추어져 있고 이렇게 하면 밤을 싼값에 보낼 수 있다는 것을 처음 알았다. 의자를 침대 삼아 자는 것은 불편했지만 하루만이라고 생각하면 참을 수 있었다.

318

하지만 직원 숙소로 돌아와 자기 방문 앞에서 벌어진 일에 숨을 삼켜야 했다.

무수히 많은 담배꽁초.

문 바로 옆의 벽에 담배꽁초를 지져서 바닥에 떨어뜨린 모양이었다. 신문 배급소에서 수금할 때도 남자 배달원들이 자주 하던 행동이다. 주인이 집에 없을 경우 담배를 피우며 내내 기다렸다는 것을 압박하듯 보여 주는 것이다. 일부러 담배꽁초를 남겨서.

실제로 당해 보니 몸서리치게 싫었다. 찌그러진 담배꽁초에서 남자의 짜증이 연기와 함께 뿜어져 나와 아직도 이 자리에 맴도는 것만 같았다. 남자의 존재를 주변에서 알아차릴 것이다. 기다리는 모습을 주변 사람들도 이미 봤을 것이다.

한시바삐 남자의 그림자에서 벗어나고 싶었다. 비닐봉지를 뒤집어 장갑처럼 손에 끼운 뒤 울음을 참아 가며 담배꽁초를 주웠다. 밤이슬과 아침 이슬을 머금어 축축해진 꽁초는 손끝에 닿을 때마다 징그러운 감촉이 느껴졌다.

1년 가까이 부지런히 일한 결과 히카리는 직장에서 나름 신뢰를 얻었다고 생각한다.

프런트에서 가장 나이가 많은 백발의 하마노는 히카리를 손녀처럼 대해 주었다. 마음씨 좋은 할아버지 같은 겉모습과 달리 호텔에 무슨 일이 생기면 책임자답게 해결에 나서서 종업원들로부터 존경을 한 몸에 받았다. 모두 곤란할 때는 그를 의지하여 당연하다는 듯 그와 상담했다. 히카리에게도 접수대 안쪽에 있는 사무실로 불러 도라야키 빵을 나눠 주거나, 방으로 가져가 라며 집에서 사용하던 낡은 전기포트를 가져왔다.

프런트에서는 당일 매출과는 별도로 업무 중에 급하게 현금 을 지불해야 할 때가 있다. 그때 사용하기 위해 금고에 여윳돈 을 넣고 꺼내 쓴다는 사실을 히카리는 알고 있었다.

"하마노 씨, 죄송한데요, 지금 결제하러 오셨거든요. 현금 있 으세요?"

젊은 종업원이 물으면 하마노는 예예, 하면서 책상 서랍에서 비밀번호가 적힌 메모를 꺼낸다. 그 번호대로 금고 다이얼을 오 른쪽으로 몇 번, 왼쪽으로 몇 번 돌리는 모습을 본 적이 있다.

금고 속 현금은 매일 확인하는 당일 매출과 달리 금액을 매 일 확인하지는 않을 것이다.

얼마인지는 모르지만 한꺼번에 빌려서 조금씩 갚아 나가면 되지 않을까. 물론 급여가 나오면 바로 갚을 것이다. 갚는 것만 을 최우선으로 생각할 것이다.

작은 금고는 투박하고 낡은 데다 녹까지 슬어 있었다. 그런 데 요즘은 히카리가 사무실에 들어갈 때마다 빛나는 존재감을 자랑하고 있었다. 한 번 눈독을 들였더니 시선이 절로 금고 쪽 으로 빨려 들어갔다. 의식한다는 것을 들키지 않도록 황급히 고 개를 숙였다. 비밀번호가 적힌 종이가 보관된 하마노의 책상 서 랍도 마찬가지였다.

이 방법밖에 없다고 마음을 단단히 먹었다.

사람이 오지 않는 시간대와 언제 빈틈이 생기는지 히카리는 일하면서 알게 되었다. 하마노의 책상에서 꺼낸 종이의 숫자를 열심히 외웠다. 외우고 당장 다이얼을 돌렸다.

금고의 현금은 뜻밖에도 두툼한 봉투에 들어 있었다. 금액을 확인하려는데 겁이 덜컥 나서 곧바로 봉투째 품속에 집어넣어 버렸다.

그길로 곧장 청소할 예정인 객실로 뛰어들었다.

빚을 갚을 만한 돈이 넉넉히 들어 있었다. 그만큼을 빼낸 다음 봉투를 되돌려 놓으려 했다. 심장이 삐걱거리는 소리를 내며 방망이질을 해댔다.

하지만 가지고 나올 때는 기적처럼 완벽한 타이밍에 금고를 열었는데, 돈을 되돌리려 했을 때는 사무실에 늘 사람이 있었다. 돈을 되돌려 놓을 기회가 좀처럼 오지 않았다.

이틀이 지나고 사흘이 지났다.

다시 나타난 남자에게 히카리는 그가 말한 금액을 갚았다. 지폐를 센 남자는 히죽거리면서 히카리의 이름이 적힌 차용증서를 넘겨주었다.

"이제 오지 마세요."

한껏 용기를 냈는데도 모기 소리만 한 목소리밖에 나오지 않았다. 남자는 여전히 히죽거리며 "네, 네" 하고 가볍게 말했다.

"자, 그럼. 이제 안 만났으면 좋겠네."

그는 마지막에 그렇게까지 말했다. 그 가벼운 태도에 신뢰가 가지 않았다. 히카리는 방에서 얼굴을 감싸고 소리 없이 악을 써댔다. 그러고는 억울해서 또 울었다.

현금 봉투는 아직 제자리에 갖다 놓지 못했지만 사무실에 별다른 기색은 전혀 없었다.

그러자 머리가 또 제멋대로 생각하기 시작했다. 그 현금은 어떤 착오로 들어 있던 돈이라 없어져도 아무도 곤란해하지 않는 게 아닐까. 언젠가는 갚을 거지만 히카리가 빌리는 동안에는 아무도 개의치 않는 돈이 아니었을까——.

하지만 그럴 리도 없었다.

"히카리, 잠깐 좀 볼까?"

여느 때처럼 히카리에게 말을 건넨 하마노의 얼굴이 약간 굳어 있었다. 그를 본 순간 불길한 예감이 들었지만 속으로 괜찮을 거라 위안을 했다. 결정적인 이야기는 아직 아무것도 듣지 못했다. 물어도 필시 증거는 없을 테니 시치미를 떼면 된다. 어쩌면 다른 이야기일지도 모르니 괜히 겁먹을 필요는 없다.

하마노가 히카리를 데려간 곳은 금고가 있는 사무실이 아니라 청소 전의 객실이었다. 주위를 살핀 후 하마노가 조용히 물었다.

"……저질러 버렸지?"

숨이 멎었다.

잘 못 들은 척 "네?" 하고 하마노의 얼굴을 쳐다봤다. 금고를 열었을 때보다 심장이 더 쿵쾅거려서 소리가 밖으로 새어 나오지 않으리란 생각을 도저히 할 수가 없었다. 인정하면 편하지 않을까 하는 생각마저 들었다.

"뭘, 말이에요?"

얼렁뚱땅 넘어가기는 실패한 것 같았다. 하마노가 한숨을 푹 내쉬었다.

"금고에서 30만 엔이 없어졌어. 당장 필요한 현금은 아니지만, 내 선에서도 어떻게 할 수가 없구나. 다른 사람들은 훔치지 않았다던데 말이다."

"……그래서 저란, 말인가요?"

돈을 훔친 것은 사실이지만 그것만으로 단정하다니 너무하다. 모두에게 확인하고――아마도 유니폼을 입은 정직원부터 차례로 확인한 뒤 히카리에게 마지막으로 묻는 것도 화가 났다.

다음으로 든 생각은 하마노가 몸을 요구할지도 모른다는 것이었다.

따로 불러내 사방이 막힌 호텔 방으로 데려왔다. 부모님보다 훨씬 나이가 많은 하마노는 할아버지 같은 존재라 남자로 느낄 만한 일은 전혀 없었지만, 한 번 생각하기 시작하자 몸이 위축되었다. 신문 대금을 수금할 때 남자들이 집에 들어오도록 권한 것을 떠올렸다. 그런 남자들 중에는 노인에 가까운 나이대도 있었다.

침대가 눈에 보이지 않도록 온힘을 다해 앞을 보지만, 겁이 나는 것은 어쩔 수가 없었다.

그런데 하마노는 슬픈 얼굴로 고개를 저었다.

"자네가 수상한 남자와 돈 이야기를 하는 모습을 몇 사람이 봤다더구나."

입이 다물어졌다. 그 표정과 말투에서 진심으로 걱정한다는 것이 느껴졌다. 히카리는 자신의 어리석은 생각이 완전히 잘못되었다는 것을 깨달았다.

대답이 없는 히카리를 향해 하마노가 "나한테 상담하지 그랬니" 하고 말했다. 그 목소리에 거짓은 없어 보였다. 히카리를 보는 하마노의 눈에는 히카리가 상상하는 추잡함은 없고 그 눈은 한없이 슬퍼 보였다.

히카리는 작게 주먹을 쥐었다.

다리 위에서 그 주먹이 부들부들 떨렸다. 상담했다면 당신이 돈을 마련해 줬을까, 어째서 그런 소리를 하는 걸까, 하고 감정이 격해졌다.

그런데도 상냥하게 하는 말을 들으니 그 말투 하나만으로 울고 싶어졌다. 예민했던 감정을 억누를 수가 없었다.

"제……빚이, 아니에요."

이제 와서 설명해 봤자 무슨 의미가 있을까. 하지만 하마노가 이해해 주었으면, 알아주었으면 하는 생각이 걷잡을 수 없이 밀려왔다.

히카리는 털어놓았다. 전에 숙식 제공을 받으며 일하던 신문 배급소에서 한방을 쓰던 여자 때문에 부당하게 보증인이 되었다는 것. 서명하지도 않았는데 남자가 서류를 가져왔다는 것. 하지만 절대로 자신은 그런 적이 없다는 것. 그런데도 집요하게 쫓아왔다는 것.

이야기를 들은 하마노의 얼굴이 일그러졌다. 그것은 히카리를 딱하게 여긴다기보다는 되레 말문이 막히고 어처구니가 없다는 표정이었다. 빚을 떠넘긴 도모카나 쫓아온 남자의 행동에 어처구니가 없다는 걸까 싶어 다음 말을 기다린 히카리에게 하마노가 말했다.

"……왜 돈을 냈지? 갚을 필요 없는 빚이잖아. 제대로 보증을 선 것도 아닌데."

"그래도."

두려웠다. 궁지에 몰렸고 어찌할 도리가 없었다.

그 공포와 끝까지 내몰린 심정을 부디 다른 사람도 알 수 있도록 논리적으로 설명하고 싶지만 적절한 말이 떠오르지 않았다. 그 남자들과 히카리 사이에는 조리 있게 말로 따지는 상식 같은 것은 존재하지 않았다.

"그 남자들의 연락처는 알고?"

그 말에 히카리는 고개를 저었다. 고개를 저으면서 아아, 정말 모르는구나, 하고 깨달았다. 연락처도 모르는, 머지않아 그칠 소나기 같은 남자들에게 자신은 그런 꼴을 당했다.

하마노의 얼굴에 다시 어처구니없다는 그 표정이 떠올랐다.

하마노의 한숨 소리를 들으면서 히카리는 어쩔 수 없었다고 입술을 깨물며 생각했다. 남자들과 빨리 인연을 끊고 싶었다. 지금에 와서는 머지않아 그칠 소나기 같았다고 생각되지만, 그 사람들이 눈앞에 있는 동안 그 폭풍은 언제 멈출지 모르는 정말 두려운 존재였기 때문이다. 어째서 연락처를 알아내서 관계를 유지하려 할 수 있단 말인가.

갚을 필요 없는 빚이라는 것은 히카리가 누구보다 뼈저리게 그렇게 생각했고 알고 있었다. 알고 있었을 게 뻔하지 않은가.

그런데 어떻게 했어야 옳았다는 걸까.

하마노는 자기한테 왜 상담하지 않았느냐고 했다. 그 말대로 상담하지 않은 쪽은 히카리다. 하지만 억울한 기분이 들었다. 왜냐하면 아무도 도와주지 않았다. 갚지 않아도 된다고 가르쳐주지 않았다.

하지만. 그래도. 왜냐하면.

머릿속에 떠오르는 말은 변명을 할 때 나오는 단어뿐이었다. 한심했다.

하마노에게 자신의 무지를 지적당한 기분이 들었다. 아마 멍청한 아이라고 생각할 것이다. 그것이 피해망상이라고는 생각하지 않는다.

왜냐하면 히카리 자신이 그렇게 생각하기 때문이다. 나는 멍청하다.

고개를 숙이고 있는 히카리에게 하마노가 계속했다.

"돈을 갚을 방법은 있니?"

그럼에도 금고의 돈에 손을 댄 것은 자신이 아니다.

절대로 인정하지 않겠다고 결심했는데 그 질문에 고개를 끄덕이고 말았다. 원래 빌리기만 할 작정이었다. 훔치려던 게 아니다.

말없이 고개를 끄덕인 히카리에게 하마노는 언성을 높이지 않았다. "그래" 하고 끄덕였다.

"최대한 빨리 갚아야 한다. 다음 달에 본부에서 사람이 오기로 되어 있거든. 그럼 도저히 그냥 넘어갈 수가 없어. ⋯⋯히카리, 가벼운 마음으로 했을지도 모르지만 이건 범죄야. 돈을 갚지 않으면 경찰에 가야 하지."

하마노는 지배인다운 풍격을 갖추었지만 실제 경영자는 따로 있다.

그럼에도 일단 히카리를 감싸 주려 했다. 그것이 얼마나 배려 넘치는 행동인지 안다. 당장 갚아야 한다, 돈을 갚아야 한다. 머릿속으로 주문처럼 외우면서 히카리는 "네" 하고 간신히 대답했다.

범죄라는 말이 히카리를 얼어붙게 했다.

하마노의 말대로다. 히카리에게 죄의식은 희박했다. 어디까지나 호텔 내부의 문제라고 생각했다.

하지만 무사히 돈을 갚는다 해도 이렇게 된 이상 히카리는 계속 이 호텔에서 일할 수는 없을 것이다. 그래도 최소한 하마노를 배신하고 싶지는 않았다. 히카리에게 그런 제의를 하는 상냥한 그를 순간일지언정 의심했던 것도 양심에 찔렸다.

히로시마에서도 그랬듯이 갑자기 도망치듯 떠나기는 이제 싫었다.

"바로 갚을 수 있어요."

히카리는 대답했다.

그때 어디까지 자신이 자각하고 있었는지는 모른다. 언제부터 그 생각을 하기 시작했는지도 모른다.

일부러 보지 않으려 했다. 하지만 이때는 절로 말이 튀어나왔다.

"근처에 친척이 있거든요. 그 집에 가서 빌려 올게요. 마련해 달라고 하면 돼요."

가나가와 현 가와사키 시.

컬처파크스 무사시코스기 3411.

"의심하는 건 아니지만" 하고 하마노가 시키는 대로 그 자리에서 주소를 써서 건넸다.

무사시코스기의 역과 이 호텔이 얼마나 떨어져 있는지.

어떤 노선을 타고 어떻게 갈 수 있는지.

히카리는 알고 있었다. 소일거리 삼아 조사해 두었다. 그냥 장난이다. 가고 싶었던 적도 없다. 새삼스레 가서 무얼 하겠다는 생각도 없었다.

◆

죽은 자식 나이 세기라는 속담을 듣는 순간 묘한 기분이 들었다.

말해 봐야 소용없는 과거의 일을 후회할 때 쓰는 말이다.

하지만 히카리는 살아 있는 아이의 나이를 셀 수 있다.

두 번 다시 만날 일 없는 아이. 히카리는 그 무렵 일기와 편지를 썼다. 로맨틱이나 감상적이라고 말하면 듣기에는 좋지만, 실은 독선적인 자세로 꿈에 젖은 글을 쓰곤 했다. 그 아이는 히카리의 몽상적인 글과는 달리 충실한 생활감 속에서 낯선 부모와 살고 있을 터였다.

헤어질 때는 언젠가 만났으면 하고 바랐지만, 그런 날이 와도 서로 곤란하다는 것을 히카리는 어느덧 이해하고 있었다.

중학생이던 히카리가 아이를 낳은 그날로부터 벌써 6년이 흘렀다.

올해도 5월이 돌아왔다. 그 아이는 10일에 여섯 살이 되었다. 그로부터 나흘 뒤 히카리는 스물한 살이 되었다.

여섯 살이면 초등학교 1학년일 터, 몽실몽실했던 아기는 그날 누구 품에 안겨야 할지도 몰랐지만 이제 자신의 의지와 마음을 가진 어엿한 어린이다. 그런 아이를 사랑스럽게 여길 수 있을까. 그 아이도 히카리에게 친근감을 느낄 수 있을까.

배 아파 낳지도 않은 엄마가 그 아이의 손을 잡고 있다고 생각하면, 억울한 감정이 가슴에 밀어닥쳤다.

처음으로 전화번호를 눌렀다.

"──여보세요, 구리하라입니다."

수화기 너머에서 들린 여자의 목소리는 품위가 있었다. 그야말로 '좋은 엄마'라는 느낌이 들었다. 때로는 아이의 기척이 느껴지기도 했다.

당신들의 그 행복은 누구한테 받은 거야, 라는 말이 입 밖에 나오려 했다.

당신은 아이도 못 낳아서 내가 없었으면 부모도 못 되었겠지. 그런데 평범한 가정인 척 전화를 받다니 너무 뻔뻔스러운 거 아냐?

첫마디를 뭐라고 말해야 할까. 점점 무거워지는 감정의 바다를 잠재우듯 "여보세요, 누구세요?" 하는 여자의 말을 자르고 전화를 끊었다.

그러기를 여러 번 반복했다. 히카리에게 여자의 목소리는 그 집을 대표하는 모든 것이었다. 히카리가 건넨 아이를 중심으로 한 행복 위에 성립된 집. 비밀을 품고 있는 주제에 내색도 않고 행복을 자신들끼리 쌓아 올렸다는 얼굴을 하고 있는 여자.

평범한 가정인 척 살고 있는 여자.

히카리보다 훨씬 나이가 많고 사물의 이치도 아는 것 같았다. 아이를 건넨 그날 만난 부부의 얼굴을 떠올리자 신물이 났다. 그 부부는 히카리의 부모님과 나이 차이가 별로 나지 않아 히카리의 부모라 해도 이상할 것이 없었다. 그런 어른들인데 히카리도 해낸 출산을 못하다니 조금 우습기도 했다. 돈이 많고 똑똑해도 이룰 수 없는 게 있다니 가엾네요, 라고 말해 주고도 싶었다. 그 한 가지로 히카리는 그 부부보다 자신이 더 우위에 있다며 동정까지 했다.

아이를 넘겨주었으니 보상을 요구해도 된다.

협박도 못할 것 없다.

어느 날 전화를 걸었을 때 뜻밖에 여자가 아닌 아이의 목소리가 났다.

"여보세요, 구리하라입니다."

순진하게 전화를 받았다기보다는 마음을 단단히 먹고 받은 듯한 긴장한 목소리였다.

처음에 한마디 했을 뿐 아이는 더는 아무 말이 없었다. 이쪽 상황을 살핀다기보다는 쑥스러워하는 것 같은 답답한 침묵이었다. 이윽고 "여보세요? 할머니?" 하고 응석부리듯 달라진 목소리가 나서 히카리는 숨이 막혔다.

아사토, 뭐 하는 거니? 하는 목소리가 멀리서 들리더니 여자가 "여보세요?" 하고 전화를 바꿨다. 그것을 듣고 히카리는 다시 말없이 전화를 끊었다.

아파트 입구 근처로 상황을 살피러 간 적도 있다.

올려다보면 고개가 뻐근할 정도로 높고 훌륭한 고층 아파트를 확인한 순간 다시 등줄기가 오싹할 만한 위화감이 느껴졌다.

가족 단위가 많이 사는 아파트인지 노란 모자를 쓴 유치원생이 엄마 손에 이끌려 안으로 사라졌다.

여기 34층에 그 가족이 살고 있다.

책가방을 멘 남자아이, 익숙한 동작으로 인터폰을 누르는 아이. 그런 아이들을 볼 때마다 혹시 저 아이가 내 아이일지도 몰라, 하고 얼굴을 유심히 살폈다.

어느 날 다쳤는지 발에 붕대를 감은 남자아이의 모습을 보고 저런, 하고 마음이 쓰였다. 마침 여섯 살 안팎으로 보여서 더 자세히 보려고 몸을 내밀자 바로 근처에서 남동생 같은 다른 아이가 나왔다. 아사토가 아니었나 보다.

돈을 갚아야 할 기한이 다가오고 있었다.

이곳에 사는 그들이라면 아이의 비밀을 지키기 위해 돈을 아끼지 않을 것이다.

전화를 걸었다.

"──여보, 세요. 저, 가타쿠라예요."

구리하라 씨, 댁인가요? 하고 말을 이으며 이제 되돌아갈 수 없다고 생각했다.

나한테는 되돌아갈 만한 곳도 없지만.

"아이를, 돌려주세요."

히카리는 말했다.

4장

아침이 온다

(1)

아사토가 있는 구리하라가를 방문하는 당일 아침.

히카리는 근무처 호텔 근처에 있는 화과자 전문점 앞에서 가게가 문을 열기를 기다렸다.

사무실에서 하마노가 나눠 준 도라야키 빵을 파는 가게로, 이 근방에서는 유명한 가게였다. 이 가게를 찾아 일부러 이 지역에 들르는 관광객도 있다고 한다. 특히 인기 상품인 도라야키 빵은 오후가 지나면 다 팔려 버린다.

전날부터 히카리는 긴장하고 있었다. 드디어 내일이라고 생각하면 위가 따끔거리는 것 같아 안정이 되질 않았다.

원래는 두 번 다시 만나지 않을 사람들이었다. 만나는 것은 역시 마음이 내키지 않는다. 가능하면 만나고 싶지 않다.

그 이유는 그들이 아마도 '제대로 된 사람들'이기 때문이다.

그들이 사는 고층 아파트는 히카리가 사는 직원 숙소와는 비교도 되지 않았다. 히카리의 고향 집도 그 '제대로 된' 느낌에는 못 미치지 않을까. 생각하면 위축이 됐다.

히로시마에서 아이를 데려갈 때 그 사람들은 차마 말은 하지 않았어도 실은 중학생의 몸으로 아이를 낳은 자신을 '제대로 되지 않은 아이'라고 생각하지 않았을까.

끊임없는 불안한 상상과 억측 속에서 문득 그 기억이 마음에 걸렸다.

히카리가 어렸을 때였다. 엄마가 빈손으로 온 손님이 가고 난 뒤 '상식이 없다'며 흉을 봤던 것이다.

오래 눌러앉아 이야기를 할 때는 보통 간단한 선물을 가져가야 하는 법이라고, 그날 엄마는 하루 종일 기분이 안 좋았다. '상식이 없다'는 그때의 말투를 히카리는 지금도 또렷이 기억하고 있었다.

아사토의 집에서 자신을 그렇게 생각하는 것은 분했다. 대등하지 않을지는 몰라도 적어도 자신이 자립했다는 것을 상대에게 알리고 싶었다.

그렇다면 무엇을 가져가야 좋을까. 과자도 식사도 그 사람들은 히카리보다 훨씬 많은 것을 알고 있는 듯해서 그들이 '좋다'고 생각하는 것을 마련할 자신이 없었다.

——그때 도라야키 빵을 떠올린 것이다.

호텔 본부에서 임원이 오면 도라야키 빵을 대접했다. 이렇게 맛있는 건 처음 먹었다며 그들이 하마노에게 칭찬했다고 한다.

가져가면 그 집 부부도 게다가 아이도 먹을지도 모른다. 약속한 날이 평일 낮이니 아마도 아이는 학교에 있을 것이다. 그들은 아사토가 없는 시간을 지정했다. ——그것을 자신이 못마땅해 한다는 것을 히카리는 깨달았다. 그 사람들은 나를 아사토와 만나게 할 마음이 없다.

　히카리가 낳은 아이를 태연한 얼굴로 키우고 있는 그 집은 이번에도 찾아온 히카리의 존재를 숨길 것이다. 하지만 뭔가 물건이 남으면 적어도 그 집에 자신의 흔적이 남는다. 얼마든지 남겨 주겠다고 히카리는 생각하기 시작했다.

　구리하라 부부와의 약속 시간은 11시. 가게가 오픈하는 시간은 10시. 이동 시간까지 포함하면 제 시간에 간신히 도착할 것이다.

　하지만 히카리가 아무리 기다려도 가게는 그날 아침 문을 열지 않았다.

　셔터에 표시된 정기 휴일은 오늘이 아니다. 임시 휴업을 알리는 종이도 붙어 있지 않다. 그런데 가게는 열리지 않는다. 셔터 너머와 가게 주위에 종업원의 기척도 없었다.

　히카리는 10분, 20분을 기다렸다.

　주변에 히카리처럼 오픈을 기다리는 사람들이 더 있었기 때문이다.

　"어, 이상하네."

　"도라야키 빵 사러 일부러 왔는데."

그들은 서로 이야기하며 기다리고 있었다.

히카리는 조바심을 내며 오픈을 기다렸다. 여기서 못 산다면 제대로 된 과자는 어디로 가야 살 수 있을까——.

울고 싶은 심정으로 우두커니 서 있던 그때.

옆으로 늘어선 다른 가게 중 세탁소가 셔터를 올렸다. 세탁소 유리에 화과자 가게에 줄 선 히카리의 모습이 비쳤다. 마른 체형, 여유 없이 초조해하는 표정의 자기 모습이.

그 순간 정신이 들었다.

나는 뭘 하는 걸까.

선물을 가져간다. 하지만 그 돈은 히카리가 호텔 금고에서 훔친 것이다. 그리고 지금부터 훔친 돈을 메우기 위해 구리하라 부부에게 돈을 요구하러 간다. 지금 여기서 도라야키 빵을 사도 그것은 구리하라 부부의 돈으로 사는 것이나 마찬가지다——.

히카리가 가져간 선물에 무슨 의미가 있을까.

"인기 좀 있다고 이래도 되는 거야? 마음대로 쉬다니 손님을 뭘로 보는 거야?"

한 손님이 하는 말을 흘려들으며 히카리는 줄에서 나왔다.

"어머, 그냥 가게?" 하고 바로 뒤에 서 있던 아주머니가 말했지만, 히카리는 대꾸하지 않고 역을 향해 걸었다. 시간이 꽤 지나 있었다.

눈을 질끈 감았다.

눈꺼풀 뒤로 아까 세탁소 유리에 비치던 자신의 모습이 되살아났다. 뒤축이 다 닳은 흙투성이 운동화, 부스스한 머리. 화장은 했지만 지금의 모습과 전혀 어울리지 않는다.

여자의 젊음에는 가치가 있다는 것을 혼자 일하며 여러 번 경험했다.

지금부터 히카리가 만나야 하는 아사토의 엄마는 아마도 제대로 된 사람이다. 히카리보다 훨씬 나이 많은 제대로 된——하지만 아줌마다.

무사시코스기 역에서 내리자마자 옷 가게가 있는 건물로 들어갔다.

약속 시간은 지났지만, 묘한 체념이 약속 시간을 넘은 순간에 치고 올라왔다. 상대도 어차피 히카리를 처음부터 '제대로 된 사람'이라고는 생각하지 않았다. 히카리는 지금부터 돈을 요구하러 간다. 약속 시간을 제대로 지키지 않아도 당연하다고 그 부부는 당연하게 생각할 것이다.

건물에 들어가 제일 처음 눈에 띈 가게에서 모자와 가방을 샀다. "발목이 가늘어서 몸매가 예뻐 보여요" 하고 점원이 권하는 대로 굽이 높은 구두를 샀다. 이대로 신고 갈게요, 하고 가격표를 뗐다.

신고 왔던 운동화는 화장실 쓰레기통에 버렸다.

익숙하지 않은 힐 때문에 역에서 아파트까지 걷느라 그동안의 몇 배에 달하는 시간이 걸렸다. 당연히 뛸 수도 없다.

약속 시간을 한 시간 이상 넘겨서 히카리는 아파트의 호수를 눌렀다. 숨이 찼다.

그들의 집 안으로 들어갔다. 집으로 찾아가기로 했으니 어차피 신발은 벗은 상태가 된다는 것을 얇은 양말에 닿는 차가운 바닥의 느낌으로 비로소 깨달았다.

현관에서는 꽃향기가 났다. 방향제일까. 독하지 않은 매우 좋은 냄새였다.

모자도 가방도 벗자 히카리는 자신이 벌거숭이가 된 것 같았다.

"들어오세요."

자신에게 들어오라고 권하는 여자의 얼굴을 방으로 안내되어 마주 앉기 전까지 히카리는 한 번도 제대로 볼 수 없었다.

(2)

그리고—— 지금.

히카리는 그 자리에 못이 박혔다.

눈앞에 앉은 구리하라 부부는 사람을 의심할 줄 모르고 망설이는 법이 없었다. 그 태도에 히카리는 의욕이 꺾여서 마냥 주저앉아 있었다.

"당신은 누구인가요?" 하고 그들은 히카리에게 물었다.

"——그 엄마는 당신이 아니라고 생각합니다."

단호하게 그렇게 말한 것은 남편 쪽이었다.

히로시마에서 만난, 이 집에 있어서의 '아사토의 엄마'는 눈앞의 히카리가 아니라고 그들은 딱 잘라 말했다.

"실례지만, 당신은 우리 아사토의 엄마가 아니죠? 보통 특별 양자 결연에서는 친부모와 양부모가 끝까지 만날 일이 없습니다. 그래서 속일 수 있다고 생각했는지도 모르지만, 우리는 아이의 생모를 한 번 만난 적이 있거든요."

그렇다, 만났다.

생각하지만 목소리가 나오지 않았다. 강한 어조로 그렇게 말하는 남편의 얼굴은 눈이 약간 붉었다.

그때 일을——한때 공유한 그 시간을 떠올리고 있다는 것을 알아차렸다.

히카리도 분명히 기억하고 있다.

처음 만난 그들에게 자신과 아이에 대해 남김없이 털어놓고 울며 매달리고 싶은 충동에 휩싸였던——전혀 다른 입장인데도 그들이라면 이해해 주지 않을까 생각했던 그날 일을.

"아사토를 입양할 때 특별히 부탁해서 만났습니다. 아주 잠깐이었지만요. 상대방도 우릴 만나고 싶어 해서 아사토의 엄마가 부모님을 동반한 상태로 우리를 만나 주었습니다."

"전화할 때부터 그렇게 생각했어요."

옆에서 말하는 아사토 엄마의 눈도 역시 젖어 있었다.

두려워서가 아니다. 감정적이어서도 아니다.

——그녀가 히카리에게 화났다는 것이 분명히 전해졌다. 이

부부에게 있어 소중한 아사토의 엄마를 우습게 봤다는 것에 분노와 굴욕을 느끼는 것이다. 이 사람들은 다름 아닌 히카리를 위해서 화내고 있었다.

6년 전 불안에 떨며 이 사람들에게 "죄송합니다. 고맙습니다. 이 아이를 잘 부탁합니다" 하고 되풀이했던 그날의 히카리를 위해서.

"아이 엄마가 지금의 아사토를 만나고 싶어 하거나 아사토를 도로 데려가고 싶어 하는 거라면, 그럴 수도 있다고 생각해요. 그런데 돈 이야기가 나오는 건 아무리 생각해도 이상해요. 아이의──우리의 엄마는 그런 말을 꺼낼 사람이 아니에요."

아이를 데려가겠어요, 그게 안 되면 돈을 주세요, 하고 말하려는 히카리의 입을 막듯이 두 사람이 밝혔다.

아이가 입양아라는 사실을 주변에 알렸다는 것. 아사토는 이 집의 양자로 떳떳하게 잘 살고 있다는 것.

히카리가 협박할 만한 비밀도 빈틈도 없었다.

그리고 그들은 가르쳐 주었다.

이 집에 '히로시마 엄마'라고 불리는 존재가 있다는 것.

"아사토는 친엄마를 '히로시마 엄마'라고 불러요."

눈앞의 이 사람이 아닌 그 히로시마 엄마가 아사토를 배 속에서 키웠다고 아이에게 가르쳐 주었다는 것.

"히로시마 엄마네 동네는 맑음일까?" 하고 그들이 TV 일기예보까지 신경 쓰며 살고 있다는 것.

히로시마에는 그 시기에 기숙사가 있다는 이유만으로 갔을 뿐인데, 그런데도 이 부부의 마음속에서 히카리는 지금도 히로시마에서 살고 있다. 그곳에 있다.

"——이건 우리 아이의, 히로시마 엄마가 맡긴 겁니다."

아사토의 엄마가 화지로 된 작은 보물 상자 같은 것을 가져왔다. 거기서 꺼낸 분홍색 봉투를 본 순간 하마터면 비명을 지를 뻔했다. 방석 위에서 자신의 몸이 조각조각 분열되는 것 같았다.

본 적이 있는 편지지 세트였다. 봉투 앞면에 '엄마가'라고 적혀 있다. 히카리의 글씨다. 과거에 히카리가 쓴 글씨다.

마음속에 바람이 불었다.

처음에는 그저 쏴쏴 하고.

하지만 그것이 편지를 본 순간에 히카리의 숨을 앗아 가는 폭풍이 되었다. 마음에 불어닥치는 폭풍 소리가 또렷이 들렸다.

내 글씨, 내 글씨, 내 글씨.

손에 쥐고 싶었다. 내용을 읽고 싶은 마음도, 당장에라도 여기서 찢고 또 찢어서 없애고 싶은 마음도 들었다. 동시에 그렇게 해야 한다고 히카리의 마음속에서 누군가가 명령했다.

마음의 폭풍이 거세졌다.

엉망진창으로 해 주고 싶다. 내 편지니까 어떻게 하든 내 자유다. 하지만 팔이, 손이, 손가락이 움직이지 않는다.

아사토 엄마의 의연한 말투에 몸이 움츠러들었다.

"소중한 거니까요."

그녀의 바로 옆에 그 무렵의 히카리가 앉아 있는 듯한 기분이 들었다. 그 눈을 도저히 쳐다볼 수가 없었다.

"──전화로 협박하면서 당신은 이렇게 말했죠. '그 아이 학교에도'라고요."

히카리는 대답할 수 없었다. 그녀가 계속했다.

"아사토는 아직 유치원에 다녀요. 초등학교는 내년부터 다닌다고요. 그 엄마가 아사토가 몇 살인지 잊을 리 없다고 남편과 이야기했어요. 그래서 묻겠는데요. ──당신은 대체 누군가요?"

아이의 나이만큼은 반드시 세려고 했다.

단 한 번도 잊지 않았다. 하지만 지금이 몇 살인지는 생각했어도, 그래서 지금 뭘 하고 어떤 입장에 있는지는 구체적으로 상상하지 못했다. 여섯 살이라는 것은 알아도 아직 초등학교에 들어갈 나이가 아니라는 것은 몰랐다.

초등학생이 되는 것은 여섯 살이 된 다음에 처음 맞는 4월이다. 착각하고 있었다.

히카리 앞에 정직하게 맞서고 있는 이 부부는 진심으로 히카리를 히카리라고 여기지 않았다.

자신들의 아사토의 엄마를, 그 아이를 낳았다는 이유만으로 무조건 믿고 있다.

그 자리에 못이 박힌 듯 그들의 이야기를 홀로 들으면서 히카리의 두 어깨를 생각지도 못한 감정이 감쌌다.

그들이 이야기하는 것은 현실의 히카리가 아님을 확실히 안다. 그런데도 그 히카리가 틀림없는 히카리였다.

아이를 낳고 방황하고 갈등하면서, 그럼에도 울고 또 울어서 이 부부에게 아이를 맡긴 히카리.

그것이 나라고 생각했다.

'그녀'가 이 집에 살아 있는 것을 기적처럼 느꼈다.

옛날에 히카리를 '실패했다'고 말한 자신의 부모님은 그 후 히카리의 뒤에 실재하지 않는 '실패하지 않은' 히카리를 계속 보며 사랑했다. 그때는 부모님에게 반발과 혐오감밖에 느끼지 않았건만, 지금 이 부부가 입에 담는 '히로시마 엄마'는 확실히 있다고 생각되었다.

히카리는 그녀에게 이 집에서 계속 살아 달라고 빌고 싶어졌다.

딩동, 하는 초인종 소리가 난 것은 그때였다. 잠시 후 "다녀왔습니다" 하는 아이의 목소리가 들렸다.

전화로 들었을 때는 아무렇지도 않았는데 지금 그 목소리를 들었더니 가슴이 찢어질 듯 아팠다. 마음에 휘몰아치는 폭풍이 히카리의 가슴에 밀어닥쳤다. 히카리가 지금껏 긴장하며 지켜 온 무언가가, 엄청난 기세로 그 바람 앞에 무너져 내렸다.

아사토, 하는 말이 목구멍까지 나왔다.

"어떻게 할 건가요?"

아사토의 아빠가 물었다.

히카리는 서서히 고개를 들었다.

"아사토가 왔군요. 어떻게 할 건가요, 만날 건가요?"

"저, 는——."

입술이 바싹 말랐다.

만나고 싶은지 스스로의 마음에 물었다.

만나고 싶다고, '히로시마 엄마'라면 반드시 그렇게 대답할 것이다.

나는 저 아이와 함께 바다를 봤다.

배 속에서 저 아이를 길렀다.

꼬맹아, 하고 불렀다.

보호하듯 손을 얹고 함께 걸었다. 산부인과에서 돌아가는 길에 "이제 얼마 안 남았어. 힘내자" 하고 천진하게 말을 걸었다.

결심하고 히카리는 대답했다.

"죄송, 합니다."

방바닥에 이마를 바싹 붙이고 고개를 들지 않은 채 말했다.

"말씀하신 대로 저는 그 아이의 엄마가 아닙니다."

(3)

육교 아래로 흘러가는 차량 행렬을 보면서 히카리는 마음이 고요해졌다.

무엇을 해도 현실감이 없었다. 유리창 너머로 경치를 바라보는 기분이 한 달 전부터 계속되고 있었다.

자신의 전부를 그 집에 두고 온 기분이었다. 그 집에서 계속 살아가는 히카리만 있으면 된다. 지금의 자신은 그 히카리의 재나 유령이라는 생각이 들었다. 그리고 그걸로 충분하다고 생각했다.

나는 그 집에서 히로시마 엄마로 분명히 살아 있다.

버림받지 않고 소중히 보살핌 받는 존재로 그 집의 일원이 되었다.

그렇게 생각하니 지친 얼굴의 뺨과 입가가 누그러지기도 했다. 스스로도 신기하면서도 기뻤다.

거부당해서 비참해야 하는데도 마음이 편안했다.

아사토의 엄마 아빠는 히카리를 '우리 엄마'라고 불렀다. 나이도 훨씬 많은 그 사람들이 마치 자신들의 엄마를 부르듯이 히카리를 지금도 '엄마'라고 부르고 있다.

협박에 실패한 후 히카리는 호텔로 돌아가지 않았다.

돈을 갚기로 한 기한은 진작 지났으며 지금 상황이 어떤지도 모른다. 훔친 돈은 수중에 있지만 어떻게 하고 싶은지, 어디로 가고 싶은지도 알지 못했다.

하마노가 일깨운 범죄라는 말의 무게를 이해하고 있었다.

하지만 그렇기에 돌아가면 어떻게 될지 생각했더니 겁이 났다. 더 이상은 생각하고 싶지 않아서 돌아가지 못했다. 싫은 것에 뚜껑을 덮고 봉하듯 히카리는 자신을 기다리는 현실에서 도망쳤다. 도망친 뒤 시간이 지날수록 더더욱 돌아갈 수 없게 되었다.

직원 숙소에 돈 이외의 짐은 거의 방치된 상태다. 고향 집의 위치를 알 만한 것은 처음부터 가지고 있지 않았으며, 채용 당시 이력서에도 본적지는 엉뚱하게 적었다. 하지만 히카리는 돈을 가지고 도망쳤다. 고향 집에 그 연락이 갔을지도 모른다.

히로시마에서 쫓아온 빚쟁이 남자들도 고향 집 주소를 알아냈다. 호텔에서도 찾으려 하면 언젠가는 알게 될 것이다.

부모님은 죄지은 딸을 어떻게 생각할까. 한탄하고 슬퍼할 것이다. 한편으로는 '역시'라고 생각하지 않을까. 몇 년 전 기대에 어긋났던 딸이 예상했던 대로 일을 저질렀구나 하고 생각하지 않을까.

그래서 이번에는 딸을 걱정하거나 찾지 않을 것이 틀림없다.

부모님에게 알려지는 것이 죽기보다 싫었다. 그래서 온갖 발버둥을 쳤는데도 결국 가장 원치 않는 상태에 빠졌다. 한심해서 눈물도 나오지 않았다. 메마른 마음에는 자기 일인데도 슬퍼하기보다 어이없다는 기분이 더 강했다.

히카리는 저렴한 비즈니스호텔이나 인터넷 카페 같은 곳을 전전하며 낮에는 공원에서 멍하니 시간을 보냈다.

유모차를 끌고 온 엄마와 아이가 햇볕을 쬐는 것을 무심히 바라보면서 이제 될 대로 되라는 기분이었다.

호텔 관계자든 경찰이든 누구든 상관없다.

그토록 도망쳐 다닌 사채업자들도 상관없으니 히카리를 찾아서 다음에 어떻게 하면 된다고 가르쳐 주길 바랐다.

맑은 날 공원 한구석에서 그런 생각을 하고 있는데 어떤 아이가 찬 공이 데구루루 발밑으로 굴러왔다.

"죄송해요."

머리를 예쁘게 묶은 모자티 차림의 엄마가 사과를 했다. 히카리는 덤덤하게 공을 돌려주었다.

히카리처럼 젊은 여자는 수상해 보이지도 않는 모양이다. 그녀는 히카리가 무뚝뚝한 것도, 더러운 셔츠 차림인 것도 상관하지 않고——혹은 알아차리지 못하고 "고맙습니다" 하고 빙그레 웃고 갔다. 아이에게 "간다" 하고 공을 던졌다.

평화로운 마을 속에 히카리의 존재는 아무도 개의치 않을 만큼 조용히 녹아들었다.

해를 입히지도 도움이 되지도 않은 채.

살아 있어도 소용없지 않을까. 그 생각은 이런 생활을 계속하는 한 달 사이 마음에 찰랑찰랑 스며들기 시작했다. 충동적으로 생각한 것이 아니라, 서서히 깨달아 가듯이 히카리는 알게 되었다.

나는 살아 있어도 소용없다.

오늘 히카리는 아사토 가족의 아파트가 있는 곳과 역을 사이에 두고 반대쪽으로 왔다. 높은 아파트가 많이 늘어서 있는 거리를 구경한 뒤 돌아갈 생각이었다.

직장이었던 호텔로 돌아갈지, 아니면 다른 어딘가로 다시 도망치듯 옮길지 아직 정하지 않았다.

어차피 히카리 하나 없어진다 해도 아무도 곤란해하지 않을 것이다.

호텔로 돌아가서 돈을 갚으라고 재촉당해도, 범죄 혐의를 받아도, 부모님에게 또다시 절망을 안겨도 단지 그뿐이다. 상처받을지도 모르지만 단지 그뿐. 이제 와서 히카리의 인생이 바뀔 리도 없다.

그렇다면 돌아가든 돌아가지 않든 똑같지 않은가.

어디에도 가지 않고 오늘 여기서 끝내도 되지 않을까.

멍하니 육교 위에서 아래를 흘러가는 차량을 봤다. 한없이. 그냥 보기만 했을 뿐인데 어느새 몇 시간이나 지났다.

저녁이 되자 구름이 빠르게 움직였다.

해가 저물었나 싶은 순간 먼 하늘에서 쿠르르르 하고 천둥 치는 소리가 났다.

비가 쏟아졌다. 육교 아래를 지나가는 차들이 전조등이나 미등에서 노랗고 빨간 불빛을 뿜어냈다. 그 불빛들이 빗속에 뿌옇게 보였다. 여름 하늘 저편에서 몰려온 구름이 소나기를 퍼부어 댔다. 두껍고 낮게 깔린 구름 너머로 울리던 천둥소리가 점점 가까워졌다.

갑자기 쏟아진 비는 우산도 받치지 않은 히카리의 뺨이며 입술이며 머리며 온몸을 순식간에 적셨다. 먼지와 곰팡이 냄새가 나는 비가 입술 사이로 들어왔다.

히카리는 생각했다.

이대로.

이대로 벼락을 맞았으면.

등에서 탁 하고 세차게 부딪히는 느낌이 난 것은 그때였다.

순간 무슨 일인가 싶었다. 놀라서 뒤돌아본 히카리의 어깨에 머리를 기대고 누군가 매달려 있었다.

히카리를 놓치지 않겠다는 듯.

달려왔을지도 모른다. 거칠게 숨을 몰아쉬며 그녀가 말했다.

"드디어 찾았다."

놀라서 아무 말도 할 수 없었다. 히카리를 뒤에서 끌어안듯 몸을 기대 온 그 사람의 얼굴을 봤다.

그 눈에 눈물이 가득 고여 있었다.

비에 젖어 이마에 앞머리가 들러붙은 그녀는 아사토의 엄마였다. 그녀의 우산이 히카리의 발밑에 굴러다녔다.

히카리는 말문이 막혔다.

설마, 설마, 하고 가슴이 세차게 뛰었다. 몸을 돌리자 시선을 아래로 향했다. 노란색 비옷을 입은 남자아이가 있었다. 엄마가 갑자기 모르는 사람에게 말을 걸어서 놀랐는지 고개를 한껏 들고 있었다.

아아————.

히카리는 숨을 삼켰다. 눈빛이 촉촉하다. 손발이 가늘고 속눈썹이 길다. 눈썹 위에서 자로 대고 자른 듯 반듯한 앞머리가 어린아이 특유의 머리모양을 나타내는 것 같았다.

귀여웠다.

놀라울 만큼 귀엽고 아름다운 아이였다.

"죄송합니다."

아사토의 엄마가 말했다.

히카리에게 매달린 채.

혹시 이 사람은 그날 이후 자신을 찾고 있었을지도 모른다.

"정말 미안해요. 알아주지 못해서. 미안해요. 쫓아 보내서. 미안해요, 알아보지도 못하고."

차가운 소나기를 맞으면서 시야가 흐릿해졌다. 미안해요, 미안해요, 하고 반복하는 아사토 엄마의 목소리가 히카리의 가슴 속 부드러운 부분에 닿았다.

아무 말도, 아무 말도 할 수 없었다.

이런 목소리로 자신에게 말을 걸어오는 사람은 두 번 다시 없을 거라 생각했다.

그때 아사토가 말했다. 겁먹은 듯한 어리둥절한 얼굴로.

세차게 내리던 비가 어느덧 주춤해졌다. 아사토의 작은 목소리가 또렷이 들렸다.

"엄마. 이 사람 누구야?"

그 질문에 아사토의 엄마가 대답했다.

"아사토의 '히로시마 엄마'야."

히카리를 아사토의 엄마가 아니라고 정면에서 단언했을 때와 똑같이, 주저도 망설임도 없는 목소리였다. 히카리는 눈과 귀를 의심했다.

괜찮겠어요? 하고 생각했다.

순간 아사토를 본 히카리는 이윽고 더욱 놀랐다.

눈앞의 아사토의 눈동자가 크게, 더 크게 벌어졌다. 그때까지 내내 엄마만 보고 있던 그 눈이 처음으로 히카리만을 쳐다봤다.

두 사람의 눈이 마주쳤다.

그때.

어두운 하늘 아래 아사토의 눈에 금세 밝은 빛이 쏟아졌다.

"아앗! 히로시마 엄마라고?"

그 얼굴을 보자 시간이 멈췄다.

"그래" 하고 아사토의 엄마가 대답했다. 히카리를 봤다.

"응? 그렇지?"

자신의 부모라고 해도 이상할 것 없는 나이다——하고 생각한 일을 떠올렸다. 히카리를 보며 미소 짓는 그 얼굴은 믿음직스러운 '엄마'의 얼굴이었다.

그 앞에 서서 "나는——" 하고 히카리는 입을 열었다. 바싹 마른 입술에 비에 섞여 흘러내린 눈물이 뚝뚝 떨어졌다. 나는,

나는, 나는.

나오지 않는 목소리 대신 목구멍에서 바람 소리가 나듯 뜨거운 숨이 새어 나왔다. 여름비에 녹아내린 숨결이 무겁게 스쳤다.

스스로도 들어 본 적 없는 커다란 소리로 히카리는 울음을 터뜨렸다. 울음소리와 함께 목구멍이 찢어질 듯 뜨거웠다.

"죄송합니다."

무너지는 목소리로 말했다.

고맙습니다, 하는 목소리가 울음과 함께 이어졌다.

죄송합니다, 고맙습니다, 이 아이를 잘 부탁합니다.

옛날에 몇 번이나 했던 말이 가슴을 욱죄었다. 이 사람은 정말 아사토를 키운 것이다. 히카리의 부탁대로.

히카리의 등에 손을 얹은 채 아사토의 엄마가 "같이 가자" 하고 말해 주었다. 비에 젖는 것도 상관 않고 히카리를 끌어안는 그 힘이 조금도 느슨해지지 않았다. 아사토의 엄마는 아직 울고 있었다.

바로 옆에 아사토가 있었다. 아사토가 히카리를 보고 있다. 호기심 가득한 얼굴로. 다가가고 싶지만 아직 다가가지 못한다는 듯.

여름비가 차츰 잦아들더니 눈앞을 가리는 빗줄기가 점점 가늘어졌다. 비가 그치지 않는 가운데 비구름과 비구름 사이로 틈이 생겼다. 눈부신 오렌지빛 석양이 빗줄기를 한 줄 한 줄 비추어 투명하게 했다.

금빛으로 빛나는 그 빗속에서.

아사토의 맑은 눈이 두 엄마를 한없이 바라봤다.

함께 있을 때 침묵이 두렵지 않은 사이. 한 공간에서 사부작 사부작 제 할 일을 할 수 있는 사이. 태어나 가장 먼저 익히는 관계와 거리가 바로 가족 사이가 아닐까.

남들이 아니라 할 때 믿어 주고 모두가 손가락질할 때 포근히 감싸 주는 존재. 힘들지언정 그런 무조건적인 신뢰를 보내는, 가장 보편적이면서 거의 유일한 존재는 바로 부모가 아닌가 싶다.

중학생인 히카리는 순간순간의 감정에 솔직한 아이다. 엄격한 교사 부모 밑에서 자라 반항심에 남자친구를 사귀고 임신까지 하고 만다. 결국 아이를 낳지만 책임지지 못해 입양을 보낸다. 출산 후 시치미를 떼고 원래 생활로 돌아가지 못한 히카리는 가출을 감행하지만 그녀 앞에는 더 가혹한 나날이 기다릴 뿐이었다.

성인이 된 히카리는 자신이 하지도 않은 일 때문에 궁지에 몰리고 책임까지 지게 된다. 책임의 무게에 짓눌려 원래의 자신을 잃어 가던 중, 과거 제 손으로 쓴 편지로 인해 잘못을 깨닫고 동시에 무너지고 만다.

사토코 부부는 오랜 불임 치료 끝에 아이를 입양한다. 피 한 방울 섞이지 않은 아이를 부부는 사랑으로 키우며 그 어떤 순간에도 아이 편에 서는 부모가 되어 준다. 아이의 생모일지도 모를 여자가 찾아와 협박해도 부부는 똘똘 뭉쳐 위기를 극복한다. 협박의 요지는 돈을 주지 않으면 아이가 입양아라는 사실을 주변에 알리겠다는 것이었다.

사토코 부부는 아이를 입양하던 날 생모를 직접 만났다. 아이를 잘 부탁한다며 '죄송합니다, 고맙습니다'를 되뇌던 어린 엄마를. 긴 터널을 지나온 이들 부부에게 마침내 빛을 선사한 어린 엄마의 존재를 자신들의 가정에서 살아 숨 쉬는 모두의 엄마로 받아들인다.

입양을 소재로 한 소설이라면 으레 출생의 비밀이 충격적인 요소로 등장할 것 같지만, 여기서는 그렇지 않다. 부부가 입양 사실을 아이는 물론 이웃과 유치원에도 이미 밝혀 둔 것이다. 그런 설정이 처음에는 어리둥절했지만 작가가 미리 조사를 통해 실제 사례를 적용했다는 것을 알고 놀라움을 금치 못했다.

작가 츠지무라 미즈키는 이 소설을 쓰기 위해 실제로 불임 치료 끝에 아이를 입양한 가정을 취재하고 자료를 조사했다. 그랬더니 뜻밖에도 입양 사실을 주변에 알리는 가정이 많았다고 한다. 또 입양 가정에서는 불임 치료를 거쳤음에도 아이를 갖지 못했기에 아이의 생모를 질투할지도 모른다고 생각했지만, 실제로는 그 생모가 아이를 낳아 준 덕분에 입양할 수 있었다며 생모까지 포함해서 한 가족으로 여기는 가정도 의외로 많았던 모양이다.

히카리와 부모님의 관계는 현재로서는 붕괴된 것이나 다름없다. 끈끈한 혈연으로 이루어진 가족임에도, 아니 가족이라서 관계의 거리 두기에 실패한 것이다. 부모님은 히카리를 간섭하고 옭아맬 줄만 알았지 믿고 보듬어 주지는 못했다. 그렇게 부모님과 어긋난 히카리는 나름대로 열심히 살아가려 노력하는데도 뜻대로 되지 않고, 끝내 막다른 길에서 소멸되어 간다. 이때 사토코와 아사토가 기적적으로 나타나 히카리에게 구원의 손길을 내밀어 준다. 과거 히카리에게 받았던 빛(光, 히카리)을, 그로 인해 밝아 온 아침(朝, 아사토의 아사)을 이제 사토코 부부가 나누어 줄 차례인 것이다.

부모님에게 부정당하고 그들의 마음속에서 죽은 것이나 다름없던 히카리는 사토코 부부의 마음속에서 그동안 보호받으며 살아 숨 쉬어 왔다. 히카리와 사토코 가족은 마침내 손을 맞잡고 혈연보다 단단한 또 하나의 가족을 만들어 나갈 것이다.

《아침이 온다》는 일본에서 단행본으로 출간되기 전에 격월 간 문예지 〈별책 문예춘추〉에 먼저 연재되었다. 2014년 초부터 이듬해 봄까지 두 달에 한 번 홀로 음미하던 이 소설을 국내 독자와 함께 읽게 되어 감개무량하다.

2017년 가을 이정민

아침이 온다

1판 1쇄 발행 2017년 11월 1일
1판 8쇄 발행 2024년 6월 1일

지은이 · 츠지무라 미즈키(辻村深月)
옮긴이 · 이정민
발행인 · 주연지
편집인 · 석창진
편집 · 최소라
디자인 · 김서영
북트레일러 · 사이클론

펴낸곳 · 몽실북스
출판신고 · 2015년 5월 20일 (제2015 - 000025호)
주소 · 경남 창원시 북면 무동서로 24
전화 · 02-592-8969 / 팩스 · 02-6008-8970
전자우편 · mongsilbooks_kr@naver.com

네이버 포스트 · post.naver.com/mongsilbooks_kr
인스타그램 · instagram.com/mongsilbooks

ISBN 979-11-957048-6-6 (03830)